AF303955

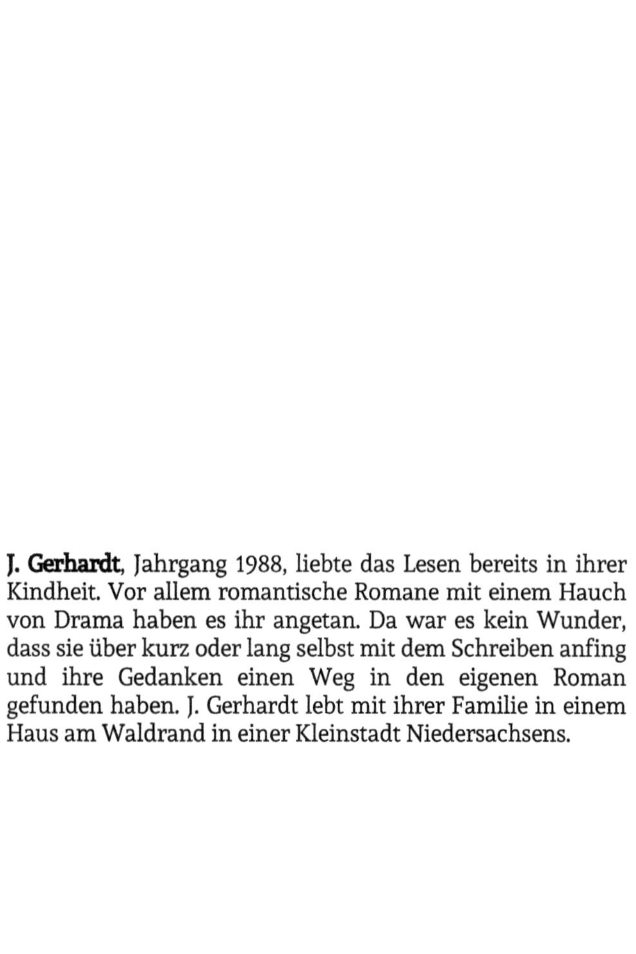

J. Gerhardt, Jahrgang 1988, liebte das Lesen bereits in ihrer Kindheit. Vor allem romantische Romane mit einem Hauch von Drama haben es ihr angetan. Da war es kein Wunder, dass sie über kurz oder lang selbst mit dem Schreiben anfing und ihre Gedanken einen Weg in den eigenen Roman gefunden haben. J. Gerhardt lebt mit ihrer Familie in einem Haus am Waldrand in einer Kleinstadt Niedersachsens.

J. GERHARDT

Nordsee

KÜSSE & Meeres

RAUSCHEN

EIN SYLT-LIEBESROMAN

Erstausgabe Juni 2023

Copyright © 2023 dp Verlag, ein Imprint der
dp DIGITAL PUBLISHERS GmbH
Made in Stuttgart with ♥
Alle Rechte vorbehalten

Nordseeküsse und Meeresrauschen

ISBN 978-3-98778-165-0
E-Book-ISBN 978-3-98778-164-3
Hörbuch-ISBN: 978-3-98778-166-7

Covergestaltung: Anne Gebhardt
Umschlaggestaltung: ARTC.ore Design
Unter Verwendung von Abbildungen von
shutterstock.com: © mapman, © Pawel Kazmierczak,
© Resul Muslu
stock.adobe.com: © eyetronic, © Superhasi
elements.envato.com: © PixelSquid360
Lektorat: KoLibri Lektorat
Satz: dp DIGITAL PUBLISHERS GmbH
Druck und Bindung: Books on Demand GmbH, Norderstedt

Kapitel 1

»Mama! Jetzt wach endlich auf. Ich komme zu spät zur Schule!«

Die Stimme meiner Tochter dringt wie durch einen Nebel zu mir hindurch. Ihre kleinen Hände rütteln an meiner Schulter, sodass ich nun vollends aus dem Schlaf gerissen werde. Müde drehe ich mich zu ihr um.

»Guten Morgen, mein Schatz. Wie spät ist es?«

Ich kann die Uhrzeit auf meinem Wecker nicht sehen, da Nina davorsteht und mir die Sicht versperrt. Schmunzelnd betrachte ich ihre blonden Zöpfe, die zerzaust und schief von ihrem Kopf abstehen. Heute hat sie sich die Haare selbst gemacht.

»Halb acht«, antwortet sie sofort. Erschrocken schlage ich die Decke zurück und falle beinahe aus dem Bett. Kichernd tritt Nina einen Schritt nach hinten.

»Mist. Ich habe den Wecker nicht gehört«, brumme ich und verziehe mich sogleich ins Badezimmer, wo ich mir notdürftig Wasser ins Gesicht spritze und meine Haare zu einem Knoten am Hinterkopf frisiere. Dann schminke ich mich in Windeseile, damit ich auf der Arbeit nicht zu übernächtigt aussehe. Meine Tochter kommt zu mir und setzt sich auf den Wannenrand. Mit der Zahnbürste im Mundwinkel drehe ich mich zu ihr um.

»Hast du dir die Zähne geputzt?«, frage ich sie. Nina nickt. »Und Frühstück?«

»Müsli«, antwortet sie sofort. Mit einem wehmütigen Lächeln betrachte ich meine Kleine. Sie ist mit ihren fast sieben Jahren viel zu erwachsen. Manchmal stimmt es mich traurig, weil meine Tochter schon früh gelernt hat, selbstständig zu sein. Dann bin ich wiederum verdammt stolz auf sie. Ich spucke die Zahnpasta ins Waschbecken, dann gehe ich zu Nina rüber und nehme sie fest in den Arm.

»Ich bin stolz auf dich, mein Schatz«, flüstere ich ihr ins Ohr und küsse ihre Stirn. Nina grinst mich breit an.

»Ich auch auf dich, Mama«, erwidert sie und drückt ihr Gesicht an meine Brust. Einen Moment verharren wir so, dann entlasse ich sie aus meiner Umarmung, sonst kommen wir tatsächlich zu spät zur Schule.

»Komm, ich richte mal deine Frisur. Danach müssen wir los.«

Nina nickt und löst einen ihrer Zöpfe, damit ich ihr die Haare kämmen und neu frisieren kann. Dann verlässt sie das Bad und holt den Schulranzen aus ihrem Kinderzimmer. Ich flitze zurück ins Schlafzimmer und zerre Bluse und Hose aus dem Schrank, schlüpfe hinein und greife nach meiner Handtasche.

»Willst du nichts essen?«, fragt Nina mit einem besorgten Gesichtsausdruck. »Ich habe dir ein Brot geschmiert.«

»Das nehme ich mit zur Arbeit«, erwidere ich und hole mir mein Frühstück aus der Küche, das ich in die Handtasche stecke. Gemeinsam mit Nina verlasse ich die Wohnung. Unten im Hof schließe ich mein Fahrrad auf und will mich schon zu meinem Kind herunterbeugen, um sie in den Kindersitz zu heben, als mir auffällt, dass sie ihren Helm nicht dabeihat.

»Oh, Mist. Warte kurz hier, ich hole deinen Helm.« Sofort stürme ich wieder die Treppen hinauf bis zur Dachgeschosswohnung, die meine Tochter und ich bewohnen. Im Flur finde ich ihren Helm unter einem Stapel

Jacken und Pullover, die ich letzte Woche nicht weggeräumt habe. Nach Feierabend sollte ich endlich mal Ordnung schaffen, denn seit Tagen suche ich vergebens Notizbücher und Hefte, die ich für die Arbeit benötige. Auch Nina hatte sich beklagt, weil sie ihr Lieblingsstofftier nicht finden konnte. Als alleinerziehende Mutter ist es nicht immer leicht, Job, Haushalt und Kinderbetreuung unter einen Hut zu kriegen. Bisher habe ich die Situation jedoch irgendwie gemeistert, auch wenn mir manchmal alles über den Kopf wächst.

Seufzend schließe ich die Tür hinter mir und gehe zurück in den Hof. Bis Unterrichtsbeginn bleiben uns nur noch zehn Minuten, weshalb ich noch schneller als üblich in die Pedale trete. Vor dem Eingang der Grundschule verabschiede ich mich von meiner Tochter, die sogleich ins Innere des Gebäudes läuft.

Gähnend steige ich wieder aufs Fahrrad. Meine Schüler werden noch ein wenig auf mich warten müssen, auch wenn das Gymnasium, an dem ich unterrichte, nur wenige Minuten von Ninas Grundschule entfernt ist. Wäre ich gestern nicht über dreiundzwanzig verschiedenen Interpretationen von Goethes *Erlkönig* eingeschlafen, dann hätte ich heute bestimmt nicht verschlafen. Weil ich die Nachmittage mit meiner Tochter verbringen möchte, lege ich die Nacharbeit für meinen Unterricht stets in die späten Abendstunden.

Auf dem Schulhof angekommen, stelle ich das Fahrrad ab und eile durch die Flure zu meinem Klassenraum. Noch bevor ich von zu Hause losgefahren bin, habe ich einer Kollegin Bescheid gegeben, damit sie meine Klasse während meiner Abwesenheit vertritt.

»Guten Mo-«, beginne ich meine Begrüßung, die mir jedoch beim Betreten des Klassenraumes im Hals stecken bleibt. Ich mache zwei Schritte rückwärts, glaube schon, mich in der Tür geirrt zu haben, denn es ist nicht meine Kollegin Sabine, die ich im Raum antreffe, sondern ein mir unbekannter Mann.

»Ähm, Entschuldigung«, murmele ich und wende mich schon zum Gehen.

»Frau Konrad, wo wollen Sie denn wieder hin? Sie sind sowieso heute viel zu spät dran«, höre ich die Stimme des Schulleiters hinter mir. Er drängt sich an mir vorbei durch die Tür und bedeutet mir mit einem strengen Blick, ebenfalls den Klassenraum zu betreten. Irritiert sehe ich zwischen Werner und dem Fremden hin und her, der mir seinerseits seine Aufmerksamkeit schenkt. Ist er der neue Kollege, von dem alle vor den Sommerferien gesprochen haben?

So still war es in meiner Klasse noch nie, denn es murmelt eigentlich immer jemand. Doch jetzt ist das wilde Klopfen meines Herzens das einzige Geräusch, das ich wahrnehme. Ich bin aufgeregt, weil es mir vor meiner Klasse peinlich ist, zu spät gekommen zu sein. Das offene Lächeln des Mannes sorgt nicht gerade dafür, dass ich mich entspanne. Sein kantiges Kinn wird von einem Dreitagebart bedeckt, der das Lächeln noch attraktiver macht. Kleine Lachfältchen bilden sich um die dunkelbraunen, beinahe schon schwarzen Augen des Mannes, die mich sein Alter schwer schätzen lassen. Er ist groß und trägt ein dunkelblaues Hemd, dessen Ärmel er bis zu den Ellbogen hochgekrempelt hat. Dazu eine Jeans und Sneakers. Was mich an ihm jedoch am meisten beeindruckt, ist sein braunes Haar, das ihm in krausen Locken bis auf die Schultern fällt.

»Ich habe die Zeit Ihrer Abwesenheit genutzt, um Herrn Schuster vorzustellen. Er wird diesen Jahrgang zukünftig in Mathe und Biologie übernehmen, weil Frau Michels wegen längerer Krankheit ausfällt«, erklärt mir der Direktor, dem ich jedoch nur mit halbem

Ohr zuhöre. Zu sehr bin ich von dem Anblick des fremden Mannes gefangen, der mir seine Hand entgegenhält.

»Freut mich wirklich. Ich bin Robert Schuster«, stellt er sich vor und sein Lächeln wird noch eine Spur breiter.

»Mel- Melanie Konrad«, stammele ich immer noch verwirrt. Seine Hand ist warm, der Händedruck fest, sodass meine Handinnenfläche direkt zu schwitzen beginnt. Beschämt lasse ich ihn los und wische mir die Hand so unauffällig wie möglich an meiner Hose ab.

»Gut, dann werden wir Sie nun nicht weiter stören und Sie Ihrer Klasse übergeben. Es ist sowieso schon zu viel Zeit verstrichen«, meint der Schulleiter, verschränkt seine Arme hinter dem Rücken und geht an mir vorbei zur Tür. »Kommen Sie, Herr Schuster, ich werde Sie auch noch den anderen Schulklassen vorstellen.«

»Ich freue mich auf jeden Fall auf die Zusammenarbeit.« Auch Robert will bereits zur Tür, dreht sich jedoch nochmals zu mir um. »Sie haben da noch Zahnpasta.«

Erschrocken wische ich mir mit dem Handrücken über den Mund, was Robert lachen lässt. Röte schießt mir in die Wangen, als wir uns einen Moment länger als nötig in die Augen sehen. Im Hintergrund höre ich verhaltenes Kichern meiner Schüler. Gott, wie peinlich!

Räuspernd trete ich einen Schritt zurück und auch Robert strafft die Schultern, bevor er den Klassenraum hinter dem Direktor verlässt. Im Kopf zähle ich bis zwanzig, um wieder zur Ruhe zu kommen, danach gehe ich zum Pult und lege meine Tasche drauf, als hätte es die vergangenen Minuten gar nicht gegeben. Dann stütze ich mich mit beiden Händen an der Tischplatte ab. Einerseits, um mich von diesem plötzlichen

Herzklopfen abzulenken. Andererseits, um mehr Autorität auszustrahlen. Die Schüler sehen mich teilweise amüsiert, teilweise neugierig an, sodass ich mich nochmals räuspern muss.

»Guten Morgen«, begrüße ich sie endlich und ziehe die Hefte mit den Aufsätzen aus der Tasche. »Wir haben genug Zeit vergeudet. Nun sollten wir uns dem Ernst des Lebens stellen. Heute ist euer Glückstag, denn ich habe die Gedichtinterpretationen durchgesehen.«

Unzufriedenes Murren geht durch die Tischreihen und sofort ist mein peinlicher Auftritt von eben vergessen.

***

»Hast du ihn schon gesehen?«, fragt mich meine Kollegin Sabine während der großen Pause, nachdem ich mit meinem wohlverdienten Kaffee aus der angrenzenden Küche ins Lehrerzimmer komme. Seufzend lasse ich mich auf meinen Stuhl am Schreibtisch fallen, den ich mir mit Sabine teilen muss.

»Ja«, antworte ich knapp. Es ist offensichtlich, dass sie von Robert spricht.

»Und ist er nicht wahnsinnig attraktiv? Wäre ich bloß zehn Jahre jünger ...« Sabines Augen bekommen dieses Funkeln, das ich nur zu gut kenne. So sieht sie immer aus, wenn sie ins Schwärmen gerät. Dabei ist das Objekt ihrer Begeisterung jedes Mal ein anderes. Ein schöner Mann, ein niedlicher Hundewelpe, eine neue Handtasche oder ein besonders interessantes Buch.

»O ja ...«, entgegne ich bloß und puste in meinen Kaffeebecher. Robert ist unglaublich nett, unglaublich attraktiv, unglaublich sympathisch, unglaublich – keine Ahnung! Ich habe ihn nur wenige Minuten gesehen und kaum zwei Worte mit ihm gewechselt, dennoch hat mich seine Ausstrahlung sofort in den Bann gezogen.

»Also stimmst du mir zu, dass er verdammt gut aussieht?«, stellt Sabine nickend fest. »Claudia und Mareike teilen diese Ansicht nicht. Sie sahen vorhin verdammt unzufrieden aus, als ich sie auf ihn angesprochen habe. Vermutlich hat ihnen seine Frisur nicht gefallen.«

»Er ist ... nett, denke ich«, entgegne ich, weil ich dieses Gespräch, so schnell es geht, beenden möchte. Ungerne will ich ein Gerücht nähren, ich könnte meinen neuen Kollegen attraktiv finden. Sabines Mundwinkel schieben sich enttäuscht nach unten, denn sie hatte sich schon über eine neue Sensation gefreut. Sie liebt Klatsch zu sehr, als dass sie sich so leicht abspeisen lässt. Grinsend stößt sie mir den Ellbogen in die Seite, sodass ich mich an dem Nutellabrot, das Nina für mich gemacht hat, verschlucke und heftig husten muss. Sabine klopft mir auf den Rücken und ich spüle die Krümel in meinem Hals mit einem großen Schluck Kaffee runter.

»Jetzt sei nicht gleich eine Spielverderberin. Ich wollte dich nur ein bisschen auf den Arm nehmen. Schließlich ist er der einzige Kollege, der annähernd in deinem Alter ist.«

»Apropos Robert – wo ist er?«, frage ich beiläufig, weil er mir bisher nicht erneut begegnet ist, und übergehe dabei ihre Anspielung.

»Pausenhofaufsicht«, meint Sabine bloß und nippt ebenfalls an ihrem Getränk. Zwei Kollegen betreten das Lehrerzimmer, grüßen und setzen sich auf ihre Plätze. Die Pause ist in fünf Minuten vorbei, dann habe ich Deutschunterricht in der Zehnten, deshalb sollte ich darauf achten, nicht erneut zu spät zu kommen. Eigentlich. Gerade gilt mein Interesse jedoch dem neuen Kollegen, der draußen bei den Schülern Aufsicht hat.

»Ich muss dann noch mal aufs Klo«, sage ich zu Sabine und laufe aus dem Lehrerzimmer. Statt jedoch zu den Lehrertoiletten zu gehen, verlasse ich das Gebäude und trete hinaus in den Hof. Strahlender Sonnenschein begrüßt mich, sodass ich meine Augen mit der Hand abschirmen muss, um besser sehen zu können. Langsam gehe ich über den Schulhof und halte nach Robert Ausschau. Irgendwie macht mich mein neuer Kollege neugierig, denn unsere erste Begegnung hat bleibenden Eindruck bei mir hinterlassen.

Noch einmal sehe ich mich um, doch weil ich den Neuen nicht entdecke, wende ich mich schon zum Gehen. Plötzlich bemerke ich einen Tumult und eine Gruppe Schüler, die sich hinter dem Schulgebäude herumdrücken. Sofort schrillen meine Alarmglocken und ich eile auf die kleine Gruppe zu. Na, hoffentlich streitet sich niemand! Von Weitem erkenne ich Roberts hochgewachsene Gestalt und seine breiten Schultern. Mit dem Rücken zu mir steht er neben einigen Schülerinnen aus meinem Deutschkurs. Ich sehe Aylin, die sich weinend an ihre Freundin Sina klammert. Ihr Mascara ist verschmiert und sie schluchzt heftig. Christiane steht daneben, auch Paul, Tom und Sebastian erkenne ich. Tom sieht wütend aus und Sebastians Gesichtsausdruck ist ebenfalls grimmig. Zudem hat er eine aufgeplatzte Lippe.

»Was ist denn hier passiert?«, frage ich die Mädchen, ohne Robert anzusehen. Aylin schluchzt noch lauter, die anderen drehen sich zu mir um.

Robert fährt sich mit der Hand übers Gesicht und sieht wirklich erleichtert aus, als er mich erblickt.

»Frau Konrad. Gut, dass Sie hier sind. Ich bin mit dieser Situation ein wenig überfordert«, gesteht er mit einem entschuldigenden Lächeln. Verständnislos sehe ich zwischen ihm und meinen Schülern hin und her.

»Tom und Basti haben sich geprügelt«, kommt ihm Christiane zu Hilfe. »Weil Basti Aylin beleidigt hat. Nicht nur, dass er aus heiterem Himmel mit ihr Schluss gemacht hat. Nein. Jetzt unterstellt er ihr sogar, ihm mit seinem Cousin fremdgegangen zu sein.« Empört rümpft sie die Nase und funkelt Sebastian verärgert an. Dieser wirkt auf mich jedoch nicht gerade reumütig. Soll ich jetzt in Liebesangelegenheiten schlichten, oder wie? Kein Wunder, dass Robert sich ein wenig hilflos fühlt. Ich atme tief ein und ergreife Sebastians Arm.

»Du solltest deine Freundin nicht haltlos – und vor allem nicht auf dem Schulhof – beschuldigen«, sage ich in strengem Ton.

»*Ex*-Freundin«, betont er grimmig. »Wenn sie meinen Cousin vögelt, will ich nichts mehr mit ihr zu tun haben!«

»Na hör mal!«, zischt Sina und streicht der schluchzenden Aylin über den Rücken. »Dein Cousin hat ihr nachgestellt, nicht umgekehrt.«

»Und ich habe ihn abgewiesen, du Idiot«, kommt es stockend von Aylin, doch Sebastian zeigt keine Regung.

»Außerdem ist es kein Grund euch zu schlagen, Jungs. So etwas kann man zivilisiert lösen«, kommt mir Robert zu Hilfe. Er hat echt Pech an seinem ersten Tag gleich in einen Streit zu geraten.

»Ich wollte nur ihre Ehre verteidigen«, entgegnet Tom und stemmt die Hände in die Hüften. »Ich habe gesehen, wie Chris Aylin am Wochenende auf der Party angemacht hat. Sie trifft keine Schuld.«

Also das ist eindeutig kein Schulhofgespräch. »Ihr zwei Streithähne kommt mit mir zum Direktor. Der Grund mag nobel sein, dennoch werden keine Schlägereien auf dem Pausenhof geduldet, verstanden?«

Tom lässt betreten die Schultern hängen, Sebastian wirkt ebenfalls eingeschüchtert. Ich winke einer anderen Lehrkraft zu und übergebe die beiden Raufbolde an meine Kollegin, der ich die Situation kurz schildere.

»Und ihr anderen, ab mit euch in den Unterricht«, fordere ich meine Schüler auf, die sich murrend verziehen. Einen Moment sehe ich ihnen nach, dann wende ich mich an Robert, der schweigend neben mir steht und keine Anstalten macht zu gehen.

»Danke für die Hilfe. Sie haben die Situation kompetent gelöst«, richtet er das Wort an mich. Sein charmantes, ein bisschen schüchternes Lächeln lässt mein Herz auf einmal schneller schlagen. Sogleich schüttele ich dieses angenehme Gefühl ab, das sich in meinem Inneren ausbreitet. »Ach was. War eine Kleinigkeit. Ich kenne meine Schüler schon seit der Unterstufe. Sie sind eigentlich sehr gewissenhaft. Und der ein oder andere Ausrutscher passiert jedem mal«, winke ich ab und setze mich in Bewegung. »Außerdem können Sie mich ruhig duzen. Immerhin sind wir Kollegen und ungefähr im selben Alter.«

Meine nächste Stunde beginnt gleich, deshalb sollte ich mich nicht länger auf dem leeren Pausenhof aufhalten. Schließlich bin ich heute Morgen bereits zu spät gekommen. Was bin ich für ein Vorbild für meine Schüler, wenn ich kurz nach den Sommerferien mit meiner Selbstdisziplin nachlasse? Ich nicke Robert noch einmal zu und eile davon, um meinem stärker werdenden Herzklopfen zu entkommen.

***

»Sorry, Schatz, ich hatte noch eine wichtige Besprechung«, entschuldige ich mich bei meiner Tochter, die auf einer Bank in der Nähe des Schultors sitzt. Nina hat ihre Arme um den Ranzen geschlungen, den sie fest an sich drückt, als wäre er ihr geliebtes Stofftier. Dabei wirkt sie ein bisschen verloren, sodass ich ein schlechtes Gewissen bekomme. Nina hebt den Kopf und lächelt mich an. Dann hüpft sie von der Bank und ergreift meine Hand.

»Ist doch nicht schlimm, Mama. Ich habe eben noch mit Laura gespielt. Sie wurde gerade erst von ihrer Oma abgeholt«, erklärt sie mir und ich hocke mich hin, um meine Tochter in die Arme zu schließen. Seufzend streiche ich ihr über den Kopf, bevor ich mich wieder erhebe. Wären meine Eltern ebenfalls hier auf der Insel, dann müsste ich Nina nicht so lange in der Nachmittagsbetreuung ihrer Grundschule lassen. Aber leider ist meine Familie immer noch in Hamburg. Lediglich meine ältere Schwester Mona lebt hier auf Sylt. Doch sie hat mit ihrem Strandcafé viel zu tun. Da will ich ihr die Betreuung meiner Tochter nicht zusätzlich zumuten, obwohl ich weiß, wie gerne sich Mona um Nina kümmert. Meine Schwester ist knapp zehn Jahre älter als ich und unverheiratet. In der Arbeit ihres Cafés blüht sie richtig auf.

»Wollen wir ein bisschen an den Strand? Wir könnten ein Eis essen?«, schlage ich vor.

»O ja! Das wäre super!« Sie jubelt fröhlich, während ich ihren Schulranzen in den Korb vorne am Fahrrad lege und es aufschließe. Dann hebe ich Nina in den Fahrradkindersitz und steige selbst auf.

Das Wetter ist herrlich. Eine frische Brise weht uns entgegen und ich genieße es, mit dem Rad über die Wege hinab zum Strand zu fahren. Seitdem ich hier auf der Insel lebe, kann ich mir nicht mehr vorstellen, zurück nach Hamburg zu ziehen. Die Hektik der Großstadt fehlt mir überhaupt nicht. Mir sind der Strand, das Wasser und der strahlende Sonnenschein am wolkenlosen Himmel über mir viel lieber als lärmende und überfüllte Straßen.

Ich stelle mein Fahrrad neben dem kleinen Kiosk ab, an dem ich für Nina ein Erdbeereis kaufe.

»Wollen wir uns in einen Strandkorb setzen?«, frage ich meine Tochter, die sich bereits die Sandalen von den Füßen gestreift hat und mit ihrem Eis in der Hand über den Sand zum Wasser läuft. Das geblümte Kleid weht um ihre Beine. Lächelnd sehe ich Nina nach, bevor ich es ihr gleichtue und meine Schuhe ebenfalls ausziehe. Der Sand unter meinen Zehen ist noch angenehm warm und kitzelt leicht, während ich zu einem der freien Standkörbe gehe und mich hineinsetze. Ninas Ranzen und meine Handtasche lege ich in den Sand neben mir, dann lehne ich mich zurück und schließe die Augen.

Das Wetter ist herrlich und erneut freue ich mich über meine Entscheidung, nach der Trennung von meinem Ex-Freund zu meiner älteren Schwester nach Westerland gezogen zu sein. Schwanger und mit einem gebrochenen Herzen war ich unendlich erleichtert, für eine Weile bei Mona unterzukommen. Aus den wenigen Wochen wurden Monate und schließlich brach ich alle Zelte in Hamburg ab, um auf der Insel zu bleiben. Mein Studium musste ich wegen der Geburt meiner Tochter sowieso pausieren, so kam mir der Ortswechsel gelegen. Das Referendariat habe ich am hiesigen Gymnasium absolviert und dort direkt eine Stelle bekommen.

Meine Gedanken schweifen zurück zu meiner Zeit in Hamburg. An die Tage, in denen ich ohne ein richtiges Ziel vor Augen vor mich hingelebt habe. Es kommt mir völlig absurd vor, dass ich jemals geglaubt habe, mit Peter glücklich zu werden und eine Familie zu gründen. Unsere Beziehung beruhte mehr auf einem Geben meinerseits und einem Nehmen seinerseits. Trotzdem bin ich froh, mit ihm zusammen gewesen zu sein, denn sonst hätte ich nicht dieses wunderbare kleine Mädchen an meiner Seite. Ihr helles Lachen und die kindliche Fröhlichkeit haben mich schon aus so manch trauriger Situation geholt. Auch jetzt geht mir regelrecht das Herz auf, wenn ich sie am Strand herumtoben sehe. Nina ist ein richtiger Sonnenschein und der Sinn meines Lebens. Egal, welches Arschloch ihr Vater war, sie ist mein Ein und Alles.

»Mama! Guck doch mal!«, ruft sie und winkt mir zu. Ich richte meinen Blick wieder auf Nina, die nun auf mich zugelaufen kommt. Hinter ihr rennt ein kleiner Hund, der fröhlich bellt und mit seinem Schwanz wedelt.

»Schau doch. Er ist mir zugelaufen«, erklärt meine Tochter und krault den kleinen Kerl hinter den Ohren. Erneut bellt der Hund, dann schmiegt er sich gegen meine Beine.

»Na, wo kommst du denn her?«, frage ich amüsiert und streichele dem Hund durch sein weiches Fell.

»Darf ich ihn behalten?«, fragt Nina und setzt einen Dackelblick auf, der dem des kleinen Hundes Konkurrenz macht. Ich schüttele den Kopf.

»Nein, mein Schatz. Bestimmt gehört er jemandem. Vielleicht steht eine Telefonnummer auf seinem Halsband.«

Betrübt schiebt Nina ihre Unterlippe vor und hockt sich in den Sand, um das Hündchen ausgiebig zu streicheln.

»Wie schade. Dabei bist du so niedlich«, murmelt sie.

»Du weißt doch, dass unsere Wohnung viel zu klein für einen Hund ist«, erkläre ich meiner Tochter, die verständnisvoll nickt. Erneut frage ich mich, wie sie so plötzlich erwachsen geworden ist. Wo ist nur das trotzige Kleinkind hin, das wegen jeder Kleinigkeit einen Wutausbruch hatte? Wie sehr wünsche ich mir die Zeit zurück, in der Nina sich nachts an meine Brust gedrückt hat, wenn sie nicht einschlafen konnte. Ihre winzigen Händchen an meinem Gesicht und das weiche Haar, das meine Nase kitzelte, wenn sie auf mir lag. Diese Erinnerungen stimmen mich jedes Mal ein bisschen wehmütig. Auch wenn die ersten Jahre als alleinerziehende Mutter verdammt anstrengend für mich gewesen sind, will ich sie nicht missen.

»Vielleicht können wir irgendwann einen Hund haben, wenn du etwas älter bist«, sage ich zu ihr und werde mit einem strahlenden Lächeln belohnt.

»Sherlock! Sherlock, wo steckst du denn? Komm her, es gibt ein Leckerli!« Eine laute Männerstimme dringt zu mir durch. Neugierig verlasse ich meine schützende Position im Strandkorb und sehe den langen Strand entlang. Ein Mann sieht sich gehetzt nach allen Seiten um. Anscheinend sucht er den kleinen Hund, mit dem Nina schmust. Die dunkelbraunen Locken werden vom Wind durcheinandergewirbelt, sodass er sich immer wieder mit der Hand durchs Gesicht fährt, um etwas sehen zu können. Als er in unsere Richtung schaut, begegnen sich unsere Blicke und ein Lächeln erhellt seine Züge. Es ist kein geringerer als mein neuer Kollege Robert, der in Bermudashorts und einem schlichten Shirt durch den Sand auf mich zueilt. Vor mir bleibt er stehen und stützt seine Hände auf die Knie, um zu Atem zu kommen. Dann hebt er den Kopf und grinst mich geradewegs an. Das verschmitzte Lächeln steht ihm unglaublich gut.

»Da bist du ja«, sagt er und für einen Moment bin ich irritiert, ob er mich damit meint. Dann hockt er sich jedoch zu Nina in den Sand und streichelt dem kleinen Hund über den Kopf, der sogleich freudig bellt.

»Ist das deiner?«, frage ich Robert, ohne mich von der Stelle zu rühren. Er nickt und erhebt sich mühsam.

»Sherlock«, stellt er seinen Hund vor. »Ich habe ihn seit drei Jahren, trotzdem hat er mich besser im Griff als ich ihn.«

»Er ist so süß!«, kommt es aufgeregt von meiner Tochter, die den Hund nun auf den Arm nimmt. Sherlock leckt ihr über die Wange, was Nina kichern lässt.

»Anscheinend mag er dich lieber als mich«, stellt Robert amüsiert fest. Nun muss ich ebenfalls grinsen.

»Na, da haben wir seinen Besitzer schnell gefunden«, sage ich zu Nina, die Sherlock zurück an Robert überreicht. Traurig zieht sie die Mundwinkel nach unten.

»Schade. Ich hätte gerne noch ein bisschen mit ihm gespielt.«

»Also ...« Er schaut kurz zu mir rüber, dann setzt er den Hund wieder in den Sand. Sogleich hüpft der kleine Kerl um Ninas Beine herum. »Ich habe es eigentlich gar nicht so eilig, nach Hause zu kommen. Deshalb macht es keinen Unterschied, wenn Sherlock und ich eine Weile hierbleiben.«

»Das ist toll!«, jubelt Nina und rennt hinter dem Hund her zurück zum Wasser. Robert geht an mir vorbei und setzt sich wie selbstverständlich in den Strandkorb, neben dem ich immer noch unschlüssig stehe.

»Sie sieht dir ähnlich«, stellt er mit einem langen Blick auf Nina fest und räuspert sich dann. »Sorry, ich wollte dir jetzt nicht zu nahe treten.«

»Schon okay. Bist du nicht«, entgegne ich ruhig und setze mich endlich neben ihn, um nicht wie eine Idiotin vor ihm zu stehen. Dann strecke ich meine Beine lang aus und vergrabe meine nackten Zehen im warmen Sand. »Viele sagen mir, dass sie mir wie aus dem Gesicht geschnitten ist und hat wenig Ähnlichkeit mit ihrem Vater ...« Sofort breitet sich dieses ungute Gefühl in mir aus, das mich immer überkommt, sobald ich an Peter erinnert werde. Ich denke nicht gerne an meine Zeit in Hamburg zurück, denn auch wenn der Gedanke nicht mehr so schmerzt wie vor Jahren. Dass er mich schwanger sitzen gelassen hat, kann ich ihm nicht verzeihen.

»Was für eine Rasse ist er?«, frage ich Robert, um nicht in peinliches Schweigen zu verfallen. Es ist mir so schon ein bisschen unangenehm, ihm nach Feierabend zu begegnen. Zwar pflege ich ein freundschaftliches Verhältnis zu all meinen Kollegen aus der Schule, dennoch lasse ich sie nicht zu tief in mein Leben eindringen.

»Ein Yorkshire Terrier. Er war ein Geschenk für –« Er stockt und sein Blick schweift in die Ferne. Etwas Trauriges liegt in seinen braunen Augen, weshalb ich es schon bereue, dieses Thema angeschnitten zu haben. Ich wollte mich lediglich von den Gedanken an Peter ablenken ... Habe ich ihn mit dieser Frage gekränkt?

»Wie auch immer.« Robert streicht sich einige Strähnen aus dem Gesicht, dann sieht er mich wieder an. »Sherlock ist noch jung und wild. Er bräuchte ein intensives Training, das ich bisher ziemlich habe schleifen lassen. Ich bin neu hier auf der Insel und kenne mich nicht aus. Kannst du mir eine Hundeschule empfehlen?«

Ratlos zucke ich mit den Schultern. »Sorry, ich habe nicht viel Ahnung von Hundehaltung.«

»Hätte ja sein können.« Er sieht zu Nina rüber, die mit dem kleinen Hund am seichten Wasser entlangläuft. Ihr helles Lachen dringt zu uns. »Sie scheinen Spaß zu haben.«

»Ja«, entgegne ich mit einem milden Lächeln. Ich freue mich jedes Mal, meine Tochter so ausgelassen zu erleben. Sie ist ein ernstes und gewissenhaftes Kind, was mir manchmal ein bisschen leidtut. Doch als alleinerziehende Mutter fällt es mir nicht leicht, meinen Job und die Erziehung immer unter einen Hut zu bekommen.

Mein Kollege erhebt sich und streckt sich ausgiebig.

»Okay, ich sollte mich auf den Heimweg machen. Bis morgen in der Schule«, sagt er zu mir und geht zu Nina rüber, um seinen Hund an die Leine zu nehmen. Ich stehe ebenfalls auf und winke meine Tochter zu mir, um nach Hause zu gehen.

Kapitel 2

Am nächsten Morgen begegnen wir uns im Schulflur. Heute bin ich tatsächlich pünktlich, immerhin bin ich vor dem Läuten im Schulgebäude. Robert kommt mir aus der Kaffeeküche entgegen, einen Becher in der einen und seinen Rucksack in der anderen Hand. Heute trägt er wieder Hemd und eine Jeans. In diesem Aufzug sieht er strenger aus als gestern Nachmittag am Strand. Allein seine Locken hängen ihm genauso frech in die Stirn.

»Melanie«, sagt Robert meinen Namen, als ich gerade an ihm vorbei in Richtung des Lehrerzimmers huschen will. »Schön, dich zu sehen.« Sein strahlendes Lächeln sorgt für ein mulmiges Gefühl in meinem Inneren, weil ich mich an unsere gestrige Begegnung erinnere. Sofort unterdrücke ich das Kribbeln, indem ich meinen Blick von ihm abwende, um an etwas anderes zu denken. Er bemerkt meine Reaktion und hält mich am Arm zurück, ehe ich die Tür öffnen und im Lehrerzimmer verschwinden kann.

»Alles okay bei dir?«, fragt er irritiert, weil ich ihn noch nicht begrüßt habe.

»Oh, sorry«, murmele ich und schüttele sanft seine Hand ab. Dann zwinge ich mich zu einem Lächeln, um meine Nervosität zu verbergen. »Ich war in Gedanken. Guten Morgen. Wie geht's Sherlock?«

Jetzt lächelt er und ich erkenne ein kleines Grübchen auf seiner linken Wange, was ihm etwas Jungenhaftes verleiht. Wie alt er wohl ist? Obwohl ich versuche, mich von Robert zu distanzieren, bin ich dennoch neugierig, mehr über ihn zu erfahren. Vielleicht sollten wir uns ein bisschen näher kennenlernen, wenn wir schon denselben Jahrgang unterrichten?

»Ganz gut. Der kleine Racker war gestern Abend ziemlich erschöpft, nachdem wir endlich zu Hause waren. So kenne ich ihn nicht. Es war eine willkommene Abwechslung für mich, denn so konnte ich meinen Abend nutzen und ein wenig das Haus einrichten, statt mit Sherlock im Garten zu toben.«

Ich nicke verständnisvoll. Gerade will ich ihn nach seinem Haus fragen, und warum er ausgerechnet an diese Schule gewechselt hat, als Sabine an uns vorbeigeht. Sie schenkt mir einen vielsagenden Blick und grinst wissend, ehe sie mit einem knappen Gruß im Lehrerzimmer verschwindet. Sofort schlucke ich meine Fragen hinunter, denn ich möchte meinen Kollegen keinen Grund für Tratsch geben. Vor allem bei Sabine verbreiten sich Gerüchte wie ein Lauffeuer. Wenn sie mir jetzt eine heimliche Affäre mit Robert andichtet und unser Schulleiter Werner Wind davon bekommt, gibt's bestimmt Ärger. Er hält nicht viel von Beziehungen am Arbeitsplatz, das ist jedem hier bekannt. Seitdem ich hier arbeite, gab es auch nie so einen Fall, denn meine Kollegen sind fast alle verheiratet oder haben einen Partner. Ich bin bisher die Jüngste und zudem noch Single.

»Gut, dann sollte ich jetzt gehen und meinen Unterricht vorbereiten, ehe ich zu spät in die Klasse komme. Meine Schüler warten bestimmt sehnsüchtig auf mich«, sage ich mit einem Räuspern und wende mich bereits ab, doch Robert legt mir seine Hand auf die Schulter und hält mich dadurch zurück.

»Um ehrlich zu sein, habe ich hier auf dich gewartet«, meint er mit einem kleinen Lächeln, das beinahe schüchtern wirkt. »Ich habe gehofft, du könntest mir die Insel zeigen? Ich bin kaum eine Woche hier und kenne mich nicht aus.«

»Ach ... hier gibt's wirklich nicht viel zu sehen. Du könntest googlen oder in einen Reiseführer schauen. Oder du fragst einen der anderen Kollegen, ob sie dich zum Stammtisch mitnehmen? Jens oder vielleicht Hans-Jürgen?«, entgegne ich das Erstbeste, was mir in dieser Situation einfällt. Denn seine Nähe sorgt schon wieder dafür, dass mein ganzer Körper kribbelt. Genau wie gestern am Strand, als mich seine Gegenwart total nervös gemacht hat. Ich bin es einfach nicht gewohnt, wenn jemand in mein geordnetes Umfeld eindringt und meinen Alltag durcheinanderbringt. Die letzten Jahre habe ich mich von Männern in meinem Alter ferngehalten. Robert ist der Einzige, mit dem ich seit meiner Trennung durch die Arbeit engeren Kontakt habe. Meine seltenen Dates waren alle oberflächlich, und es blieb immer bei einem Treffen. Ich sollte unsere Beziehung auch auf die Arbeit beschränken ...

Er schaut sich kurz im Flur um, als fürchte er, jemand könnte uns beobachten. Dann beugt er sich ein Stück zu mir vor. Seine Lippen nähern sich meinem Ohr. Ich will instinktiv zurückweichen, doch mein Körper ist wie erstarrt. Mein Herz macht einen aufgeregten Satz und treibt meinen Puls in die Höhe.

Mann, Mel, er ist ein Kollege! Beruhig dich endlich!

Meine letzte Beziehung zu einem Mann ist eindeutig viel zu lange her, weshalb meine Hormone sicher überreagieren. Er ist mir viel zu nah – und das nach nur zwei Tagen Bekanntschaft. Robert scheint es nichts auszumachen, denn er ist völlig gelassen. Bin ich etwa die Einzige, die dieses Knistern zwischen uns spürt?

»Ganz im Vertrauen: Ich habe gehofft, *du* würdest dich meiner erbarmen. Hans-Jürgen mag nett sein, aber ich denke kaum, dass wir auf einer Wellenlänge sind.

In seinem Alter könnte er mein Vater sein. Und mit dem habe ich mich nie verstanden«, erklärt mir Robert mit einem Zwinkern. Jetzt muss ich grinsen. Solange ich denken kann, unterrichtet Hans-Jürgen Schneider an dieser Schule und steht kurz vor seiner Pensionierung. Er ist ein guter Freund des Direktors und hat mein Referendariat vor drei Jahren betreut. Eine treue Seele – aber etwas eingerostet in seinen Ansichten.

»Also schön«, gebe ich mich geschlagen, weil er bisher keine Anstalten macht, von mir abzurücken. Sogleich werde ich mit einem Lächeln belohnt, das mich unweigerlich erschaudern lässt.

»Super, dann treffen wir uns nach Schulschluss?«, fragt er hoffnungsvoll.

»Aber –« Ich hebe meinen Zeigefinger. »Nur ein Kaffee. Und ich nehme Nina mit. Schließlich kann ich sie nicht alleine zu Hause lassen.« Die meisten Männer hat es bisher abgeschreckt, wenn ich meine kleine Tochter zu Dates mitgebracht habe. Tatsächlich hatte ich stets ein schlechtes Gewissen, mein Kind bei meiner Schwester Mona abzuladen. Und so wichtig war mir die männliche Gesellschaft nach meiner Trennung zu Peter nicht mehr. Ich hatte einfach viel zu viel mit der Arbeit und meiner Tochter zu tun, als dass ich mir ernsthafte Gedanken um die Liebe gemacht habe.

Robert nickt. »Klar. Aber dann bringe ich auch Sherlock mit. Gleiches Recht für uns beide«, entgegnet er mit einem Zwinkern, nimmt noch einen großen Schluck vom Kaffee und macht sich auf den Weg in seinen Unterricht, während ich endlich im Lehrerzimmer verschwinde, um meine Unterlagen zu holen.

***

Nach Ende der letzten Deutschstunde packe ich meine Unterlagen in die Tasche, als Aylin und Christiane ans Lehrerpult treten. Die anderen Schüler haben den Klassenraum bereits verlassen.

»Frau Konrad? Haben Sie eine Minute?«, fragt Aylin leise und sieht mich nervös an. Ich nicke und setze mich wieder auf meinen Stuhl.

»Was gibt's denn, Mädels?«

»Ich wollte mich bei Ihnen bedanken. Für gestern. Sie wissen schon, als –«

»Als Basti sich wie ein Idiot aufgeführt hat!«, fällt ihr ihre Freundin schnaubend ins Wort. »Ich habe dir gleich gesagt, dass er als Freund nichts taugt.«

Ich lächele in mich hinein und lege Aylin kurz meine Hand auf den Arm. »Ist doch selbstverständlich. Außerdem habe ich ja eigentlich nicht viel getan, als die beiden Streithähne zum Schulleiter zu schicken. Herr Schuster hatte den Streit doch bereits geschlichtet, ehe ich euch bemerkt habe. Der Strafdienst wird ihnen eine Lehre sein, sich auf dem Schulhof zu prügeln. Mach dir also keine Gedanken mehr. Die Sache bleibt unter uns.« Lächelnd zwinkere ich Aylin zu, deren Lippen nun ebenfalls ein kleines Lächeln umspielt.

»Er ist wirklich toll«, kommt es auf einmal von Christiane und ein Glitzern tritt in ihre blauen Augen. Sie streicht sich das blonde Haar zurück und strafft die Schultern. »Finden Sie nicht auch, Frau Konrad? Viel reifer als die Jungs aus dem Jahrgang. Da können sich Basti und Paul, und all die anderen, eine Scheibe abschneiden.«

»Herr Schuster ist euer Lehrer und eine Autoritätsperson«, erinnere ich die beiden daran, von wem sie da gerade schwärmen. Scheinbar bin ich nicht die Einzige, die er interessiert, weil er neu an der Schule und hier auf Sylt ist.

»Glauben Sie, er ist verheiratet? Oder verlobt? Einen Ring habe ich bei ihm nicht gesehen«, plappert Christiane drauflos und Aylin kichert leise, ohne auf meinen Kommentar zu antworten.

»Das geht nur Herrn Schuster etwas an«, entgegne ich und erhebe mich von meinem Platz. »Er hat mich nicht über sein Privatleben informiert.«

»Schade ...«, murmelt Christiane. »Dabei wirkten Sie beide heute Morgen im Flur so vertraut miteinander. Da habe ich gedacht, Sie hätten sich schon näher kennengelernt.« Sie zuckt mit den Schultern, dann umfasst sie Aylins Arm. »Komm, lass uns Sina und Paul suchen, ehe die Pause vorbei ist.«

Die Mädchen verlassen den Klassenraum. Seufzend schultere ich meine Tasche und gehe ebenfalls. Mein Unterricht ist für heute vorbei. Gleich habe ich noch eine Besprechung mit Werner und einigen anderen Kollegen wegen der bevorstehenden Abschlussfahrt meines Jahrgangs. Danach kann ich endlich nach Hause. Weil Nina heute in der Nachmittagsbetreuung ihrer Grundschule ist, werde ich meiner Schwester Mona einen kleinen Besuch im Café abstatten und dort eine Kleinigkeit essen, bevor ich meine Tochter abhole. Mona habe ich schon eine Weile nicht gesehen, da ich vor Schulbeginn einfach zu viel mit den Vorbereitungen des kommenden Schuljahres zu tun hatte. Schließlich bereite ich zum ersten Mal die Abschlussklasse auf das Abitur vor. Da kommt nicht nur auf die Schüler einiges zu. Auch ich fiebere bereits mit ihnen mit, ob alle bestehen werden.

Immer noch in Gedanken wegen meines Gesprächs mit den beiden Schülerinnen, stoße ich die Tür zum Lehrerzimmer auf. Sogleich verstummen alle Gespräche und die Blicke meiner Kollegen richten sich auf mich.

»Was ist denn los?«, frage ich irritiert in die Runde und ziehe einen der Stühle am Schreibtisch zurück, um mich zu setzen.

»Wir haben mit der Besprechung bereits ohne dich angefangen, Melanie«, teilt mir unser Schulleiter Werner, der mit einem Kaffeebecher in der Hand durch die geöffnete Tür des angrenzenden Sekretariats hereinkommt, mit. »Du bist spät dran.«

Entschuldigend senke ich den Kopf. »Ich hatte noch ein dringendes Gespräch mit einigen Schülerinnen«, antworte ich.

»Kein Grund zur Panik. Eigentlich gab es nicht viel zu besprechen, was deine Anwesenheit bedurfte. Wir haben einstimmig entschieden, dass die diesjährige Abschlussfahrt wie jedes Jahr kurz vor den Herbstferien nach Hamburg geht.«

»Oh«, entfährt es mir überrascht. Ich versuche, mir meine Enttäuschung nicht anmerken zu lassen, weil ich insgeheim gehofft habe mit meinen Schülern einen Trip nach London oder Barcelona machen zu können. Immerhin ist es ihre letzte gemeinsame Zeit als Klassengemeinschaft. Ich kann mich noch lebhaft an meine Abschlussfahrt nach Rom erinnern, die für mich ein einmaliges Erlebnis mit meinen Freunden gewesen ist.

»Und Robert wird dich begleiten«, ergänzt Werner schmunzelnd. »Ihr jungen Leute werdet das Kind schon schaukeln, da bin ich mir sicher. Er kommt ebenfalls aus Hamburg, also kennt er sich aus. Und falls du doch noch ein paar Ausflugsideen benötigst, kannst du dich mit Jens austauschen. Er war vergangenes Jahr mit der Mittelstufe dort.«

Mir bleibt der Mund offen stehen. Das war's? Irgendwie habe ich tatsächlich gedacht, mich mit den anderen zu beraten, doch der Direktor hat alles festgelegt, ohne mich in seine Entscheidung mit einzubeziehen.

Und wo ist Robert überhaupt? Weiß er, dass er das große Los gezogen hat, mit mir und dreiundzwanzig Teenagern fünf Tage in Hamburg verbringen zu dürfen?

»Aber ...«, beginne ich und sehe zu Werner, der genüsslich an seinem Kaffee nippt. »Wäre es für die Schüler nicht interessanter, wenn wir ein Reiseziel außerhalb Deutschlands nehmen würden?«

Die anderen Lehrkräfte blicken mich teils überrascht, teils verwirrt an. Sofort werde ich unsicher, ob mein Einwand berechtigt ist. Zwar bin ich schon seit meinem Referendariat an diesem Gymnasium, dennoch habe ich als jüngste Lehrkraft immer das Gefühl, den anderen etwas beweisen zu müssen, weil sie mich stets belächeln. Dabei bin ich genauso kompetent und qualifiziert in meinem Job wie sie.

Werner schüttelt den Kopf. »Vor einigen Jahren durfte die Abschlussklasse an den Gardasee fahren. Dieses Ziel hatte im Nachhinein keinen pädagogischen Mehrwert, deshalb blieb es bei einer Ausnahme. Hamburg hat kulturell viel zu bieten. Dir wird schon etwas einfallen, die Schüler zu beschäftigen. Jetzt muss ich mich noch um einige andere Dinge kümmern ...«

Mit diesen Worten verlässt er das Lehrerzimmer. Auch andere Kollegen packen ihre Sachen zusammen, um entweder in die nächste Stunde oder in den Feierabend zu gehen. Völlig überrumpelt sehe ich Werner hinterher. Na großartig! Das ist meine erste Klassenfahrt – ich hätte gerne ein Wörtchen mitzureden gehabt. Stattdessen wurde einfach über meinen Kopf hinweg entschieden, dass alles beim Alten bleibt ...

Seufzend setze ich mich auf den Platz neben Sabine, die in ihren Unterlagen für die nächste Stunde blättert. Meine Kollegin muss gleich eine Doppelstunde Geschichte vertreten, weil zwei Lehrkräfte fehlen.

»Wow, du hast aber Glück, dass du mit Robert auf Klassenfahrt gehst. Ein bisschen beneide ich dich darum, denn es hätte dich viel schlimmer treffen können. Stell dir vor, Werner hätte dir Hans-Jürgen als männliche Betreuungsperson zugeteilt«, meint Sabine und schüttelt sich. »Aber zusammen mit Robert in Hamburg … Das stelle ich mir schön vor. Ihr habt euch sicher viel zu erzählen, wo du doch ebenfalls in der Hansestadt aufgewachsen bist.«

Ich verdrehe die Augen. Sabine wittert sofort ihre Chance, mich an den Mann zu bringen. Ich habe jedoch keinen Nerv, auf ihre kleine Anspielung einzugehen, denn meine Laune ist im Keller, weil dieses Gespräch, auf das ich mich vor Wochen vorbereitet habe, praktisch ohne mich stattgefunden hat.

»Tatsächlich wäre ich lieber mit Hans-Jürgen gefahren«, brumme ich verstimmt und sortiere die Aufsätze, die ich hier in meinem Fach lassen werde. Für diese Woche habe ich sie bereits durchgeschaut, doch ich werde sie erst später in der Klasse verteilen.

Sabine dreht sich zu mir um und mustert mich neugierig. »Warum denn? Hast du etwas gegen Robert?«

»Nein, natürlich nicht«, entgegne ich sofort. »Aber ich habe wenig Erfahrung und würde mich sicherer fühlen, wenn einer der älteren Kollegen mitkommen könnte. Außerdem kenne ich Robert nicht so gut.« Diese Lüge klingt plausibel. Denn eigentlich fürchte ich mich ein bisschen davor, zurück nach Hamburg zu fahren – vor allem mit einem Mann, in dessen Nähe mein Herz ständig zu flattern beginnt. Auch wenn es bloß für ein paar Tage ist.

Der Schulgong ertönt und Sabine erhebt sich. »Bis zur Klassenfahrt ist noch genug Zeit, um ihn näher kennenzulernen. Mach einfach das Beste draus«, meint sie mit einem Zwinkern, ehe sie ihre Tasche schultert und das Lehrerzimmer verlässt.

***

Das Café meiner Schwester ist nicht weit von der Stelle entfernt, an der ich das letzte Mal Robert und seinen Hund Sherlock getroffen habe. Ich schließe das Fahrrad vor dem Gebäude ab. Die Türglocke ertönt, als ich den Gastraum betrete. Mona steht wie immer hinter dem Verkaufstresen und poliert ihr geliebtes Porzellan. Sie hat die Tassen vor einigen Jahren aus einer berühmten Wiener Porzellanmanufaktur mitgebracht, die sie seitdem wie ihren Augapfel hütet. Als sie mich sieht, zeigt sich ein Lächeln auf ihrem Gesicht.

»Mel! Endlich bist du unter deinem Stein hervorgekrochen. Noch ein bisschen länger, und ich hätte dich als vermisst gemeldet«, ruft sie mir lachend zu, während ich mich auf einen der Barhocker zu ihr an den Tresen setze.

»Jetzt übertreib mal nicht«, entgegne ich schmunzelnd, weil ich mich ebenfalls freue, sie zu sehen. »Ich hatte in den Sommerferien viel zu tun. Außerdem bist du ebenfalls erst kürzlich aus dem Urlaub zurückgekommen.«

Meine Schwester war mit einigen Freundinnen auf Mallorca, um etwas Abstand zum Café zu haben, in dem sie praktisch rund um die Uhr arbeitet. In dieser Zeit haben ihre beiden Aushilfen den Laden geführt. Mona winkt ab.

»Trotzdem hättest du dich öfter bei mir melden können. Ich war bloß eine Woche weg. Du hingegen hattest den halben Sommer frei.«

Ich zucke mit den Schultern. »Musste den Unterricht für das neue Schuljahr vorbereiten. Außerdem habe ich ja noch Nina ...«

»Benutze deine Tochter nicht als Ausrede um deine Schwester zu vernachlässigen. Wie alt ist sie jetzt? Sieben? Du solltest endlich mehr an dich und deine sozialen Kontakte denken, statt immer nur dein Kind zu bemuttern«, erklärt Mona streng. Dann nimmt sie eine der Porzellantassen zur Hand und stellt sie unter die Kaffeemaschine, um mir wie gewohnt einen schwarzen Kaffee zu machen.

»Sie wird Anfang November sieben …« Seufzend rühre ich ein bisschen Milch in mein Getränk. Mona hat ja recht, ich sollte endlich zu leben beginnen, statt mich hinter meiner Arbeit und meinen Mutterpflichten zu verstecken. Doch ich habe einfach Sorgen, meinem Kind als Alleinerziehende nicht gerecht zu werden, weil ich sowieso schon viel zu lange arbeite und mir zu wenig Zeit für sie nehme.

»Du bräuchtest einen Freund«, sagt Mona plötzlich und reißt mich aus meinen Gedanken. Beinahe verschlucke ich mich an meinem Kaffee.

»Wie kommst du denn auf diese Idee? Ich bin mit meinem Leben zufrieden, wie es jetzt ist«, entgegne ich sogleich. Dieses leidige Thema möchte ich mit ihr nicht schon wieder durchkauen. Ständig liegt sie mir damit in den Ohren, dass ich als alleinerziehende Mutter zu wenig an mich denke. Doch ich brauche keinen Mann in meinem Leben, denn für eine neue Liebe habe ich schlichtweg keine Zeit. Nach der kaputten Beziehung zu meinem Ex habe ich auch niemanden richtig an mich herangelassen, weil ich mit Nina und dem Referendariat genug um die Ohren hatte.

»Mel, du bist fast dreißig und Single. Als große Schwester mache ich mir eben Sorgen.«

»Siebenundzwanzig. Und ich möchte keinen neuen Freund«, sage ich in bestimmendem Ton. »Die Männer, die du mir bisher vorgestellt hast, waren alle eine Pleite.«

»Vielleicht bist du bloß zu wählerisch?«, entgegnet Mona zwinkernd.

Ich schnaube. »Wohl kaum. Ich habe einfach keine Lust, Nina immer wieder neue Männer vorzustellen, die ein potenzieller Vaterersatz für sie sin könnten. Und dann klappt es nicht. Ich möchte sie nicht enttäuschen.«

»Dieses Mal werde ich dich nicht verkuppeln, versprochen. Ich wollte dich darauf aufmerksam machen, dass ein besonders attraktives Exemplar der männlichen Spezies direkt vor deiner Nase ist.«

Fragend hebe ich meine Augenbrauen, was Mona zum Lachen bringt.

»Sag bloß, er ist dir noch nicht aufgefallen?«

»Von wem sprichst du?«, frage ich sie und schiebe meine leere Kaffeetasse zu ihr rüber, die sie auf ein Tablett stellt, um sie mit dem anderen schmutzigen Geschirr in die Küche tragen zu können.

»Robert Schuster«, lautet ihr Kommentar. Ihr Grinsen wird immer breiter, während ich blass werde. »Ich weiß, dass er an deiner Schule angefangen hat. Sicher seid ihr euch bereits begegnet. So groß ist das Gymnasium nicht.«

Ha! Wenn sie wüsste, dass wir sogar bald gemeinsam auf Klassenfahrt fahren, wird sie vermutlich alles daransetzen, um mich mit ihm zu verkuppeln. Bloß nicht. Dafür habe ich wirklich keine Zeit.

»Woher kennst du ihn überhaupt?«, frage ich dann. »Das Schuljahr hat doch eben erst angefangen und ich dachte —«

Mona fuchtelt mit ihrem Zeigefinger vor meinem Gesicht herum, schneidet mir dadurch das Wort ab.

»Es gibt nichts auf dieser Insel, das ich nicht mitbekomme, kleine Schwester. Schließlich ist mein Strandcafé ein sehr beliebter Treffpunkt für Touristen und Einheimische. Außerdem habe ich mitbekommen, wie die Damen vom Rommé-Club über ihn gesprochen haben. Robert ist der Neffe von Clärchen. Er ist in ihr

Haus gezogen und renoviert es jetzt. Du weißt ja, dass es schon eine ganze Weile leer steht, seitdem Clärchen im Seniorenheim untergebracht ist«, erklärt mir meine Schwester. Tante Clara kenne ich schon eine ganze Weile, denn immer, wenn ich meine Schwester hier auf Sylt besucht habe, war die alte Dame mit dem großen Haus am Strand im Café. Ich kann mich noch gut daran erinnern, wie Mona mich zu ihrem Haus begleitet hat, damit ich in ihrem Gemüsegarten Erdbeeren und Äpfel pflücken konnte. Sie hatte Hühner und drei Katzen. Nun ist Clärchen schon so alt, dass sie mit Garten und Haus nicht mehr alleine zurechtkommt. Vergangenen Winter ist sie ins Seniorenheim gezogen. Ich habe mich schon eine Weile gefragt, was jetzt mit ihrem Haus passiert. Dann hat Robert es also übernommen …

»Es hatte eine Renovierung nötig«, entgegne ich nachdenklich und versuche, mich an das große Haus hinterm Deich zu erinnern. Mona nickt bestätigend. »Da trifft es sich gut, dass Robert aus Hamburg hergezogen ist.«

»Du bist anscheinend bestens informiert …«

Sie lacht auf und stemmt dabei ihre Hände in die Hüften. »Das habe ich vom Rommé-Club aufgeschnappt. Du weißt doch, wie die Damen sind. Sobald sie den ein oder anderen Kirschlikör getrunken haben, werden sie sehr geschwätzig.« Sie beugt sich weiter über den Tresen zu mir vor und zwinkert mir verschwörerisch zu. »Clärchen hat betont, dass Robert Single ist. Womit wir erneut beim Thema sind: Willst du dich nicht einmal mit ihm treffen?«

Genervt verdrehe ich die Augen. Von *wollen* kann keine Rede sein … Mona hört einfach nicht damit auf, sich in mein Privatleben einzumischen.

»Du tust ja gerade so, als wäre Robert der einzige Mann auf dieser Insel«, schnaube ich. Auch wenn ich in seiner Nähe Herzflattern bekomme, muss ich es meiner Schwester ja nicht auf die Nase binden.

Mona hebt grinsend ihren Zeigefinger. »Da hast du recht. Er ist tatsächlich der Einzige, der nicht zu alt, nicht zu jung, nicht verheiratet und verdammt attraktiv ist. Also, ja, der perfekte Kandidat für dich. Es ist eine glückliche Fügung des Schicksals, dass er gerade an deiner Schule unterrichtet.«

»Na ja, es ist das einzige Gymnasium hier in Westerland, und somit kein wirklicher Zufall«, erkläre ich ihr. »Außerdem ist er mein Kollege ... Werner duldet keine Romanzen am Arbeitsplatz.«

»Romanzen am Arbeitsplatz?« Mona kichert hinter vorgehaltener Hand, als wäre sie ein junges Mädchen. »Ihr müsst euch ja nicht direkt auf dem Schulflur die Zungen in den Hals stecken. Ihr beide seid doch erwachsen genug, um es diskret zu halten. Trefft euch in deiner Wohnung. Oder bei ihm zu Hause, wenn du nicht möchtest, dass Nina etwas mitbekommt. Und wenn's gar nicht geht, kann ich euch meine Besenkammer herrichten.« Sie lacht über ihre Idee. Ich hingegen atme tief ein und aus, um mich nicht aufzuregen. Mona hat vielleicht Nerven! Abrupt erhebe ich mich vom Barhocker.

»Danke für den Kaffee. Jetzt muss ich aber los, um Nina von der Nachmittagsbetreuung abzuholen«, erkläre ich ihr, um dieses mir unangenehme Gespräch endlich zu beenden. Mona winkt mir grinsend zum Abschied, als ich das Café schnellen Schrittes verlasse.

***

»Mama!«, ruft mir Nina entgegen, als ich das Fahrrad am Schultor abstelle. Heute ist sie glücklicherweise nicht alleine, sondern mit einigen Kindern auf dem Schulhof. Die Betreuung findet zweimal die Woche statt, worüber ich froh bin. Denn dass ich heute schon früher Feierabend machen konnte, ist eher selten. Deshalb nutze ich das Betreuungsangebot der Grundschule am Nordkamp, um mich auf meinen Job zu konzentrieren. Dadurch muss ich mir keine Gedanken machen, wo ich Nina die Nachmittage unterbringen soll, an denen ich länger in der Schule bleiben muss. Es reicht, dass meine Tochter immer bei Mona bleibt, wenn ich Lehrerkonferenzen oder Elternsprechtage habe.

Mit einem Kopfnicken grüße ich die Lehrerin, die Pausenhofaufsicht macht, ehe ich Nina umarme. Meine Tochter strahlt mich an.

»Wir haben bald ein Schulfest«, sagt sie aufgeregt. »Und jede Klasse betreut einen Verkaufsstand oder führt etwas auf. Es müssen möglichst viele Besucher kommen, weil wir Spenden sammeln wollen.«

»Oh, das klingt aber spannend«, entgegne ich und nehme sie an die Hand, während wir zum Fahrrad gehen. Nina nickt freudestrahlend.

»Frau Kaiser wird uns noch einen Brief mitgeben. Das Schulfest findet schon in zwei Wochen statt. Wir proben beim Turnen fleißig für eine Zirkusvorführung. Ich werde mit Laura Seilspringen und mit dem Hula-Hoop-Reifen turnen.«

»Na das darf ich mir auf keinen Fall entgehen lassen.« Ich hebe Nina in ihren Kinderfahrradsitz und steige ebenfalls aufs Rad. Gemeinsam radeln wir nach Hause. Das Wetter ist herrlich, die Nachmittagssonne scheint hell vom Himmel und wärmt meine Haut. Ich genieße es jedes Mal, von der Schule an der Strandpromenade entlang zu der Wohnung zu fahren, die Nina und ich seit nun mehr sechs Jahren bewohnen. Es ist eine Dachgeschosswohnung in einem Haus, in dem die Vermieterin selbst wohnt. Als ich neu auf Sylt war und Nina gerade mal wenige Wochen alt, lebte ich eine Zeit lang bei Mona in der Wohnung über dem Café, bis ich eine Bleibe gefunden hatte, die ich mir leisten konnte.

Auf meinem Weg komme ich an Clärchens Haus vorbei. Ich werde langsamer und betrachte neugierig die vergilbte Fassade. Irgendwie habe ich dem alten Haus nie Beachtung geschenkt, seitdem Clärchen ausgezogen ist. Nun weckt es erneut meine Neugier, weil ich weiß, dass Robert jetzt darin wohnt.

»Mama, schau mal. Da ist Sherlock!«, kommt es plötzlich von Nina und sie zeigt mit der ausgestreckten Hand auf den Hund, der am Holzzaun immer wieder auf und ab springt und laut bellt. Instinktiv stoppe ich mein Rad und steige ab. Dann hole ich Nina aus ihrem Sitz. Sicher hat Robert nichts dagegen, wenn Nina den Hund streichelt. Sofort läuft sie zu dem kleinen Terrier. Ich schiebe das Fahrrad zum Zaun und lehne es dagegen.

»Hallo, Melanie«, kommt es vom Haus. Beim Klang der tiefen Stimme zucke ich unweigerlich zusammen. Robert steht an den Türrahmen gelehnt, die Arme lässig vor der Brust verschränkt und lächelt mir zu. Seine dunklen Locken hat er mit einem Bandana zurückgebunden, damit sie ihm nicht in die Augen fallen. Er trägt dieselben Bermudashorts wie bei unserer letzten zufälligen Begegnung, dazu ein rotes Muskelshirt, das seine Oberarme zur Geltung bringt. Bisher ist mir nicht aufgefallen, wie trainiert er ist. Unter den Hemden, die er in der Schule trägt, fallen seine definierten Arme und der flache Bauch nicht auf. Er sieht einfach nicht wie der typische Lehrer aus, benimmt sich auch nicht so. Vermutlich mögen ihn die Schüler deshalb so sehr. In den wenigen Tagen, in denen er bereits am Gymnasium unterrichtet, hat er schon einen kleinen Fanclub. Nicht nur Christiane und ihre Freundinnen bewundern ihren neuen Biologielehrer. Auch die Jungs aus meiner Abschlussklasse sind fasziniert von seiner lockeren und kameradschaftlichen Art. Vielleicht ist es doch eine gute Idee, ihn als Begleitung auf Klassenfahrt mitzunehmen. Er hat einen guten Draht zu meinen Schülern.

Ich schlucke nervös und nicke ihm zu, ehe ich meinen Blick von ihm abwende und erneut Nina ansehe, um mein Herzklopfen direkt im Keim zu ersticken.

»Was führt dich zu mir nach Hause?«, fragt er und verlässt seine Position an der Haustür. »Wolltest du es so schnell wie möglich hinter dich bringen, mir die Insel zu zeigen, dass du keinen Tag länger warten konntest?«

Ist es Enttäuschung, die ich aus seiner Stimme heraushöre? Robert kommt zum Zaun und öffnet das kleine Tor. Sofort flitzt Sherlock heraus und hüpft an Ninas Beinen hoch. Meine Tochter quietscht vergnügt und lässt sich vom Hund die Handfläche ablecken.

»Schau doch mal, Mama. Wie er sich freut, mich zu sehen!«, sagt sie kichernd und krault den kleinen Kerl ausgiebig. Räuspernd wende ich mich wieder meinem Gegenüber zu, weil ich seinen eindringlichen Blick im Nacken spüre.

»Quatsch«, entgegne ich mit einer abwinkenden Handbewegung. »Ich habe eben Nina von der Schule abgeholt. Wir sind auf dem Heimweg zufällig hier vorbeigekommen und haben Sherlock bellen gehört.«

Er hält das Tor einladend auf und signalisiert mir dadurch, in den Vorgarten zu treten. Um nicht unhöflich zu sein und länger zwischen Tür und Angel mit ihm zu sprechen, trete ich an ihm vorbei durchs Tor. Auch Nina folgt mit Sherlock auf dem Arm.

»Wenn du möchtest, dann kannst du mit Sherlock ein bisschen im Garten spielen, während ich mich mit deiner Mutter unterhalte«, schlägt Robert meiner Tochter vor, die eifrig nickt. Wie auf ein Stichwort hüpft der

Terrier von ihrem Arm und rennt auch schon ums Haus herum. Ich folge Nina und Robert in den großen Garten. Hier sieht es immer noch so aus wie in meiner Erinnerung. Die Apfelbäume sind etwas größer geworden, die Johannisbeersträucher dichter und die Rosenhecken an der Hausfassade üppiger.

Der kleine Terrier flitzt durchs hohe Gras hin und her, springt am Zaun hinauf und stößt dabei mit den Hinterpfoten einen Farbeimer um.

»O nein, was machst du denn?«, ruft Robert ihm hinterher und eilt zu ihm, um ihn einzufangen. Doch Sherlock entwischt ihm blitzschnell und verschwindet unter dem Johannisbeerstrauch. Nina hockt sich neben den Strauch und versucht, Sherlock herauszulocken.

»Mist!« Robert stöhnt genervt und streicht sich durch die Haare, löst das Bandana um seinen Kopf und wischt sich mit dem Tuch einige Schweißperlen von der Stirn. »Ich war gar nicht fertig. Jetzt muss ich wohl neue Farbe besorgen.« Er geht zum Eimer und hebt diesen auf.

»Hast du gerade gestrichen?«, frage ich, weil mir jetzt erst die weißen Farbkleckse auf seinem Shirt und den Armen auffallen. Robert nickt zustimmend, sammelt die Pinsel zusammen und bringt sie mitsamt dem Eimer zu mir, um sie auf dem Gartentisch abzustellen.

»Der Gartenzaun sah furchtbar aus. Die Farbe war schon ausgeblichen und teilweise abgeblättert. Das Haus von Tante Clara bedarf generell einer Renovierung. Ich will die Fassade ebenfalls streichen lassen und auch die Tapeten und Bodenbeläge erneuern«, erklärt er mir und schiebt einen der Gartenstühle zurück. »Setz dich doch. Ich hole uns etwas zu trinken.«

»Lass nur, wir wollen gleich gehen«, entgegne ich, da ich ihn nicht länger von der Arbeit abhalten möchte, doch Robert schüttelt bloß lächelnd den Kopf. Einige Locken fallen ihm in die Augen, die er sich lässig aus der Stirn streicht. Dann legt er seine Hand auf meine Schulter und drückt mich sanft auf den Stuhl. Sofort spüre ich dieses leichte Kribbeln, das sich in meinem Inneren ausbreitet. Monas Worte kommen mir erneut in den Sinn.

Er ist Single und wäre der perfekte Kandidat für dich.
O nein! Mich gerade in *ihn* zu verlieben, wäre alles andere als vernünftig. Und überhaupt – ich brauche keinen Mann in meinem Leben, ich komme gut ohne zurecht! Robert verschwindet im Haus. Seufzend lehne ich mich im Stuhl zurück und sehe Nina dabei zu, wie sie mit Sherlock durch den Garten tobt. Vermutlich fühlt sich Nina als Einzelkind einsam, da wäre ein Hund vielleicht wirklich ein toller Spielgefährte für sie ...

Robert kommt zurück und stellt eine dampfende Tasse Kaffee vor mir auf den Tisch. Für Nina hat er ein Glas Apfelschorle mitgebracht. Sofort kommt meine Tochter rüber und nimmt einen großen Schluck. Robert setzt sich mir gegenüber.

»Ich wusste nicht, ob du Milch und Zucker nimmst«, sagt er und deutet mit einem Kopfnicken auf die Zuckerschale auf dem Tablett. Darauf steht noch eine Flasche Wasser. »Oder ob du nicht lieber etwas Kaltes willst ...«

»Danke. Kaffee ist perfekt.« Nickend rühre ich Zucker in mein Getränk und nippe daran.

»Die beiden haben viel Spaß zusammen«, meint Robert nach einer Weile, in der wir schweigend unseren Kaffee trinken. Ich nicke mit einem versonnenen Lächeln und beobachte Nina, wie sie auf einen der hohen Apfelbäume klettert. Sherlock hüpft bellend um den Baum herum, während meine Tochter fröhlich zu uns herüberwinkt.

»Wenn du möchtest, dann könnt ihr gerne öfter herkommen. Scheinbar hat Sherlock in Nina eine gute

Freundin gefunden«, schlägt er mir vor. Ein Anflug von Nervosität steigt in mir auf. Das würde bedeuten, ihn außerhalb der Schule zu treffen. Nein, das wäre wirklich zu viel.

»O bitte, Mama«, ruft meine Tochter sogleich, die unser Gespräch mitgehört hat. »Ich spiele so gerne mit Sherlock!«

Leicht schüttele ich den Kopf und erhebe mich von meinem Platz. »Sorry, dafür fehlt mir die Zeit«, sage ich zu ihm. »Danke für den Kaffee. Wir sehen uns dann morgen in der Schule. Komm, Nina. Hast du vergessen, dass du noch Hausaufgaben machen musst?«

Nina brummt verstimmt, klettert jedoch vom Baum und kommt zu mir rüber. Mein Kollege erhebt sich ebenfalls und begleitet uns wieder hinaus zu meinem Fahrrad. Ich hebe Nina in den Kindersitz.

»Wirklich schade«, meint er. »Aber vielleicht überlegst du es dir noch mal. Ich bin nicht aus der Welt. Nun weißt du, wo du mich findest.« Sein charmantes Lächeln beschert mir weiche Knie. Mit einem knappen Nicken schiebe ich das Fahrrad bereits über den Kiesweg zurück Richtung Straße.

»Melanie, warte mal!«, ruft mir Robert auf einmal hinterher, sodass ich mich noch einmal zu ihm umdrehe. »Was ist mit unserem Date?« Sein Grinsen wird immer breiter, während mir bei seinen Worten jegliche Farbe aus dem Gesicht weicht.

»Es ist kein Date«, korrigiere ich ihn.

»Was ist ein Date?«, kommt es sofort neugierig von Nina.

»Ich hole dich Samstag ab!«, entgegnet er, als habe er mich nicht gehört. Jetzt muss ich ebenfalls grinsen. Robert ist hartnäckig, das muss man ihm lassen.

»Ich hole *dich* ab. Schließlich kennst du dich auf der Insel nicht aus!« Ich kämpfe meine Aufregung nieder,

winke ihm zum Abschied und steige endlich auf das
Fahrrad.

Kapitel 3

»Wo wollen wir heute hin?«, fragt Nina zum wiederholten Mal und betrachtet mich neugierig. Noch einmal sehe ich in den Spiegel in meinem Schlafzimmer und zupfe meinen Rock zurecht. Dazu trage ich eine ärmellose Bluse. Es ist zwar noch früh, doch die Sonne steht mit ihren wärmenden Strahlen bereits hoch am Himmel.

»Wir machen einen kleinen Ausflug zum Ellbogen«, erzähle ich meiner Tochter und fahre mir mit den Fingern durch mein offenes Haar. Langsam werde ich nervös, was mein bevorstehendes Treffen mit Robert angeht. Die vergangene Woche in der Schule haben wir uns nur flüchtig auf dem Schulhof oder im Lehrerzimmer gesehen und kaum miteinander gesprochen. So konnte ich zumindest das Herzflattern, das in seiner Nähe immer stärker wird, verdrängen. Nun nimmt die Aufregung doch überhand in mir.

»Echt? Schauen wir uns die Schafe an?«, will Nina freudig wissen. Sie hüpft von meinem Bett und kommt zu mir rüber. »Du siehst hübsch aus, Mama.«

»Danke, mein Schatz«, antworte ich und streiche ihr über den Kopf. Tatsächlich habe ich heute Make-up aufgetragen. In der Schule begnüge ich mich lediglich mit Mascara. Nach einem letzten prüfenden Blick auf mein Spiegelbild nehme ich Ninas Hand.

»So, dann wollen wir mal Robert abholen.«

Mit dem Fahrrad brauchen wir knapp fünfzehn Minuten von meiner Wohnung in Kampen nach Wenningstedt. Roberts Haus liegt praktisch auf dem Weg zu meiner Arbeit. Vielleicht sollte ich demnächst eine andere Route wählen, um ihm nicht zufällig zu begegnen? Weil ich kein Auto besitze und es auf der Insel eigentlich kaum brauche, bin ich froh nicht weit fahren zu müssen.

Wir kommen am Leuchtturm vorbei, den ich Robert zeigen könnte. Aber vermutlich ist er uninteressant, da er ihn bestimmt von seinem Haus aus sehen kann. Auch der Tierpark kommt für unser Treffen nicht infrage, obwohl Nina gerne hingeht. Immerhin ist das heute so etwas wie ein Date, auch wenn ich diesen Gedanken nicht an mich heranlassen will. Deshalb habe ich mir überlegt, ihm den *Ellbogen* in List zu zeigen. Hierfür bräuchten wir zwar ein Auto, doch das kann ich mir zur Not bei Mona leihen, sollte Robert keins haben.

Vor seinem Haus lehne ich mein Fahrrad gegen den bereits frisch gestrichenen Zaun. Sherlock begrüßt uns mit freudigem Gebell. Bevor ich an der Haustür klingeln kann, öffnet Robert sie auch schon.

»Hallo«, grüßt er mich mit einem Lächeln, das mir sofort unter die Haut geht. »Ihr seid pünktlich.«

»Wäre peinlich, zu einem Date zu spät zu kommen«, entgegne ich schmunzelnd. Mittlerweile habe ich mich an den Gedanken gewöhnt, dass er unser Treffen scherzhaft als *Date* bezeichnet. In dieser Hinsicht kann ich ihn nicht ernst nehmen, weil er ebenfalls schon von den anderen Kollegen am Gymnasium mitbekommen hat, welche Regelung wegen Beziehungen unter den Lehrern gilt. Wir sollen den Schülern als gutes Beispiel vorangehen.

»Wir sind startklar. Nicht wahr, Sherlock?« Wie zur Bestätigung bellt der Hund.

»Also schön ...« Ich schaue kurz zu Nina, die den Terrier auf den Arm genommen hat, und dann wieder zu Robert. Er schließt die Haustür hinter sich ab, was mir einen Blick auf seine breiten Schultern gewährt. Wie beim letzten Mal trägt er ein Muskelshirt und eine Bermudashorts, die er heute jedoch noch ein Stück über die Knie hochgekrempelt hat.

»Was hast du für heute geplant?«, will er dann neugierig wissen. »Ich habe mir einige Sachen im Reiseführer über die Insel durchgelesen, bin mir aber nicht sicher, was davon ich zuerst sehen will.«

»Es gibt schöne Ecken hier auf Sylt, auch abseits des Tourismusrummels«, erzähle ich ihm. »Ich habe gedacht, wir könnten ein kleines Picknick am Ellbogen machen.«

»*Ellbogen*?« Seine Augenbrauen schnellen in die Höhe. Ich nicke, gehe voraus durch den Vorgarten zum Zaum.

»Es ist jedoch weiter weg, an der Nordküste. Da brauchen wir ein Auto.«

»Kein Problem. Wir können meinen Wagen nehmen«, sagt er sofort. Kurz verschwindet er wieder im Haus, um den Autoschlüssel zu holen, während ich den Picknickkorb aus dem vorderen Fahrradkorb nehme. Mein Kollege öffnet die Garage und entriegelt sein Auto. Dann nimmt er Nina den Terrier ab, um ihn in seine Transportbox im Kofferraum zu setzen.

»Ich habe leider keinen Kindersitz, weil –«, beginnt er und sieht etwas ratlos auf Nina, die bereits auf die Rückbank seines Fords klettert.

»Schon gut. Hätte mich gewundert«, meine ich und setze mich ebenfalls nach hinten zu meiner Tochter. »Für die kurze Strecke wird es so gehen. Ich halte sie einfach fest.« Er lächelt kurz, ehe er sich hinters Steuer setzt und den Ford rückwärts aus seiner Garage und auf die Straße lenkt.

Die zwanzigminütige Fahrt zur Nordspitze der Insel verbringen wir schweigend. Lediglich meine Fahrtanweisungen durchbrechen die Stille des Wagens. Ich traue mich nicht, Konversation zu betreiben, denn sein ernster Blick, den ich im Rückspiegel sehe, schnürt mir die Kehle zu. Warum wirkt er plötzlich so unnahbar? Der Schalk, der sonst in seinen Augen liegt, ist verschwunden und hat Traurigkeit Platz gemacht.

Wir kommen am Kassenhäuschen vorbei, bei dem Robert eine Mautgebühr für die Zufahrt der Privatstraße zahlt. Aus dem Fenster kann ich schon den westlichen Leuchtturm sehen, an dem wir vorbeigehen werden. Robert parkt sein Auto auf dem nahegelegenen Parkplatz unweit der Sanddünen und wir steigen aus. Endlich darf auch Sherlock wieder aus dem Kofferraum. Der kleine Hund trippelt schon ungeduldig in seiner Box, während Robert ihm die Leine am Halsband befestigt. Dann reicht er sie an Nina weiter.

»Wenn du möchtest, dann kannst du mit ihm vorausgehen. Sherlock braucht nach dieser Fahrt erst mal ein bisschen Auslauf«, sagt er zu meiner Tochter, die freudestrahlend nickt.

»Wir werden auch nicht weit weglaufen«, verspricht sie mir und rennt bereits mit dem Hund die Dünen hinauf und verschwindet zwischen den hohen Gräsern. Wie selbstverständlich nimmt Robert meinen Picknickkorb unter den Arm. Nebeneinander schlendern wir ebenfalls den schmalen Pfad zwischen den Dünen hinab zum feinen Sandstrand.

»Hier gibt es zwei Leuchttürme. West und Ost.« Mit dem Zeigefinger deute ich auf den Leuchtturm, der hinter der nächsten Düne hinaufragt. »Und von hier kann man die dänische Insel Rømø sehen. Man kann mit der Fähre vom Hafen aus rüberfahren.«

In der Ferne sehe ich Nina mit Sherlock durchs seichte Wasser tollen.

»Wollen wir uns setzen?«, frage ich ihn, weil er immer noch seinen eigenen Gedanken hinterherhängt.

»Klar.« Robert stoppt in der Bewegung und sieht sich nach einem geeigneten Platz um. Zu seiner Rechten befindet sich eine kleine windgeschützte Nische zwischen den Dünen, auf die er dann zugeht und den Korb in den Sand stellt. Ich hole die Decke heraus und breite sie auf dem Boden aus. Sogleich setzt sich Robert und streckt seine Beine lang aus. Schweigend hole ich die mitgebrachten Speisen aus dem Korb, die ich zwischen uns auf der Decke ausbreite. Ich habe verschiedene Brote vorbereitet, dazu Obst und Gemüse. Zudem noch eine Kanne mit Kaffee und Tee, weil ich nicht wusste, was er lieber mag.

»Du hast dir richtig viel Mühe gegeben«, meint er, als er unser Frühstück betrachtet. »Damit habe ich nicht gerechnet. Eigentlich habe ich gedacht, dass wir uns bloß irgendwo in einem obligatorischen Café unterhalten – und das war's dann. Aber das hier –« Er macht eine ausladende Handbewegung auf die Speisen. »Das ist wirklich mehr, als ich gehofft hatte. Nachdem du mich in der Schule ignoriert hast.«

»Ich habe dich nicht ignoriert«, entgegne ich schnell und halte ihm die Dose mit Broten entgegen, von denen ich für mich eins herausnehme und herzhaft hineinbeiße. Vielmehr habe ich versucht, seine Gegenwart zu meiden und habe mich stets aus dem Lehrerzimmer geschlichen, wenn ich ihn habe hineinkommen sehen. Damit wollte ich bloß einem Gespräch über unsere Verabredung aus dem Weg gehen, um kein Aufsehen unter den Kollegen zu erregen. Hitze steigt in meine Wangen. »Nina und ich haben bloß noch nicht gefrühstückt«, setze ich mit vollem Mund nach, auch wenn es nur die halbe Wahrheit ist. Zwar essen wir am Wochenende immer später als üblich, dennoch hat meine Tochter bereits zu Hause eine Kleinigkeit gegessen, weil sie nicht so lange warten konnte. Und ich habe vor Aufregung schlichtweg nichts runterbekommen, weshalb ich jetzt umso hungriger bin. Also schlinge ich mein Brot in Windeseile hinunter, um nicht mit ihm reden zu müssen.

Aus dem Augenwinkel bemerke ich seinen amüsierten Blick. »Hey. Was denn?«

»Gar nichts. Du isst mit großem Appetit, dass ich ebenfalls Hunger bekomme. Normalerweise frühstücke ich nicht, weißt du?« Er greift in die Dose in meinem Schoß und beißt beherzt in das belegte Brot. »Lecker!«

Robert strahlt mich an, was auch mir ein Lächeln entlockt. Räuspernd lege ich die Dose zurück auf die Decke und gieße etwas von dem Kaffee in einen Plastikbecher. Auch Robert hält mir seinen Becher entgegen, damit ich ihm einschenken kann. Dann schaue ich nach vorne zum Wasser.

»Ich mag die Ruhe hier«, erkläre ich ihm nach einem Moment des Schweigens. »Dieser Strand ist ein Geheimtipp und während der Hochsaison nicht so überlaufen von Touristen.«

Ich trinke meinen Kaffee aus, dann stütze ich meine Hände hinter mir auf der Decke ab, schließe die Augen und lege meinen Kopf in den Nacken. Die wärmenden Strahlen kitzeln meine Nase und schmeicheln meiner Haut. Eine frische Meeresbrise weht durch mein Haar, sodass es mein Gesicht umspielt.

»Warte, du hast da was«, höre ich Roberts Stimme auf einmal dicht an meinem Ohr. Sogleich öffne ich meine Augen, nur um festzustellen, dass er mir viel zu nah ist. Er beugt sich leicht zu mir vor, unsere Nasenspitzen berühren sich beinahe. Seine Nähe lässt mein Herz augenblicklich schneller schlagen. Meine Kehle wird trocken und ich schlucke, mahne mich innerlich zur Ruhe, obwohl mir das Blut in den Ohren pulsiert. Wir sehen uns lange in die Augen, bis Robert seine Hand hebt um mir sacht durchs Haar streicht. Überrascht schnappe ich nach Luft.

»Hier«, murmelt er und hält mir einen Grashalm entgegen, ohne Abstand zwischen uns zu bringen. Meine Atmung beschleunigt sich und ich versinke in seinen braunen Augen, in denen ein warmer Glanz liegt. Ich will etwas sagen, bekomme jedoch keinen Ton heraus. Diese plötzliche Nähe bringt mich aus dem Konzept. Bevor ich mich rühren kann, nehme ich lautes Bellen und Blöken wahr. Meine Reaktion erfolgt viel zu spät und auch Robert wird von der Situation völlig überrumpelt, als auf einmal mehrere Schafe auf uns zueilen. Mir entfährt ein spitzer Schrei. Instinktiv werfe ich mich Robert in die Arme und reiße ihn zu Boden, als die aufgescheuchten Schafe über die Decke und durch unser Essen rennen, um hinter der Düne zu verschwinden. Sherlock rennt bellend hinter den Schafen her, gefolgt von Nina, die seine Leine in der Hand hält und immer wieder seinen Namen ruft.

Erschrocken reiße ich meine Augen auf und ziehe scharf die Luft ein, als mir bewusst wird, dass ich halb auf Robert liege. Er sieht mich genauso verwirrt an, als könnte er gerade nicht ganz verstehen, was überhaupt passiert ist. Einige Sekunden lang geschieht gar nichts, doch dann bricht er in schallendes Gelächter aus. Mein Kollege drückt seinen Hinterkopf nach hinten in die Decke und breitet seine Arme aus, während ich völlig überrumpelt über ihm hocke und keine Anstalten mache, mich von der Stelle zu bewegen. Erst nachdem sein Lachen verebbt ist, wage ich, mich zu rühren. Beschämt rücke ich von ihm ab und bringe so viel Abstand wie möglich zwischen uns. Mit knallrotem Gesicht starre ich auf meine Hände, mit denen ich die Reste unseres Frühstücks einsammele und zurück in den Korb lege. Nach diesem Schrecken ist mir der Appetit vergangen, außerdem ist von dem Essen sowieso nichts mehr zu retten.

Robert setzt sich wieder auf und hilft mir. Dabei berühren sich wie zufällig unsere Finger. So unauffällig wie möglich ziehe ich meine Hand zurück.

»Wo kommen denn die Schafe her?«, fragt er in beiläufigem Ton, als hätte es den Moment der Nähe zwischen uns nicht gegeben. Nervös streiche ich mir einige wirre Strähnen hinters Ohr und erhebe mich dann von der Decke.

»Hier gibt es viele freilaufende Schafe«, erkläre ich ihm und klopfe mir den Sand vom Rock. »Normalerweise sind sie nicht so schreckhaft. Nina hat sogar schon mal ein Lämmchen streicheln können, als wir vor Wochen hier gewesen sind.«

»Vermutlich hat Sherlock die Tiere mit seinem Bellen aufgescheucht«, meint Robert und steht ebenfalls auf. »Er ist immer noch sehr ungestüm. Ich sollte mit ihm wohl endlich mal zur Hundeschule gehen ...« Er sieht mich entschuldigend an, dann nimmt er mir den Picknickkorb ab. »Sorry, dass unser Picknick buchstäblich überrannt wurde.«

Ein spitzbübisches Grinsen umspielt seine Lippen und lässt ihn jungenhaft aussehen. Nun kann ich nicht verhindern, ebenfalls zu lächeln.

»Da kann man nichts machen. *Jetzt* können wir ja in das obligatorische Café gehen, von dem du gesprochen hast.«

***

Nach dem verpatzten Picknick beschließe ich, unsere Verabredung in Monas Café zu verlegen. Auf die Gefahr hin, dass meine Schwester neugierig wird und ihre Nase sofort in meine Angelegenheit stecken wird. Aber bei Mona gibt's den besten Kaffee – und den brauche ich jetzt dringend nach diesem Schrecken am Strand.

Weil ihr Café direkt am Meer liegt, stellt Robert seinen Wagen wieder zu Hause ab und ich nehme mein Fahrrad mit, um auf dem Heimweg nicht erneut zu ihm fahren zu müssen.

»Wow, das sieht aber gemütlich aus«, meint Robert und sieht sich im Innenraum des Cafés um. Nina ist mit Sherlock am Strand, weil sie ihre Zeit mit dem kleinen Terrier nutzen möchte.

»Das Café gehört meiner großen Schwester Mona«, erkläre ich ihm und führe ihn an einen der freien Tische in einer Fensternische. Hier sind wir zwar nicht vor Monas neugierigen Fragen sicher, jedoch wenigstens geschützt vor den Blicken anderer Cafébesucher. Außerdem hat man aus den großen Fenstern eine gute Sicht auf den naheliegenden Strand, sodass ich Nina und Sherlock im Auge behalten kann. Meine Tochter weiß, wo sie mich findet, falls sie nicht mehr mit dem Hund spielen oder etwas essen möchte. In Monas Strandcafé fühlt sie sich wie zu Hause.

Noch ehe wir uns gesetzt haben, steht Mona auch schon neben unserem Tisch, mit Notizblock und Stift bewaffnet. Ihr breites Grinsen verrät genau, was sie über mein Auftauchen gemeinsam mit Robert denkt. Innerlich verdrehe ich bereits die Augen über ihre Fragen, mit denen meine Schwester mich spätestens nach Verlassen des Cafés per WhatsApp bombardieren wird. Trotzdem lasse ich mir das mulmige Gefühl nicht anmerken und lächele sie an.

»Bringst du mir bitte einen schwarzen Kaffee?«, frage ich sie, bevor Mona etwas sagen kann, um mich vor meinem Kollegen in Verlegenheit zu bringen.

»Natürlich, Schwesterherz«, entgegnet sie freundlich, während sie Robert immer wieder mustert. Er scheint das verschmitzte Lächeln meiner Schwester nicht zu bemerken, denn er vertieft sich für einen Moment in die Getränkekarte.

»Dann nehme ich auch Kaffee«, meint er schließlich und legt die Karte beiseite. Mona notiert kommentarlos und verschwindet hinter den Verkaufstresen, um unsere Getränke zuzubereiten. Kurz darauf höre ich das Brummen des Kaffeeautomaten. Aus dem Augenwinkel bemerke ich Monas neugierige Blicke und bin froh, ihr zumindest jetzt nicht Rede und Antwort stehen zu müssen.

»Es ist gemütlich hier«, merkt Robert an, nachdem er sich schweigend umgeschaut hat. »Meine Tante hat mir von diesem Café erzählt. Vergangene Woche habe ich mir hier nach Feierabend einen Kaffee-to-go mitgenommen.«

Ich nicke bloß, dann sehe ich noch einmal aus dem Fenster zum Strand. Das Café meiner Schwester liegt wirklich sehr günstig für Urlauber und Einheimische. Jeder, der einen Ausflug an den Strand macht, kommt unweigerlich hier vorbei. Meistens ist es hier voll, doch zu dieser frühen Mittagsstunde befinden sich nur wenige Gäste im Lokal. Ich weiß, dass sich der Rommé-Club des Seniorenheims jeden Mittwochabend hier zum Stammtisch trifft, genau wie einige andere Vereine, denn Monas Strandcafé ist auf der Insel sehr beliebt.

»Ja. Ich bin auch sehr gerne hier, auch wenn ich in den Sommerferien meine Schwester sehr vernachlässigt habe, wie sie mir vorhält«, plappere ich drauflos, weil mir das Schweigen zwischen uns unangenehm ist. »Sie lebt schon sehr lange in Westerland und betreibt dieses Café beinahe seit fünfzehn Jahren. Mit ihrem damaligen Ex-Freund hat sie es aufgebaut und es lief gar nicht so gut, bis er sie sitzen gelassen hat. Erst dann konnte Mona all ihre Kreativität in die Innengestaltung und das Marketingkonzept des Cafés investieren, das sich zu einer wahren Goldgrube entwickelte.«

»Jetzt übertreibst du aber«, kommt es von Mona, die lautlos mit unseren Getränken an den Tisch herangetreten ist. Beim Klang ihrer Stimme zucke ich leicht zusammen, weil ich nicht damit gerechnet habe, dass sie plötzlich hinter mir auftaucht. Meine Schwester besitzt wirklich die Gabe, sich wie ein Schatten heranzuschleichen.

»Ich habe mich lediglich abzulenken versucht, genau wie du. Nur, dass ich damit ein bisschen mehr Erfolg hatte«, meint sie mit einem Zwinkern in meine Richtung. Dann stellt sie die Kaffeebecher vor uns ab und geht. Mit einem missmutigen Blick rühre ich Zucker in mein Getränk. Nach Monas Trennung von Steffen hat sie ihr Leben sogleich selbst in die Hand genommen und ihre Kraft Tag und Nacht in dieses Strandcafé gesteckt, von dem Steffen sowieso nie begeistert gewesen ist. Ich hingegen habe mich heulend bei Mona verkrochen, während mein Babybauch immer größer wurde. Erst nach Ninas Geburt konnte ich zumindest ein wenig nach vorne blicken, obwohl mich meine Tochter zu Beginn schmerzlich an Peter erinnerte. Mit den Jahren habe ich aufgehört, meiner vergangenen Beziehung hinterher zu trauern.

Robert nimmt einen Schluck Kaffee und schließt genießerisch die Augen. »Köstlich«, stellt er zufrieden fest, ehe er mein Gesicht fixiert. »Es gefällt mir, mit dir hier zu sein. Als wären wir alte Freunde ...«

Seine Aussage irritiert mich. Wie kommt er denn darauf? Nur, weil ich ihn in das Café meiner Schwester mitgenommen habe, anstatt zum Starbucks um die Ecke zu gehen?

»Wir kennen uns kaum«, entgegne ich und ignoriere das aufsteigende Herzklopfen gekonnt.

»Frag mich, was immer du willst«, sagt er bereitwillig und verschränkt seine Finger auf der Tischplatte ineinander. »Wir sollten uns näher kennenlernen, wenn wir Ende September gemeinsam auf Klassenfahrt fahren.«

An seiner Aussage ist tatsächlich etwas dran. Bisher haben wir uns nur oberflächlich unterhalten, weil ich es nicht für wichtig erachtet habe, mich mit Robert *anzufreunden*. Immerhin sind wir bloß Arbeitskollegen. Im Vergleich zu Sabine, die ich bereits seit Beginn meines Referendariats kenne und mit der ich mich sehr gut verstehe, habe ich nur oberflächlichen Kontakt zu den anderen Lehrkräften am Gymnasium. Wenn wir gemeinsam auf Klassenfahrt fahren, sollten wir zumindest mehr übereinander wissen als die allgemeinen Belanglosigkeiten. Das würde mir tatsächlich den Umgang mit ihm vor meinen Schülern erleichtern.

»Warum bist du aus Hamburg hierhergekommen?«, frage ich also geradeheraus, weil mich diese Tatsache brennend interessiert. Sogleich verfinstert sich seine Miene und er umklammert den Kaffeebecher etwas fester.

»Private Gründe«, brummt er und sieht dabei aus dem Fenster zum Strand. Unangenehme Stille entsteht zwischen uns. Warum will er nicht über seinen Aufenthalt hier sprechen?

»Und bei dir? Sabine hat erzählt, dass du ebenfalls in der Hansestadt aufgewachsen bist und für das Referendariat hierher an das Gymnasium gewechselt hast. Gäbe es in Hamburg nicht viel mehr Möglichkeiten auf einen guten Job? Immerhin gibt es hier in Westerland nur ein einziges Gymnasium, das für deine Qualifikation als Lehrerin infrage käme. Ziemlich riskant, so frisch nach dem Studium alles auf eine Karte zu setzen.« Seine braunen Augen durchbohren mich regelrecht, was mich erneut nervös werden lässt. Ich versinke beinahe in seinem Blick, denn scheinbar kann Robert in meine Seele sehen. Warum sonst werde ich bei seiner intensiven Musterung so nervös, dass mir keine gute Ausrede auf seine Frage einfällt?

»Wegen Ninas Vater ...«, entgegne ich wahrheitsgemäß. »Er hat mit mir Schluss gemacht, als er von der Schwangerschaft erfahren hat. Der Schmerz über die Trennung hat mich hierher auf die Insel gebracht. Ich brauchte Abstand und bin für einige Zeit bei Mona untergekommen. Aus den geplanten Wochen sind Jahre geworden. Jetzt liebe ich es hier auf Sylt und möchte gar nicht zurück in meine Heimatstadt.«

Robert nickt nachdenklich, nippt dabei immer wieder an seinem Getränk, bis er den leeren Becher ein Stück von sich wegschiebt. Erneut verfallen wir in Schweigen. Er sieht aus dem Fenster und ich betrachte sein Profil. Die gerade Nase, das kantige Kinn, auf dem sich ein Dreitagebart abzeichnet. Die dichten Brauen und das wellige Haar, das ihm in die Stirn fällt. Sein Blick ist nachdenklich und beinahe traurig, sodass ich mich frage, was in ihm vorgeht und warum er tatsächlich hier ist. Robert ist wirklich ein attraktiver Mann und unter anderen Umständen hätte ich mich vielleicht tatsächlich auf eine Romanze mit ihm eingelassen. Doch so, wie es aktuell um mich steht, sollte ich eigentlich jegliche Nähe zu ihm meiden, wenn ich mein Herz nicht verlieren will ...

Fieberhaft überlege ich, worüber wir reden könnten, um nicht in peinlicher Stille zu versinken, doch mir wird die Entscheidung abgenommen, als ich am Fenster vor dem Strandcafé einen Tumult wahrnehme.

»Was ist denn da los?«, frage ich irritiert und erhebe mich von meinem Platz. Robert kneift die Augen etwas zusammen, um besser sehen zu können.

»Lass uns rausgehen«, meint er. Ich gebe Mona ein Zeichen, dass wir kurz vor die Tür gehen. Draußen vor dem Café höre ich bereits lautes Hundegebell und die Stimmen der Strandbesucher wild durcheinanderreden. Sogleich eile ich auf die Menschentraube zu, schiebe mich zwischen die Schaulustigen. Und jetzt erkenne ich Nina, die mit Schrecken im Gesicht versucht, den kläffenden Scherlock von einem Pudel eines zeternden Rentnerpaares wegzuzerren. Der Terrier hat sich mit den Vorderpfoten ins weiße Fell des Pudels vergraben, während der andere Hund bedrohlich bellt und die Zähne bleckt. Die ältere Dame zieht immer wieder an der Leine ihres Hundes, während sie über Nina schimpft.

»Schatz! Was ist denn hier los?!«, rufe ich Nina zu und eile an ihre Seite, auf deren Gesicht sich jetzt Erleichterung breitmacht.

»Mama! Scherlock hört nicht mehr«, antwortet meine Tochter kleinlaut und lässt aus Reflex die Hundeleine los, um mit beiden Armen meine Beine zu umschlingen. Ich merke sofort, dass die Schimpftirade des Rentnerpaares ihr Angst macht.

»Das ist ja unerhört!«, empört sich die alte Dame und sieht mich herablassend an. »Haben sie Ihrer Töle keine Manieren beigebracht?! Einfach so mein armes Lottchen aus heiterem Himmel anzugreifen!«

»Scherlock hat nicht angefangen«, entgegnet Nina leise gegen den Rock meines Kleides. Der Terrier jault auf, weil die Pudeldame es nun doch geschafft hat, ihre spitzen Zähne in sein Ohr zu bohren.

»Was will das Kind schon wissen«, zischt die Frau und reicht ihrem Mann die Leine, um einen Schritt auf mich zuzumachen. »Ich habe sofort gesehen, dass dieses Kind gar keine Ahnung von Hundehaltung hat!« Sie rümpft missbilligend die Nase und richtet den Strohhut auf ihrem Kopf, unter dem weiße Locken hervorlugen.

»Reden Sie nicht so über meine Tochter«, entgegne ich in scharfem Ton. Robert pfeift, ehe er nun ebenfalls neben mir auftaucht. Sogleich spitzt Scherlock die Ohren. Als er sein Herrchen sieht, läuft er mit eingezogenem Schwanz zu ihm. Mein Kollege beugt sich runter und hebt den vor Schmerzen jaulenden Terrier auf seine Arme.

»Das ist mein Hund. Nina trägt keine Schuld an seinem Verhalten. Es tut mir leid, wenn Scherlock Ärger gemacht hat«, entschuldigt er sich mit einem charmanten Lächeln, dem die alte Dame nicht widerstehen kann. Sie räuspert sich hörbar.

»Nun gut«, brummt sie und reckt das Kinn vor. »Sie sollten mit ihm in eine anständige Hundeschule gehen, damit er sich zu benehmen lernt.«

»Natürlich. Ich werde Ihren Rat befolgen.«

Die Frau nickt knapp, ohne Nina und mich eines Blickes zu würdigen. »Komm, Günther, gehen wir. Ich möchte noch zu Mittag essen, bevor wir die Fähre nach Rømø nehmen.« Sie macht auf dem Absatz kehrt und stolziert davon, ihren Mann mit Pudel Lottchen im Schlepptau. Nachdem sich die Schaulustigen verzogen haben, nehme ich meine Tochter in den Arm.

»Ist alles in Ordnung, Schatz?«, frage ich sie und streichele ihr über den Kopf, damit sie sich beruhigt. Nina nickt, drückt ihr Gesicht kurz gegen mein Kleid, ehe sie mich loslässt.

»Ich glaube, er hat einen Krebs gesehen und sich erschreckt«, erzählt Nina, als wir wieder gemeinsam in Monas Café sitzen. Scherlock hat eine Schüssel mit Wasser bekommen, während meine Tochter einen Kakao trinkt. Sie ist in sich zusammengesunken und wirkt etwas zurückhaltend. Sofort mache ich mir Sorgen, denn es ist für eine Sechsjährige sicher nicht leicht zu verarbeiten, einfach von wildfremden Leuten so auf der Straße angefahren zu werden.

»Der andere Hund hat angefangen. Sherlock war gar nicht schuld. Er wollte sich vor dem Krebs verstecken, aber der Pudel ist einfach bellend auf uns zugeeilt. Vermutlich hatte er den Krebs ebenfalls entdeckt.«

»Mach dir keine Sorgen. Niemand ist dir böse, Nina. Du hast nichts falsch gemacht«, sagt Robert sanft und legt ihr kurz die Hand auf die Schulter. Sein Blick ist so liebevoll, dass sich mein Herz schmerzvoll zusammenzieht. Hätte Peter die Kleine auch jemals so angesehen? Vermutlich nicht ... Robert hat keinerlei Bezug zu meiner Tochter, dennoch ist er freundlich zu ihr, als wäre sie keine Fremde. Aber vermutlich ist es der Pädagoge, der gerade aus ihm spricht. Ich sollte in seine fürsorgliche Art nicht zu viel hineininterpretieren.

»Sherlock sollte wirklich zur Hundeschule ... Er ist bereits zwei Jahre alt und benimmt sich manchmal wie ein junger Welpe, der keine Manieren hat«, erklärt er schließlich mit einem Lächeln, das seine Augen jedoch nicht erreicht, als er den Hund am Boden neben unserem Tisch ansieht. Erneut erkenne ich ein trauriges Funkeln in seinem Blick, das mich stutzig werden lässt. Was versteckt Robert?

»Ich kenne mich noch gar nicht auf der Insel aus. Deshalb würde ich mich freuen, wenn du Sherlock und mich zu Beginn zur Hundeschule begleiten könntest. Natürlich nur, wenn deine Mutter einverstanden ist.« Mein Kollege sieht mich fragend an, und auch in Ninas Blick kann ich eine stumme Bitte lesen. Sie mag den Hund wirklich.

»Okay. Aber nur zum Zuschauen, ja?«

Ninas Augen beginnen zu leuchten, ihr Lächeln geht übers ganze Gesicht. »Oh, das wäre super! Ich freue mich so«, ruft sie und springt von ihrem Platz neben mir auf. Sie schnappt sich Sherlock vom Boden und drückt den kleinen Terrier so fest an sich, dass er überrascht bellt. Zufrieden betrachte ich meine Tochter, die mit dem Hund im Arm einen kleinen Freudentanz um unseren Tisch herum aufführt. Dabei entgeht mir Roberts sehnsuchtsvoller Blick nicht, der auf Nina ruht.

Kapitel 4

»Mama, du kommst schon wieder zu spät«, meint Nina und runzelt ihre Stirn, während ich ihr vom Fahrrad helfe. »Ich kann meinen Ranzen allein tragen. Beeil dich lieber.«

Seufzend streichle ich ihr über den Kopf. »Ich beeile mich, keine Sorge, Schatz. Hab du einen schönen Tag in der Schule.«

Sie lächelt. »Werde ich haben, Mama. Ich freue mich besonders auf den Sportunterricht. Dort werden wir etwas für unsere Aufführung beim Schulfest einstudieren. Du wirst staunen, was ich vorführen werde!«, erklärt sie euphorisch und eilt ins Schulgebäude. Nachdem sie durch die Eingangstür verschwunden ist, mache auch ich mich wieder auf den Weg zur Arbeit. Eigentlich liege ich heute gut in der Zeit, sodass sich Nina keine Sorgen machen muss.

Tatsächlich schlafe ich in letzter Zeit jedoch nicht so gut, was vermutlich an Robert liegt, der mir viel zu oft in meinen Träumen begegnet. Deshalb stehe ich schon vor dem ersten Weckerklingeln auf, um Frühstück für Nina zu machen. Ich begnüge mich am Morgen immer bloß mit schwarzem Kaffee, weil ich vor der ersten Pause nichts runterkriege. Nina ist mein Gemütszustand aufgefallen, obwohl ich mich vor ihr immer gelassen gebe und versuche, meinen Feierabend so intensiv wie möglich mit ihr zu verbringen.

»Du musst auch mal an dich denken«, hat mir Mona erst kürzlich gesagt, nachdem ich Nina für ein paar Stunden bei ihr gelassen habe, um mich auf eine Lehrerkonferenz vorzubereiten. Selbst dabei hatte ich schon ein schlechtes Gewissen, obwohl meine Tochter sehr gerne bei Mona im Café ist. Gemeinsam mit meiner Schwester hat sie Cupcakes gebacken, die sie mit viel Creme und Schokoglasur dekorieren durfte. Als ich sie am frühen Abend abgeholt habe, hatte sie mir freudestrahlend ihre Kreationen präsentiert, die ich natürlich probieren musste.

»Nina ist bereits alt genug, um sich mit ihren Freundinnen aus der Schule verabreden zu können. Du musst nicht wie eine Glucke an ihr kleben, Mel.« Mona schüttelte den Kopf über mein Verhalten. »Das ist der perfekte Zeitpunkt, um endlich wieder mehr aus deinem Leben zu machen. Triff dich mit Freunden, geh auf Partys oder hab ein bisschen Spaß mit Männern.«

Über ihren Vorschlag habe ich bloß genervt die Augen verdreht. Natürlich wusste ich genau, wen Mona dabei im Blick hatte. Seitdem ich Robert vor einiger Zeit mit in ihr Café gebracht habe, ist sie felsenfest davon überzeugt, wir wären füreinander geschaffen.

»Wie oft soll ich dir erklären, dass ich gar keine Zeit für Dates oder Partys habe? Für die Schule muss ich mich immer bestmöglich vorbereiten, weil ich das erste Mal einen Abschlussjahrgang unterrichte. Ich will meine Schüler, so gut es geht, auf das kommende Abitur vorbereiten, damit es wirklich jeder packt«, erklärte ich ihr meinen Standpunkt zum wiederholten Mal.

Mona winkte ab. »Das sind bloß Ausreden. Du willst dir nur nicht eingestehen, dass du in den letzten sieben Jahren hier auf der Insel niemanden näher als nötig an dich herangelassen hast, damit dir so ein Desaster wie mit Peter nicht erneut passiert. Ich kenne dich gut genug, Schwesterherz. Du verschließt dich vor der Welt und lässt niemanden in deine Komfortzone. Und wenn du dir wegen deines Jobs wirklich so viele Gedanken machst, trifft es sich doch gut, dass Robert ebenfalls an deiner Schule unterrichtet.« Sie zwinkerte mir zu und beendete damit unser Gespräch, indem sie in den Gastraum ging, um einige Bestellungen aufzunehmen.

Ihre Worte kreisten an jenem Abend noch lange in meinem Kopf. Nina war längst im Bett und ich saß mit einem Glas Rotwein auf dem Sofa im Wohnzimmer, meinen Laptop aufgeklappt neben mir. Eigentlich wollte ich meinen Unterricht vorbereiten, konnte mich jedoch nicht auf die Arbeit konzentrieren. Also öffnete ich die Nachricht auf Facebook, die ich vor Wochen von einer ehemaligen Freundin aus der Uni bekommen hatte. Cindy hatte mich zu einem Treffen eingeladen, bei dem viele frühere Kommilitonen dabei sein würden. Bisher hatte ich nicht auf ihre Einladung geantwortet, aber nun würde ich doch für das Wochenende nach Hamburg fahren, um meiner Schwester zu beweisen, dass ich durchaus in der Lage war, mich mit Freunden zu amüsieren.

Weil ich auf dem Weg zur Arbeit einen kleinen Umweg an der Strandpromenade entlanggefahren bin, um meinen Kopf freizubekommen, drängt die Zeit tatsächlich. Schneller trete ich in die Pedale, sodass das Schultor binnen zehn Minuten in Sicht kommt. Gerade will ich schon in den Hof einbiegen, als mich ein Auto schnell überholt. Es fährt so dicht neben mir, dass ich ins Strancheln gerate und bei meiner eigenen Geschwindigkeit ebenfalls das Gleichgewicht auf dem Fahrrad verliere. Seitlich schramme ich die Bordsteinkante mit dem Vorderrad, strauchele und kann mich leider nicht mehr halten. Mit einem erschrockenen

Schrei krache ich vom Fahrrad und bleibe auf allen vieren auf dem Gehweg liegen.

Keuchend öffne ich meine Augen und atme schwer auf, weil meine Handflächen und Knie zu brennen beginnen. Mein rechtes Bein pocht vom harten Aufprall. Schwerfällig rappele ich mich soweit auf, dass ich mein Fahrrad ein Stück von mir schieben kann, um darunter hervorzukriechen.

»Gott, Melanie! Ist alles in Ordnung? Hast du dich verletzt?«, höre ich eine mir viel zu vertraute Männerstimme von Weitem rufen. Augenblicklich kriecht Hitze in mein Gesicht, denn mein kleiner Unfall ist mir vor Robert mehr als peinlich. Sicherlich gebe ich nicht gerade eine gute Figur ab, wie ich mitten auf dem Gehweg hocke. Einige Schüler blicken bereits vom Schulhof neugierig zu mir herüber, was mich beschämt den Kopf senken lässt. Dennoch schaffe ich es nicht, mich aus eigener Kraft wieder aufzurichten, denn lähmender Schmerz kriecht durch meinen Körper.

Mein Kollege bleibt dicht vor mir stehen und kniet sich zu mir. Besorgnis zeichnet sich auf seinen Zügen ab. Wäre ich nicht so geschockt über mein Missgeschick, würde ich mich sogar über seine Sorge freuen.

»Ich ...«, beginne ich stockend und sehe mich nach allen Seiten um, um meine Situation zu erfassen. Das Vorderrad meines Fahrrads sieht aus wie eine Acht. Meine Handtasche, die wie üblich im Korb vorne am Lenkrad lag, befindet sich einige Meter von mir entfernt auf dem Gehweg, der Inhalt verteilt sich daneben. Meine Hose ist am rechten Knie aufgerissen und blutverschmiert.

Ein Zittern geht durch meinen Körper, als der erste Schock langsam von mir abfällt und ich in die Realität zurückkatapultiert werde. Ein dicker Kloß bildet sich in meinem Hals, den ich mit Mühe hinunterschlucken kann. Die Tränen hinter meinen Augenlidern brennen, doch ich blinzele sie weg. Es reicht, dass mich Robert in dieser misslichen Lage sieht. Wenn ich jetzt auch noch wie ein kleines Kind vor ihm losheule, kann ich ihm nie mehr in die Augen blicken.

»Es ist alles okay«, murmele ich schließlich mit brüchiger Stimme und rappele mich mühsam auf. Sofort ergreift er meinen Arm und hilft mir beim Aufstehen, wofür ich ihm insgeheim dankbar bin, denn meine Beine fühlen sich an wie Wackelpudding.

»Du siehst nicht gut aus«, meint er mit einem sorgenvollen Blick in mein Gesicht. »Lass mich dich ins Krankenzimmer begleiten. Du bist verdammt blass. Nicht, dass dein Kreislauf gleich versagt und du zusammenklappst.«

Meinem stummen Protest zum Trotz, führt er mich zum Schultor, damit ich mich mit dem Rücken gegen die kühle Steinmauer lehnen kann. Mit gemischten Gefühlen sehe ich ihm dabei zu, wie er erst den Inhalt meiner Handtasche aufsammelt und dann mein verbeultes Fahrrad wieder aufstellt.

»Komm, ich stütze dich«, bietet er mir an und streckt bereits den Arm nach mir aus, doch ich weiche zurück. Ich fühle mich unwohl dabei, seine Hilfe anzunehmen, weil ich nicht will, dass er mich in so einer hilflosen Situation sieht. Trotzdem kann ich nicht vollends vor ihm fliehen, weil mein Knie zu sehr schmerzt.

»Schon gut. Ich kann alleine gehen. Es sieht vermutlich viel schlimmer aus, als es tatsächlich ist«, entgegne ich und versuche mich an einem Lächeln, das mir nur mäßig gelingt. Humpelnd trotte ich hinter Robert her, der mein Fahrrad zum Fahrradständer neben der Eingangstür schiebt, um es dort abzustellen.

»Deinen Reifen könnte ich dir nach Feierabend reparieren, wenn du mit zu mir kommst. Ich kann mich daran erinnern, entsprechendes Werkzeug in der Garage gesehen zu haben«, schlägt er mir vor. Überrascht fliegen meine Augenbrauen in die Höhe.

»Das kannst du wirklich?«

»Klar. Was ist schon dabei ein Rad auszutauschen?«, fragt er in amüsiertem Ton und reicht mir meine Handtasche, ehe er mir die Tür aufhält, damit ich ins Schulgebäude schlüpfen kann. »Ich kann noch einiges mehr. Könnte ich dir zeigen.«

Bei seinen Worten muss ich hüsteln, denn irgendwie formen sich dabei Gedanken in meinem Kopf, die rein gar nichts mit seinen handwerklichen Fähigkeiten zu tun haben. Wie selbstverständlich legt Robert seinen Arm um meine Schulter und geleitet mich durch den Schulflur – vorbei an den neugierigen Blicken einiger Schüler – zum Krankenzimmer. Langsam beginnt es, verräterisch hinter meinen Schläfen zu pochen, weshalb ich mich nicht gegen seine Berührungen wehre. Und eigentlich gefällt es mir, ihm so nah zu sein, auch wenn ich es wohl niemals öffentlich zugeben würde.

»Melanie, was ist denn mit dir passiert?«, fragt Sabine, die gemeinsam mit Hans-Jürgen an uns vorbeikommt.

»Frag lieber nicht«, brumme ich verstimmt, weil meine Laune durch den Kopfschmerz weiter ins Bodenlose fällt. Meine Kollegen mustern mich von Kopf bis Fuß.

»Also, wenn du zu Claudia willst, sie ist gerade in einer Besprechung mit Werner wegen der Bestellung von neuem Verbandsmaterial oder so«, erklärt uns Hans-Jürgen und Sabine nickt bestätigend.

»Schon okay. Ich schaffe es gerade noch, mir ein Pflaster aufzukleben«, sage ich schnell und öffne die Tür, um ihren neugierigen Blicken zu entkommen. Ehe ich die Tür jedoch hinter mir zuziehen kann, schiebt sich Robert durch den Spalt in den Sanitätsraum.

»Was ...?!« Irritiert blicke ich ihn an. Irgendwie habe ich nicht damit gerechnet, dass er immer noch bei mir bleibt.

»Ich helfe dir mit dem Pflaster«, meint er schmunzelnd.

»Schon gut. Geh lieber in den Unterricht. Wegen mir bist du sowieso schon viel zu spät dran.« Ich wende mich von ihm ab, damit er mein rotes Gesicht nicht sieht.

»Ich habe eine Freistunde, also macht es mir nichts aus, mit dir hier zu sein«, erklärt er ruhig, als wäre nichts dabei, seine Freistunde mit mir zu verbringen, statt sich anderweitig zu beschäftigen. Er hätte sich genauso gut mit den anderen Kollegen im Lehrerzimmer unterhalten können ...

Kurz lasse ich meinen Blick durch den Raum schweifen. Wo hat Claudia das Verbandszeug versteckt? Ich mache einen Schritt vorwärts und merke plötzlich einen Schwindel, der mich wanken lässt. Doch ehe ich in die Knie gehe, spüre ich Roberts Arme um meine Taille. Schwach sinke ich gegen seine Brust, die mir Halt gibt.

»Ohne mich wärst du jetzt erneut gestürzt und hättest dir vielleicht den Kopf an der Tischkante gestoßen«, raunt er dicht an meinem Ohr. Der Schwindel verschwindet augenblicklich und macht wildem Herzklopfen Platz. Roberts Körperwärme dringt durch meine Kleidung und sogleich schnellt mein Puls in die Höhe. Langsam führt er mich zur Liege, damit ich mich setzen kann.

»Du solltest wirklich aufpassen. Ich werde dir gleich einen Kaffee bringen, damit dein Kreislauf in Schwung kommt. Der Sturz war wohl ein ziemlicher Schock, was?« Seine sanfte Stimme beruhigt mich. Ich nicke stumm und sehe ihm nach, als er den Raum verlässt. Wenigstens bleibt mir jetzt etwas Zeit, um die vergangenen Minuten zu verarbeiten. Mit den Händen umfasse ich den Rand der Krankenliege und atme tief durch. Leider bleiben mir nur wenige Augenblicke, bis Robert mit zwei dampfenden Kaffeebechern zurückkommt.

»Trink einen Schluck. Solange schaue ich mir dein Knie an«, meint er und reicht mir den Becher. Sogleich trinke ich von dem heißen Getränk. Er stellt seinen Becher auf den Schreibtisch neben der Liege und öffnet einen der hohen Schränke, um den Verbandskasten herauszuholen.

»Habe eben Claudia gefragt, wo das Verbandszeug ist«, erklärt er auf meinen fragenden Blick hin. »Sie war noch bei Werner, wird aber ebenfalls gleich herkommen. Falls du also lieber auf sie warten willst –« Er bricht ab und sieht mir forschend ins Gesicht, versucht, in mir zu lesen. Aufregung breitet sich in mir aus. Ich schüttele den Kopf.

»Nein, ich muss längst in den Unterricht. Meine Schüler schreiben heute einen Test, und –«

»Bestimmt wird dich jemand einen Moment vertreten können, immerhin ist das hier ein Notfall«, fällt er mir ins Wort und stellt den Verbandskasten neben mich. »Nachdem ich dich versorgt habe, gebe ich gleich bei den anderen Kollegen Bescheid, okay? Und jetzt zeig mir die Wunde.«

Sein prüfender Blick wandert über meine zerrissene Hose. Ich schaue ebenfalls auf mein blutverschmiertes Knie. Keine Ahnung, wie schlimm es wirklich ist. Der Schmerz hat bereits nachgelassen. Robert legt seine Hand ein Stück oberhalb der Schürfwunde ab, was mich aus meiner Starre befreit. Endlich sehe ich ihn an.

»Ähm ... Also ...«, beginne ich und erröte erneut, weil mich diese kurze Berührung total aus dem Konzept bringt. Mein Herz schlägt plötzlich viel schneller, was mir wieder Kopfzerbrechen bereitet.

»Du kannst dein Hosenbein ein Stück hochkrempeln«, schlägt er vor und nimmt bereits einen Tupfer, den er mit Desinfektionsmittel durchtränkt. Ich folge seiner Anweisung, weil mir nichts anderes übrigbleibt. Mühsam krempele ich das Hosenbein über mein verletztes Knie und strecke das Bein aus.

»Komm mal her«, meint Robert und greift nach meinem Knöchel, um mein Bein auf seinem Schoß zu platzieren.

»Warte ... Du musst nicht ... Autsch!« Erschrocken ziehe ich die Luft ein, weil er bereits damit beginnt, die Schürfwunde von getrocknetem Blut zu befreien. Eigentlich sollte ich protestieren und mich selbst um meine Verletzung kümmern, doch wenn ich es mir eingestehe, gefällt mir seine Fürsorge. Es ist völlig ungewohnt für mich, dass sich ein Mann so sehr um mein Wohlergehen bemüht. Auch wenn es nur ein Kollege ist. In meiner langjährigen Beziehung zu Peter habe ich dieses Gefühl der Geborgenheit stets vermisst, das mich auf einmal in Roberts Nähe überkommt.

Sacht streicht er mit den Fingern über meine Haut, jagt mir dabei einen Schauder über den Rücken. Ich atme flacher, weil das Desinfektionsmittel brennt.

»Gleich geschafft«, sagt er zu mir und holt ein Pflaster hervor. »Es sah tatsächlich schlimmer aus, als es ist. Das Pflaster wird es richten. Nur deine Hose kann ich leider nicht mehr retten.« Schmunzelnd klebt er ein großes Pflaster auf mein Knie. Seine Hand ruht einen Moment länger als nötig darauf und beschert mir neuerliches Herzklopfen. Stumm sehen wir uns an. Ich will etwas sagen, bekomme jedoch keinen Ton heraus.

Auf einmal wird die Tür zum Krankenzimmer ohne Vorwarnung aufgerissen.

»Frau Siebert, ich brauche – Oh!« Sina steht mitten im Raum und starrt uns entgeistert an. Ich blinzele, kann mich vor Schreck nicht rühren. Wie muss diese Situation für meine Schülerin aussehen? Robert ist mir nah, mein Bein auf seinem Schoß und seine Hände auf meinem Knie.

Christiane und Aylin stecken hinter ihrer Freundin den Kopf zur Tür herein. Auch sie starren uns einen Moment fassungslos an, bevor sie zu grinsen beginnen.

»Also ...«, beginne ich, räuspere mich und versuche, so souverän wie möglich aufzutreten. Robert findet als Erster die Sprache wieder.

»Ich habe Frau Konrad ein Pflaster besorgt, weil sie kein Blut sehen kann«, erklärt er den Mädchen, die kichernd zwischen uns hin und her sehen. Sogleich ziehe ich mein Bein zurück und straffe die Schultern, während Robert den Verbandskasten in den Schrank räumt.

»Müsstet ihr nicht im Unterricht sein? Wenn mich nicht alles täuscht, habt ihr Sport bei Herrn Meyer«, sagt Robert zu den drei Schülerinnen, die gar keine Anstalten machen, den Sanitätsraum zu verlassen.

»Ach, richtig. Ich brauche einen Tampon«, entgegnet Sina schnell, als habe sie vergessen, warum sie eigentlich zu Claudia wollte. Robert streicht sich verlegen durch die Haare.

»Also schön. Ich hoffe, du weißt, wo du sie findest? Frau Siebert ist gerade nicht hier.«

Sina nickt und öffnet die Schranktür. Schnell findet sie den gesuchten Gegenstand und verschwindet aus dem Raum, ihre Freundinnen eilen kichernd hinterher. Oh, verdammt! Hoffentlich wird es kein Gerede geben.

»Also ... wir sollten auch gehen«, murmele ich betreten. »Danke für deine Hilfe. Aber jetzt komme ich alleine zurecht.« Hastig schiebe ich mein Hosenbein wieder herunter und erhebe mich von der Liege.

»Ja. Natürlich.« Plötzlich wirkt Robert ebenfalls verlegen und irgendwie sieht er dabei echt süß aus, wie er den Blick auf den Boden richtet und sich immer wieder in einer unsicheren Geste durch die Haare fährt. Ich schenke Robert ein Lächeln, dann humpele ich an ihm vorbei aus dem Krankenzimmer.

***

Nach Unterrichtsschluss läuft mir Aylin über den Weg, weil sie das Klassenbuch ins Lehrerzimmer bringt.

»Aylin, warte mal«, rufe ich ihr nach und schultere meine Tasche, ehe ich ihr zur Tür folge. Die anderen Kollegen sind bereits wieder im Unterricht oder längst zu Hause. Nur ich habe mich nicht sonderlich beeilt, meine Sachen zusammenzupacken. Den ganzen Tag gab es unter den Lehrkräften kein anderes Thema als meinen kleinen Fahrradunfall, den ich wegen meiner zerrissenen Hose leider nicht verleugnen konnte. Bevor ich Nina von der Nachmittagsbetreuung abhole, sollte ich mich besser umziehen, um sie nicht zu erschrecken.

Aylin dreht sich zu mir um und grinst.

»Was ist denn, Frau Konrad?«, fragt sie mit Unschuldsmiene.

»Dass, was du und deine Freundinnen heute Vormittag gesehen habt ...«, beginne ich zaghaft und räuspere mich geräuschvoll, weil mir plötzlich die Stimme versagt. Diese Situation war für Außenstehende unmissverständlich. Hoffentlich verbreiten sich keine Gerüchte darüber, zwischen Robert und mir könnte etwas laufen.

»Herr Schuster und ich ...«, setze ich noch mal an, und Aylin nickt sofort zustimmend.

»Keine Sorge, Frau Konrad. Ihr kleines Geheimnis ist bei uns gut aufgehoben«, flüstert sie mir verschwörerisch zu und zwinkert. »Ich finde, Sie beide geben ein wirklich schönes Paar ab.« Mit diesen Worten öffnet sie die Tür und verschwindet kichernd im Schulflur. Fassungslos sehe ich ihr hinterher. Ach du scheiße! Jetzt denken meine Schülerinnen wirklich, dass wir eine Affäre haben ...

»Melanie, alles okay? Müsstest du nicht längst zu Hause sein?«, fragt mich Sabine, die auf einmal im Türrahmen auftaucht. Erschrocken mache ich einen Schritt zurück in den Raum, sodass sie an mir vorbei und zum Schrank gehen kann. Dort holt sie einige Unterlagen aus der Schublade.

»Ähm. Ja, klar. Ich wollte gerade gehen«, antworte ich schnell. »Hast du jetzt nicht Kunstunterricht in der Neunten?«

»Habe meine Skizzen vergessen, die ich den Schülern heute zur Analyse der Zeichentechniken zeigen wollte. Ach, hier sind sie ja schon.« Grinsend schwenkt sie die Papiere vor mir hin und her. »Geh lieber heim und zieh dich um. Diese Hose kann wohl in den Müll, was?« Mitleidig betrachtet sie das zerrissene Hosenbein, was mich erneut erröten lässt. Mir ist mein Missgeschick peinlich. Noch schlimmer ist jedoch, dass mein Herz bei der Erwähnung wie wild in meiner Brust klopft, weil ich mich sofort an Roberts warme Hände auf meiner Haut erinnere. Hastig schüttele ich den Kopf, um diesen Gedanken zu verdrängen und umfasse meine Handtasche etwas fester.

»Dann mache ich mich mal auf den Weg«, teile ich Sabine überflüssigerweise mit, die längst wieder an mir vorbeigegangen ist. Seufzend verlasse ich das Schulgebäude. Mein kaputtes Fahrrad steht immer noch im Fahrradständer. Es in diesem Zustand mit nach Hause zu nehmen, macht keinen Sinn, da ich es wegen des verbeulten Vorderrads nur schwer schieben kann. Kurzerhand lasse ich es stehen und mache ich mich zu Fuß auf den Weg. Später werde ich mir Monas Auto leihen, um mein Fahrrad damit in die Werkstatt zu bringen. Roberts Angebot, es zu reparieren, kann ich einfach nicht annehmen. Er hat heute wirklich genug für mich getan.

***

»Mama, warum bist du zu Fuß hier?«, fragt Nina irritiert, als ich sie eine Stunde später von der Schule abhole. Ich nehme ihr den Schulranzen ab und greife nach ihrer Hand.

»Ach. Ich dachte mir, wir könnten einen kleinen Spaziergang runter zum Strand machen«, entgegne ich lächelnd, weil ich Nina nichts von dem Unfall und meinem kaputten Fahrrad erzählen will.

»Wie war es denn heute in der Schule?«, lenke ich das Gespräch sofort in eine andere Richtung.

»Frau Kaiser hat mich gelobt, weil ich so ein schönes Bild gemalt habe«, erzählt sie mir freudestrahlend, doch dann wird ihr Blick trüb. »Aber dann haben mich Tobi und Max ausgelacht, weil ich nur dich gemalt habe.«

Fragend sehe ich Nina an. »Nur mich?«

»Wir sollten unsere Familie malen. Sarah hat sich selbst gemalt. Ihren kleinen Bruder und ihre Mama. Dann noch den Hund Bobby und ihren Papa. Sogar zwei Omas und Opas. Max hat noch zwei Schwestern und ein Baby gemalt. Aber ich ... ich habe nur dich und mich gemalt.« Sie klingt so traurig, dass sich mein Herz zusammenzieht. Ich stoppe mitten in der Bewegung und gehe vor ihr in die Hocke, nehme dabei ihre Hände in meine.

»Und Lana hat sogar zwei Papas und eine Mama. Aber ich habe nur dich und Tante Mona ...«, murmelt sie betrübt, ehe sie zu mir aufschaut. »Warum habe ich denn keinen Papa? Und nur eine Oma und einen Opa?«

72

»Natürlich hast du einen Papa, mein Schatz«, beteuere ich mit einem aufmunternden Lächeln.

»Und wo ist er dann? Warum kommt er nicht her?«, fragt Nina und sieht mich aus großen Kinderaugen an. Sogleich wird mir unwohl zumute. Es ist nicht so, dass ich ihr die Wahrheit verschweigen will, doch irgendwie hatte ich gedacht, dieses Gespräch viel später führen zu müssen – und nicht mitten auf der Straße. Mein sechsjähriges Kind sollte sich eigentlich noch keine Gedanken machen müssen, warum ihr Vater uns verlassen hat ...

»Also ...«, beginne ich zögernd und überlege fieberhaft, wie ich ihr die Sache am besten erklären soll, ohne ein allzu großes Drama daraus zu machen. Dieses Gespräch sollten wir nicht zwischen Tür und Angel führen.

»Dein Vater lebt in Hamburg. Dort haben wir uns kennengelernt und –« Ich breche ab, denn mir wird schwer ums Herz. Ungern möchte ich meine Tochter enttäuschen, weil ich nicht weiß, wie viel sie tatsächlich schon von der ganzen Sache versteht.

»Und warum ist er nicht bei uns? Hat er mich nicht lieb?«, fragt sie mich genau das, wovor ich mich gefürchtet habe. Sogleich ziehe ich Nina in meine Arme und drücke sie fest an mich.

»Natürlich hat er dich lieb, mein Schatz. Aber dein Vater hat viel mit seiner Arbeit zu tun und einfach keine Zeit für uns beide, weißt du?« Das ist nicht einmal gelogen. Tatsächlich hatte Peter kurz vor meiner Schwangerschaft im Familienunternehmen angefangen und war deshalb kaum noch zu Hause, denn das Restaurant seiner Eltern lief nicht gut. Peter ist Koch und griff seiner Familie unter die Arme, was zwar lobenswert war, uns jedoch mit der Zeit auseinanderbrachte. Durch die mangelnde Zeit, die wir miteinander verbrachten, lebten wir uns immer mehr auseinander.

Und als ich plötzlich schwanger wurde, nahm er diesen Umstand als Vorwand, um mich zu verlassen. Vermutlich wollte er sich längst trennen, während ich meine Augen vor dieser Wahrheit verschlossen habe, weil ich so verliebt in ihn gewesen bin. Dadurch traf mich die Trennung umso härter, denn nun war ich allein für ein Baby verantwortlich. Zu Beginn habe ich noch versucht um Peter zu kämpfen. Wollte mit ihm reden und im Guten auseinandergehen, weil ich schnell gemerkt habe, dass unsere Beziehung nicht mehr zu retten war. Wegen des Babys blieb ich jedoch so lange standhaft, bis er sich endlich kooperativ zeigte und mir einen vereinbarten Unterhalt für Nina zahlte, damit ich nicht vor Gericht gehe. Diese Auseinandersetzungen mit ihm zerrten an meinen Nerven, weshalb ich froh war mich mit ihm außergerichtlich geeinigt zu haben. Also beließ ich es dabei und kontaktierte Ninas Vater nie mehr.

Wir kommen gut alleine klar, dafür brauchen wir Peter nicht. Als Nina noch ein Baby gewesen ist, bekamen wir eine kleine Finanzspritze von meinen Eltern, mit der wir in der ersten Zeit über die Runden gekommen sind, bis ich mein Referendariat beendet hatte und endlich fest an der Schule eingestellt wurde.

Ich war nicht so sehr enttäuscht über die Trennung als vielmehr darüber, dass er von seinem Kind nichts wissen wollte. Kind und Familie passten zu diesem Zeitpunkt nicht in sein Leben, das sich nur um das Restaurant und seine Karriere drehte.

»Ach so«, gibt Nina bloß von sich und legt den Kopf schief, als würde sie angestrengt nachdenken. »Du arbeitest auch viel. Trotzdem spielst du immer mit mir.«

Ein Lächeln erhellt ihr Gesicht. »Ich habe dich lieb, Mama.«

Ihre Worte treiben mir sofort die Tränen in die Augen, weshalb ich Nina einen Kuss gebe und ihr sanft über den Kopf streichele. Anscheinend ist das Gespräch für sie hiermit beendet, worüber ich insgeheim froh bin. Ich erhebe mich wieder und ergreife erneut ihre Hand.

»Ich habe dich auch lieb, Schatz. Nun komm, lass uns zum Strand gehen und ein Eis essen. Was hältst du davon?«

***

Entspannt sitze ich im warmen Sand und strecke die Zehen ins Watt. Nina sitzt mit ihrem Eishörnchen neben mir und schaut in die Ferne. Das Wasser ist um diese Uhrzeit nur ein winziger Streifen am Horizont und es wird noch bis zum späten Abend dauern, bis die Flut kommt.

»Mama?«

»Was denn?« Ich wende mich ihr zu.

»Eigentlich brauche ich keinen Papa«, meint sie mit nachdenklicher Miene. Überrascht hebe ich meine Augenbrauen. Innerlich hatte ich gehofft, dieses Thema abgehakt zu haben.

»Immerhin habe ich dich und Tante Mona und –« Sie macht eine kurze Pause, um an ihrem Eis zu lecken, ehe sie mich breit angrinst. »Und Robert und Sherlock!«

Bei ihren letzten Worten verschlucke ich mich an meinem eigenen Eis und muss auf einmal husten. Wie kommt sie denn plötzlich darauf?

»Rob-«, beginne ich, doch mir bleibt der Name im Hals stecken, als Nina die Hand ausstreckt und nach rechts deutet. Ich wirbele herum und kann gerade noch einen Schrei unterdrücken, als Sherlock mir bellend auf den

Schoß hüpft. Vor Schreck lasse ich mein Eis los, das mir in den Ausschnitt meiner Bluse fällt.

»Gott, Sherlock!«, entfährt es mir halb verärgert, halb amüsiert.

»Heute ist nicht dein Tag, was?«, kommt es von Robert. Belustigung schwingt in seiner Stimme mit, als er sich neben mich in den Sand setzt. Derweil knabbert sein Terrier an der Eiswaffel, die neben mich gefallen ist.

»Schätze, nicht«, entgegne ich seufzend. Das Schokoladeneis schmilzt auf meiner Haut und tropft in meinen BH. Ein unangenehmes Gefühl, weshalb ich versuche, es notdürftig aus meinem Ausschnitt zu fischen.

Nina springt auf. »Darf ich mit Sherlock spielen?«, fragt sie und greift bereits nach der Leine, die Robert ihr entgegenhält.

»Klar«, antworte ich, doch Nina hört eigentlich kaum noch hin, weil sie längst hinaus übers Watt läuft. Stumm sehe ich ihr nach. Zwar ist es mir unangenehm, mit dreckiger Bluse neben meinem Kollegen im Sand zu hocken, doch ich freue mich für Nina, die so viel Spaß mit Roberts Terrier hat. Der Hund lenkt sie zumindest von den Gedanken an ihren Vater ab.

»Wegen deines Fahrrads ...«

»Schon okay«, falle ich Robert schnell ins Wort. »Ich werde es später abholen und reparieren lassen. Mach dir keine Gedanken. Von meiner Wohnung ist es nicht weit zur Schule. Ein paar Tage kann ich zu Fuß gehen.«

»Eigentlich wollte ich dir sagen, dass ich dein Fahrrad bereits mit zu mir genommen habe. Jedoch musste ich ein neues Vorderrad bestellen, weil deins nicht mehr zu retten war. Die Lieferung kommt erst morgen Abend, sorry.« Während er spricht, wandert sein Blick von meinem Gesicht immer weiter hinab und bleibt an meinem Dekolleté hängen. Auch ich sehe an mir herab. Das

Schokoladeneis hat hässliche dunkle Flecken auf meiner weißen Bluse hinterlassen, außerdem klebt dadurch der Stoff unangenehm an meiner Haut.

»Ähm ...« Robert leckt sich nervös über die Lippen, ohne jedoch seinen Blick abzuwenden. Schnell verschränke ich meine Arme vor der Brust, um die Flecken, so gut es geht, zu verbergen.

»Danke«, sage ich schnell. »Aber das hättest du nicht tun müssen.«

»Ich wollte aber«, entgegnet er ernst. »Mel, ich –« Für einen Moment sieht er mir tief in die Augen und ich spüre seine Hand auf meinem Knie. Sogleich erhöht sich mein Puls und mein Gesicht beginnt zu glühen.

»Tut's noch weh?«, kommt es schließlich von ihm und er senkt den Blick.

»Was?« Ich blinzele mehrmals.

»Dein Knie.« Er erhöht den Druck seiner Handfläche. Seine Wärme lässt mich erschaudern und sorgt für ein kribbelndes Gefühl in meiner Magengegend. »Hast du noch Schmerzen?«

»Nein«, piepse ich heiser und bewege mein Bein, sodass er unseren kurzen Körperkontakt beendet und seine Finger ineinander verschränkt. Mir rauscht das Blut in den Ohren und ich kann nicht anders, als auf seine schlanken Finger zu starren, weil es mir irgendwie vorkommt, als spüre ich seine Berührung immer noch auf meinem Bein.

»Das freut mich«, meint er und schaut hinaus aufs Watt, wo Nina mit Sherlock tobt. Meine Tochter winkt zu uns rüber, ehe sie zurückkommt.

»Robert, kommst du zu unserem Schulfest nächstes Wochenende?«, fragt sie meinen Kollegen aufgeregt. »Dort gibt es viele Spiele und leckeren Kuchen. Ich werde auch bei einer Aufführung vom Turnen mitmachen.«

»Ist das eine offizielle Einladung?«, entgegnet er schmunzelnd. Wärme durchflutet mich, als ich bemerke, mit welch liebevollem Blick er Nina ansieht. Die Kleine strahlt übers ganze Gesicht und nickt eifrig.

»Na wenn das so ist, dann werde ich auf jeden Fall vorbeischauen und mir deine Aufführung ansehen. Großes Indianerehrenwort!« Grinsend kreuzt er Zeige- und Mittelfinger, um sein Versprechen zu beteuern. Dann erhebt er sich und klopft den Sand von seiner Hose.

»Wir sehen uns dann morgen, Mel. Ich hole euch ab«, sagt er knapp und macht sich mit Sherlock bereits auf den Rückweg, ehe ich protestieren kann.

***

Als mein Wecker am nächsten Morgen klingelt, bin ich noch gar nicht bereit aufzustehen. Verschlafen taste ich nach dem Störenfried und betätige die Snooze-Taste, ehe ich mir das Kissen über den Kopf ziehe und auf dem Bauch liegen bleibe. Die wohltuende Stille lässt mich wieder in einen leichten Schlaf gleiten. Nur am Rande bekomme ich mit, wie ich immer wieder meinen Wecker ausschalte. Permanent wälze ich mich im Bett herum, ohne richtig wach zu werden. Kein Wunder, denn ich habe bis spät in die Nacht Aufsätze korrigiert, die meine Schüler in den Sommerferien schreiben mussten. Dabei wäre ich beinahe am Schreibtisch eingeschlafen.

Ein schrilles Klingeln durchbricht die Stille und als Nina polternd in mein Schlafzimmer stürmt, bin ich vollends wach.

»Was ist passiert?«, frage ich meine Tochter verwirrt, die bereits vollständig angekleidet ist. Lediglich ihre blonden Haare sind noch zerzaust.

»Robert ist da. Er holt uns ab. Hast du das vergessen?«

Ach du Schreck! Sogleich springe ich aus dem Bett, verheddere mich dabei in meiner Bettdecke und kann mich gerade noch am Bettgestell festhalten, um nicht der Länge nach hinzufallen.

»Was? Jetzt schon? Es ist noch viel zu früh«, entfährt es mir atemlos. Natürlich habe ich sein Angebot nicht vergessen. Wie könnte ich, wenn seine Worte am gestrigen Abend immerzu in meinem Kopf herumgekreist sind?

»Es ist schon halb acht, Mama«, meint Nina und verschränkt die Arme vor der Brust.

»Halb acht?!« Entsetzt werfe ich einen Blick auf mein Smartphone. Verdammt! Wir werden definitiv zu spät kommen!

»Ist er oben? Hast du etwas gegessen?«, frage ich meine Tochter, bereits mit einem Bein im Flur, und laufe fast Robert in die Arme, der mit Sherlock an der Leine und zwei Pappbechern Kaffee an der offenen Wohnungstür steht. Seine Augenbrauen fliegen überrascht in die Höhe, während mir die Hitze in die Wangen steigt.

»Guten Morgen, Melanie. Ich hoffe doch, dass du nicht *so* in den Unterricht willst?« Schmunzelnd mustert er mich von oben bis unten. In diesem Moment würde ich am liebsten im Erdboden versinken. Mein knapper Sommerpyjama ist nicht gerade das, was ein Arbeitskollege sehen sollte. Vor allem keiner, der so attraktiv wie Robert ist und mein Herz ständig zum Flattern bringt. Ich bin wirklich nicht bereit dafür, Robert in diesem Aufzug gegenüberzutreten. Deshalb verschwinde ich im Bad, ehe er noch einen weiteren Blick auf mich erhaschen kann.

So schnell es geht, wasche ich mich und trage Make-up auf, frisiere mein Haar zu einem einfachen Pferdeschwanz und schlüpfe in die Jeans vom vorherigen Nachmittag. Da meine Bluse bereits in der Wäsche ist, bleibt mir keine andere Wahl, als noch einmal ins Schlafzimmer zu eilen, um etwas anderes aus dem Kleiderschrank zu ziehen. Glücklicherweise treffe ich Robert nicht mehr im Flur an. Tatsächlich kann ich seine Stimme und Ninas Lachen aus dem Wohnzimmer vernehmen.

Fertig angezogen, gehe ich zu ihnen und staune nicht schlecht über das Bild, das sich mir dort bietet: Sherlock liegt zusammengerollt auf dem kleinen Teppich vor dem Sofa, seinen Kopf auf Ninas Knie gebettet. Meine Tochter hockt im Schneidersitz am Boden, während Robert hinter ihr auf dem Sofa sitzt und ihre Haare zu Zöpfen flechtet.

»Wir sind gleich so weit«, meint er mit einem konzentrierten Blick auf seine Hände, in denen er Ninas blonde Strähnen hält. »Hätte echt nicht gedacht, dass ich das noch kann.« Zufrieden betrachtet er sein Werk. Tatsächlich sehen Ninas Zöpfe gut aus. Besser hätte ich es auch nicht hinbekommen. Meine Tochter strahlt mich an.

»Robert sagt, dass ich sogar mit Sherlock ein bisschen Gassi gehen kann, wenn wir uns gleich beeilen«, erklärt sie mir stolz und springt schon auf, um sich ihre Schuhe im Flur anzuziehen.

»Aber nur fünf Minuten«, rufe ich ihr nach. »Wartet beim Auto!« Als die Wohnungstür ins Schloss fällt, atme ich erst einmal tief ein und versuche, das Chaos in meinem Inneren zu sortieren. Ihn hier in meiner Wohnung zu sehen, macht mich nervös. Mehr noch, ich bin so aufgeregt, als wäre das hier ein Date. Was es natürlich nicht ist! Er ist nur ein Kollege, der mir seine Hilfe angeboten hat. Mehr nicht.

»Dein Kaffee wird kalt«, sagt Robert und reißt mich aus meinen Gedanken.

»Ja. Richtig.« Ich greife nach dem Pappbecher, den er mir reicht. Nachdem ich einen großen Schluck genommen habe, fühle ich mich sogleich besser.

»Ich wusste nicht, ob du schon gegessen hast, aber Kaffee schadet ja nie«, meint er in lockerem Ton und trinkt ebenfalls von seinem Getränk. Mein Blick fällt auf das Logo auf dem Becher und ich reiße überrascht die Augen auf.

»Du warst in Monas Café?!«, entfährt es mir. Robert nickt.

»Ja. Es lag praktisch auf dem Weg. Ich wusste nicht, wo ich sonst guten Kaffee bekommen könnte.«

Von wegen! Monas Strandcafé liegt zwar in der Nähe der Schule, aber ganz sicher nicht auf gerader Strecke zu meiner Wohnung. Wie früh ist Robert aufgestanden, um pünktlich hierher zu fahren? Hoffentlich hat er Mona nicht gesagt, dass er zu mir will. Ich kann mir das hämische Grinsen meiner Schwester bildlich vorstellen, weil sie sich sonst was zusammenfantasiert. Leider komme ich nicht umhin, bei dem Gedanken zu lächeln. Schnell verstecke ich mich hinter dem Pappbecher und trinke meinen Kaffee in wenigen Zügen leer.

»Jetzt bin ich halbwegs fit«, verkünde ich. Robert erhebt sich vom Sofa. Während ich die leeren Kaffeebecher im Müll entsorge, zieht er sich im Flur bereits seine Schuhe an. Gemeinsam verlassen wir meine Wohnung.

Nina wartet mit Sherlock vor dem Auto. Der kleine Terrier hüpft freudig neben ihr auf und ab, während sie ihm Leckerlies ins Maul steckt.

Die Autofahrt bis zur Grundschule redet meine Tochter in einer Tour über Sherlock und wie gerne sie mit dem Hund spielt. Glücklicherweise vertreiben ihre Worte die angespannte Stimmung, die zwischen Robert und mir in der Luft liegt. Warum ich mich in seiner

Nähe so eigenartig fühle, kann ich nicht sagen. Die Vermutung, die seit gestern in mir aufkeimt, verdränge ich immer wieder, so gut es geht, denn ich will bloß nicht daran denken, dass ich mich möglicherweise doch noch in ihn verliebe. Das darf auf keinen Fall passieren! Nicht nur, weil der Schulleiter Beziehungen zwischen Lehrpersonal nicht toleriert, sondern wegen Nina. Zwar mag sie Robert, aber sollte es zwischen uns nicht klappen, wäre sie umso enttäuschter. Das möchte ich ihr wirklich nicht antun.

Nina verabschiedet sich von uns und geht über den Schulhof ins Innere des Gebäudes. Sogleich legt sich drückende Stille wie eine Glocke über uns. Robert konzentriert sich schweigend auf die Straße, während ich aus dem Fenster sehe. Irgendwie weiß ich nicht, wie ich das Gespräch mit ihm beginnen soll. Oder wie ich mich in seiner Gegenwart verhalten soll, ohne ständig dieses blöde Herzklopfen zu haben. Ich habe wirklich Angst, dass er in der Stille des Wagens dieses verräterische Pochen hört, das mir unsagbar laut vorkommt.

Glücklicherweise erreichen wir den Lehrerparkplatz der Schule zum Schulgong, sodass sich nur noch wenige Schüler auf dem Schulgelände aufhalten. Mit einem erleichterten Seufzen schnalle ich mich ab und springe beinahe fluchtartig aus dem Auto, ohne Robert nochmals anzuschauen.

»Also dann«, sage ich übertrieben fröhlich, als auch er den Wagen verlässt. »Danke fürs Mitnehmen. Wir sehen uns dann im Lehrerzimmer, schätze ich.«

»Mel, warte mal –«

Ich höre nicht mehr hin, weil ich wie von der Tarantel gestochen zum Gebäude sprinte. Vorbei an zwei Kolleginnen, die tuschelnd die Köpfe zusammenstecken.

Kapitel 5

»Melanie, ich möchte dir nicht zu nahe treten, aber unter den Schülern verbreiten sich Gerüchte«, meint der Schulleiter und verschränkt seine Finger auf der Tischplatte ineinander. Nach Unterrichtsschluss hat er mich in sein Büro gebeten. Irgendwie habe ich mir gedacht, dass wir über kurz oder lang dieses Gespräch führen würden. Obwohl es eigentlich keinen Grund zur Sorge gibt, werde ich zunehmend nervöser. Unruhig rutsche ich auf meinem Stuhl vor dem Schreibtisch herum in der Hoffnung, Werner würde es nicht bemerken. Um meine Hände irgendwie zu beschäftigen, schiebe ich sie unter meine Oberschenkel.

»Was denn für Gerüchte?«, frage ich überflüssigerweise, wenngleich ich genau weiß, worauf der Schulleiter anspielt. Nicht selten wurde ich gemeinsam mit Robert in intimen Situationen gesehen. Auch wenn diese Gesten und Worte wirklich nicht der Rede wert waren, kann es für Außenstehende den Anschein erwecken, dass wir füreinander mehr als Kollegen sind. Ich würde mich weit aus dem Fenster lehnen, würde ich behaupten, wir wären gute Freunde. Doch Freundschaft ist ungefährlich und ich könnte mir vorstellen, mit Robert befreundet zu sein, zumal Nina seinen Hund besonders mag. Wäre da nicht dieses verräterische Herzklopfen, das mich in seiner Nähe überkommt. Und dieses wohlig warme Kribbeln in meiner Magengegend, sobald er mich anlächelt ...

Werner räuspert sich. »Mir ist zu Ohren gekommen, dass du dich mit Robert Schuster außerordentlich *gut* verstehst«, sagt er und betont die letzten Worte absichtlich. »Ich hoffe, du weißt, dass das Lehrpersonal immer mit einem guten Beispiel vorangehen sollte. Die Schüler sollten die Lehrkräfte mit Respekt behandeln und als Autoritätsperson ansehen. Dabei ist es für die Moral der Schüler und Schülerinnen nicht vorteilhaft, wenn sie mitbekommen, dass zwei ihrer Bezugspersonen sich mehr für ihre eigenen Belange interessieren, anstatt sich voll und ganz auf die Schüler zu konzentrieren.«

Innerlich rolle ich mit den Augen, versuche jedoch, mir keine Regung anmerken zu lassen. Was mir Werner mit seinen Worten sagen will: Affären unter Kollegen stören die Lernbereitschaft der Schüler. Vor etlichen Jahren gab es schon einmal einen Skandal in dieser Richtung, in den auch ehemalige Schüler involviert waren. Aus diesem Grund ist diese Regel Werners oberstes Gebot für neue Lehrkräfte. Er setzt diese Regel zwar nicht konsequent durch, ermahnt jedoch hin und wieder, sobald ihm freundschaftliches Verhalten auf dem Schulgelände zu intim wird.

»Mach dir wegen Herrn Schuster keine Sorgen«, beschwichtige ich, nutze dabei ganz bewusst Roberts Nachnamen, um dadurch deutlich zu machen, dass wir kein privates Verhältnis zueinander haben. »Es ist kein Verbrechen, wenn sich zwei Kollegen gut verstehen, oder? Schließlich werden Herr Schuster und ich Mitte September gemeinsam auf Klassenfahrt gehen. Da ist es logisch, wenn wir uns näher kennenlernen.«

Werners Züge glätten sich und er lehnt sich entspannt in seinem Chefsessel zurück.

»Ich sage nicht, dass ihr euch nicht unterhalten dürft, Melanie. Freundschaftliches Verhalten unter Kollegen begrüße ich in hohem Maß. Und es ist nicht so, dass ich jeden privaten Kontakt verbiete. Was ihr in eurer Freizeit nach Feierabend macht, bleibt ganz euch überlassen.« Er zwinkert mir verschwörerisch zu, sodass ich unweigerlich erröte. »Ich möchte lediglich nicht, dass sich eure Sympathie zueinander auf den Unterricht auswirkt. Das ist alles.«

Stumm nicke ich. Werner lächelt und gibt mir mit einer Handbewegung zu verstehen, dass ich gehen kann. Das lasse ich mir nicht zweimal sagen, denn auch wenn unser Gespräch freundlich war, will ich der unangenehmen Situation entkommen. Hinter der geschlossenen Tür atme ich tief durch.

»Mel, warum bist du denn noch hier?«, höre ich auf einmal Sabine. Erschrocken fahre ich herum und sehe, wie sie gemeinsam mit der Schulkrankenschwester Claudia auf mich zukommt. »Müsstest du nicht längst Nina von der Schule abholen?«

»Ja. Aber ich hatte noch eine Besprechung mit Werner«, entgegne ich und schenke meinen Kolleginnen ein Lächeln, um die Sache herunterzuspielen. Bestimmt ahnen sie, warum der Schulleiter mich heute zu sich zitiert hat. »Außerdem weiß Ninas Klassenlehrerin Bescheid, dass ich etwas später da bin. Heute ist sowieso Nachmittagsbetreuung, deshalb ist es nicht allzu schlimm, wenn sie einen Moment auf mich wartet.« Mit dieser Erklärung lasse ich die beiden stehen und eile aus dem Schulgebäude.

Ein Glück, dass die Schulen in Westerland so dicht beieinanderliegen. Dadurch kann ich immer zu meiner Tochter, wenn etwas passiert. Beispielsweise wurde ich vergangenes Jahr kurz nach ihrer Einschulung von der Klassenlehrerin angerufen, weil Nina in der großen Pause vom Klettergerüst gefallen und unglücklich mit dem Fuß aufgekommen ist. Ich bin mit ihr sofort ins nahegelegene Krankenhaus gefahren, um sie untersuchen zu lassen. Zum Glück war ihr Knöchel nur leicht verstaucht, sodass sie ihn nach einer Woche wieder normal belasten konnte.

Vom Schultor aus sehe ich Nina fröhlich über den Hof toben – einem kleinen Terrier hinterher. Sogleich beschleunigt sich mein Puls und ich verharre in der Bewegung. In diesem Moment wendet Robert den Kopf zu mir und unsere Blicke begegnen sich. Mein Herz macht einen aufgeregten Satz, als er mich offen anlächelt und sich von der Bank erhebt, von der er Nina und Sherlock beim Spielen zugesehen hat. Ehe er auf mich zukommen kann, werde ich an der Schulter berührt.

»Frau Konrad. Schön, dass Sie Ihren Freund vorausgeschickt haben, um Nina Gesellschaft zu leisten. Ich hatte mir schon Sorgen gemacht, weil ihre Freundinnen heute viel früher aus der Betreuung abgeholt worden sind und sie alleine war«, erzählt mir die Betreuerin überschwänglich. Bei ihren Worten kriecht Hitze in meine Wangen.

»Also ... Er ist ein Kollege von der Arbeit«, erkläre ich, etwas unschlüssig darüber, wie ich mein wildes Herzklopfen deuten soll. Die Lehrkraft hebt überrascht die Augenbrauen.

»Oh! Ich habe wirklich geglaubt, er wäre Ihr Freund. Weil Nina so vertraut mit ihm umgeht ...« Sie schaut zu meiner Tochter, die gerade ihren Schulranzen schultert. Dann rennt sie zu mir.

»Mama!«, ruft sie und springt mir freudig in die Arme. Auch Robert kommt mit Sherlock an der Leine zu mir.

»Hey«, grüßt er knapp. Die Betreuungskraft sieht einen Moment schmunzelnd zwischen Robert und mir hin und her, was mir noch unangenehmer ist.

»Okay, Nina, dann sehen wir uns am Wochenende auf dem Schulfest, ja?« Sie lächelt meine Tochter an und nickt mir zu. »Ich habe nämlich drei Tage frei. Ein wohlverdienter Urlaub«, fügt sie an und wendet sich zum Gehen.

»Ich habe gedacht, ich nehme euch mit dem Auto mit und du kannst dein Fahrrad direkt bei mir abholen«, erklärt mein Kollege, nachdem wir allein sind.

»Du hättest nicht extra warten müssen«, meine ich verlegen, denn im Gegensatz zu mir, hatte Robert heute nur bis zur fünften Stunde Unterricht. Er zuckt lediglich mit den Schultern.

»Ich hatte nichts vor. Eigentlich wollte ich dich fragen, doch du warst bei Werner, also bin ich einfach direkt hierhergefahren. Sorry, falls ich dich damit überrumpelt habe.«

Ich senke den Kopf und streichele Nina übers Haar, die sich immer noch an mein Bein schmiegt. Dabei kann ich mir ein Lächeln kaum verkneifen. Genau wie mein Bauchkribbeln, das sich bei seiner Fürsorge in mir ausbreitet. Einen Mann wie Robert als Partner zu haben, würde mir nach dem Desaster mit Peter und den einsamen Jahren danach bestimmt guttun. Jemand, an den ich mich anlehnen kann und bei dem ich mich geborgen fühle. Und jemand, der meine Sehnsüchte weckt …

Energisch schüttele ich den Kopf. Einerseits, um auf Roberts Entschuldigung zu reagieren und andererseits, um meine Gedanken zu vertreiben, die eindeutig in eine falsche Richtung gehen. Dabei habe ich Werner noch vor wenigen Minuten versichert, nichts für Robert zu empfinden. Tja, das war wohl ein Irrtum. Würde mein Herz sonst wie wild in meiner Brust hüpfen, wenn wir *bloß* Kollegen wären?

»Mama, ich habe Hunger. Können wir nach Hause?«, murrt Nina und reißt mich aus meinen Gedanken.

»Klar, natürlich.«

»Na dann los. Bis zu meinem Haus ist es nicht weit. Dann könnt ihr mit dem Fahrrad weiter«, meint Robert und geht bereits voraus zu seinem Auto.

***

Schon aus der Ferne sehe ich die bunten Luftballons und die selbstgebastelten Girlanden, mit denen das Schultor der Grundschule geschmückt ist. Ich stoppe mein Fahrrad und helfe Nina aus dem Kindersitz. Seitdem Robert das Vorderrad ausgetauscht und die Kette neu geölt hat, fährt es deutlich besser.

»Schau doch, die Luftballons!«, ruft Nina aufgeregt und hüpft von einem Bein aufs andere. Ihre Zöpfe wirbeln um ihren Kopf herum.

»Es sieht wirklich schön aus«, bestätige ich und reiche meiner Tochter die Hand, die sie sofort ergreift. Gemeinsam schlendern wir durchs Tor und über das Schulgelände. Zwar ist es noch früh am Morgen, doch das Schulfest kann bereits jetzt viele Besucher zählen. Von Ninas Klassenlehrerin weiß ich, dass die Schule auf dem Fest Spenden für neue Schulprojekte sammelt. Die Spielgeräte müssen erneuert und die Bücher in der Schulbücherei um neuen Lesestoff aufgestockt werden. Je mehr Leute heute herkommen, desto besser für die Kinder, die sich in den Wochen nach Schulbeginn so viel Mühe beim Basteln von Dekoartikeln oder dem Einstudieren verschiedener Aufführungen gegeben haben. Es gibt viele Stände, an denen die Eltern der Grundschüler gemeinsam mit Lehrkräften Basteleien oder selbstgebackenen Kuchen verkaufen. Bereits jetzt drängen sich viele Besucher um einige Stände, die ich noch nicht gesehen habe. Für die Kinder wurde sogar eine große Hüpfburg aufgebaut.

An einem Eiswagen direkt neben dem Eingang kaufe ich für Nina ein kleines Eis, ehe ich meinen Blick über das Angebot auf dem Schulhof schweifen lasse. An einem Stand entdecke ich Mona, die mir fröhlich zuwinkt.

»Wollen wir zu Tante Mona rübergehen?«, frage ich Nina, die noch mit ihrem Eis beschäftigt ist. Da noch keine ihrer Freundinnen hier ist, nickt sie zustimmend.

»Guten Morgen, Mel. Hey, Nina«, grüßt uns meine Schwester gut gelaunt. Sie kommt hinter ihrem Stand hervor und drückt Nina kurz an sich. »Möchtest du Kaffee? Du siehst aus, als hättest du ihn bitter nötig«, fragt sie dann an mich gewandt.

»Gerne«, entgegne ich mit einem müden Lächeln. Meine Tage sind in letzter Zeit zu lang und erfüllt von wirren Gedanken, die Nächte dafür umso kürzer und wenig erholsam. Weil Robert in meinem Kopf herumgeistert. In der Schule haben wir wenig Berührungspunkte, doch wenn wir uns doch über den Weg laufen und er mir sein unwiderstehliches Lächeln schenkt, schmelze ich förmlich dahin. Zudem tuscheln die Kollegen immer noch miteinander, ob an den Gerüchten um Robert und mich etwas dran ist. Sabine hatte mich erst kürzlich drauf angesprochen und gemeint, jemand hätte schon Wetten gestartet, wann wir der knisternden Spannung zwischen uns erliegen würden. Natürlich habe ich alles vehement geleugnet, weil ich auf keinen Fall möchte, dass Robert irgendwelche Halbwahrheiten mitbekommt.

Schmunzelnd gießt Mona Kaffee aus einer Kanne in einen Pappbecher, den sie mir rüberschiebt. Dankend nehme ich das dampfende Getränk entgegen.

»Ich wusste gar nicht, dass du dich beim Schulfest einbringst«, sage ich zu Mona, die in der Zwischenzeit noch einige weitere Getränke verkauft hat. Nina sitzt grinsend auf Monas Platz hinter dem Verkaufsstand und sieht ihr interessiert bei der Arbeit zu.

»Vor den Sommerferien wurden Freiwillige für die Mithilfe und Organisation des Festes gesucht. Beinahe jeder redete davon und viele Vereine machen mit, um zu helfen. Die Insel ist nun mal auch nur ein Dorf.« Sie zuckt grinsend mit den Schultern und fixiert mich mit ihren blauen Augen. »Es wundert mich wirklich nicht, dass du nichts von alledem mitbekommst. Du bist ja nur noch in Gedanken. Ist es Robert, der dich so sehr beschäftigt?«

Bei ihren Worten verschlucke ich mich an dem Kaffee, was Nina laut lachen lässt. Keine Ahnung, wie viel meine Tochter von dieser Unterhaltung versteht, doch ich hoffe wirklich, dass sie Monas Kommentar einfach übergeht.

»Quatsch. Wie kommst du denn darauf«, entgegne ich hustend. Dann schaue ich mich unauffällig um. Bisher habe ich Robert auf dem Fest noch nicht entdeckt, obwohl er versichert hatte, ebenfalls zu kommen. Mona zuckt neben mir mit den Schultern.

»Er ist neu zugezogen und zieht natürlich sofort alle Blicke auf sich. Du musst zugeben, dass Robert wirklich attraktiv ist. Das sage ich dir ja nicht zum ersten Mal.«

Das kann ich nicht leugnen, dennoch werde ich einen Teufel tun und meiner Schwester zustimmen. Also trinke ich bloß stumm meinen Kaffee aus und werfe den Pappbecher in den Mülleimer neben dem Stand.

»Es ist nicht schlimm, wenn du ihn magst, Mama. Ich mag ihn auch sehr«, meint sie mit kindlicher Überzeugung und nickt, um ihre Worte zu unterstreichen. Hätte ich noch Kaffee, dann hätte ich mich vermutlich erneut verschluckt. Entgeistert starre ich meine Tochter an, die nur noch mehr lacht. Auch Mona grinst breit über meinen fassungslosen Gesichtsausdruck.

»Wie lange willst du noch leugnen, was dein Kind längst ahnt, Mel? Gib es einfach zu«, kommt es kichernd von Mona.

»Was soll Melanie zugeben?«, höre ich eine mir viel zu bekannte Männerstimme. Überrascht wirbele ich herum und sehe in Roberts strahlendes Gesicht. Nina springt vom Stuhl und kniet sich zu Sherlock auf den Boden, der sie mit einem freudigen Bellen begrüßt.

»Gar nichts!«, entgegne ich sogleich, um einen lockeren Ton bemüht, obwohl mein Herz bei seinem Anblick in doppeltem Tempo schlägt. Robert streicht sich die braunen Locken aus der Stirn und lächelt mir zu. Sofort spüre ich die Hitze in meinen Wangen. Okay, langsam wird mein Verhalten auffällig. Schnell wende ich meinen Blick ab, um mich auf die anderen Verkaufsstände zu konzentrieren. Dabei fällt mir eine Menschentraube etwas abseits von uns neben dem Klettergerüst auf.

»Was ist denn dort drüben aufgebaut?«, frage ich in die Runde, um von mir abzulenken. Die anderen sehen in die Richtung, in die ich deute.

»Dort scheint wohl die Tombola vom Rommé-Club zu sein«, erklärt Mona.

»Tombola?«, hake ich interessiert nach, stütze mich dabei mit der Handfläche am Stand ab und verlagere mein Gewicht, um mehr Halt zu haben. Denn Roberts Nähe beschert mir weiche Knie.

»Genau. Jeder will den Hauptpreis haben«, bestätigt meine Schwester schmunzelnd. Scheint ja ein guter Gewinn zu sein, wenn sich alle darum reißen. Zumindest ist die Schlange am Stand der Rommé-Damen verdammt lang.

»O toll! Können wir dort auch mal schauen, Mama?«, bittet mich Nina sogleich. »Marlies hat mir erzählt, dass es dort ganz tolle Preise gibt!«

»Natürlich«, bestätige ich sofort und schnappe mir meine Tochter. Wenigstens habe ich so einen Vorwand, um vor Robert zu flüchten. Dieser macht zum Glück keine Anstalten, uns zu folgen, weil Sherlock anscheinend etwas Interessantes entdeckt hat. Energisch zerrt der Terrier an seiner Leine, sodass sein Herrchen keine andere Wahl hat, als dem Drängen des Hundes nachzugeben und mit ihm wegzugehen.

Mit einem erleichterten Seufzer stelle ich mich in der Schlange der Wartenden an. Ein Kind vor uns gewinnt ein großes Bilderbuch und zwei Mütter ziehen bloß Nieten, was ihre enttäuschten Mienen verraten. Als wir endlich an der Reihe sind, zücke ich bereitwillig mein Portemonnaie, um Nina gleich drei Lose zu kaufen. Aufgeregt knibbelt meine Tochter an dem Papier, das sie hastig entrollt.

»O Mann«, murrt sie enttäuscht, weil sie nicht gewonnen hat.

»Mach dir nichts draus, meine Kleine«, sagt Roberts Tante Clärchen zu ihr und reicht ihr ein Körbchen mit Süßigkeiten. »Such dir einen Lutscher als Trostpreis aus. Heute gibt es keine Verlierer.«

Mit trauriger Miene kramt Nina im Korb und zieht einen Lutscher heraus.

»Schade ...«, gibt sie mit einem Seufzer zurück, öffnet das Papier und steckt sich die Süßigkeit in den Mund.

»Komm, lass mich mal mein Glück versuchen«, sage ich zu Nina, weil ich ihre Enttäuschung vertreiben will. Bereitwillig nimmt die alte Dame mein Geld und hält mir im Gegenzug die Kiste mit den Losen, von denen ich drei Stück ziehe, entgegen. Neugierig schaut Nina zu, wie ich sie entrolle. Leider sind die ersten beiden ebenfalls Nieten, weshalb meine Tochter traurig den Mund verzieht. Auch ich gebe die Hoffnung auf einen Gewinn schon auf, doch als ich das letzte Los öffne, zucken meine Mundwinkel nach oben.

»Gewonnen«, sage ich triumphierend und zeige Roberts Tante den Zettel. Sie lächelt breit und auch Ninas Augen strahlen sogleich aufgeregt.

»Und sogar der Hauptgewinn!« Clärchen betätigt mehrmals eine laute Glocke, sodass viele der umstehenden Besucher die Köpfe nach uns recken.

»Juhu! Der Hauptgewinn«, jubelt Nina begeistert. »Was ist es? Ist es ein Plüschtier?« Sie schaut zu den bunten Bären, die hinter den beiden Damen in einem Regal sitzen. Clärchen schüttelt den Kopf und beugt sich ein Stück über den Stand.

»Nein. Etwas viel Besseres«, meint sie verschwörerisch.

»Was denn? Das Auto? Oder ein Spiel?« Nina zeigt auf die Gewinne am Stand, doch die Frau schüttelt erneut den Kopf, um es noch spannender zu machen.

»Ein Date mit meinem Neffen!«, verkündet Clärchen stolz. Bei ihren Worten bleibt mir der Mund offen stehen.

»Was? Ein Date?« Völlig entsetzt starre ich die alte Dame an, die bis über beide Ohren grinst. Ihre Freundinnen kichern hinter vorgehaltenen Händen, als wären sie noch siebzehn und nicht siebzig.

Ein Date mit Robert? O Gott! Alles, nur das nicht. Sogleich bekomme ich weiche Knie, wenn ich daran denke, mit ihm auszugehen. Nina sieht genauso geschockt aus wie ich, jedoch aus einem anderen Grund. Vermutlich ist sie entsetzt darüber, warum der Hauptgewinn kein Spielzeug ist.

»Wusstest du das etwa nicht? Davon spricht doch die ganze Insel«, meint eine der anderen Damen vom Rommé-Club. Völlig überrumpelt schüttele ich den Kopf. Die ganze Zeit habe ich krampfhaft versucht, ihn nicht zu sehr in mein Leben zu lassen, dass ich überhaupt nicht auf die Gerüchte gehört habe. Sprechen die Leute wirklich so viel über Robert?

Zu allem Übel kommt nun auch mein *Hauptgewinn* an den Stand, Sherlock im Schlepptau. Verwundert sieht er zwischen Clärchen und mir hin und her.

»Nicht gewonnen?«, fragt er an mich gewandt, weil mein Gesicht wohl tausend Bände spricht.

»Den Hauptpreis«, meint seine Tante zwinkernd. Robert lacht kurz auf, zuckt dann bloß mit den Schultern. Natürlich weiß er, worum's geht. Warum hat er diese Tatsache in keinem unserer Gespräche erwähnt? Jetzt stehe ich wie ein Idiot da, weil mich diese Neuigkeit kalt erwischt hat. Bei der Vorstellung, ein offizielles Date mit Robert zu haben, wird mir ganz flau im Magen und meine Handflächen beginnen zu schwitzen. Unsere bisherigen Treffen waren alle mehr oder weniger zufällig, sodass ich diese Sache immer wieder abtun konnte. Aber jetzt, wo das halbe Dorf Bescheid weiß? Himmel, diese Vorstellung macht mich verdammt nervös.

»Sorry, wenn du dir einen Sachpreis erhofft hast. Aber Tantchen fand diese Idee ziemlich originell, damit mehr Leute bei der Tombola mitmachen. Leider konnte ich es ihr nicht ausreden.« Er lächelt mich entschuldigend an, was mein Herz erneut flattern lässt.

Nina zupft an meiner Hand und sieht mich fragend an. »Also bekomme ich wirklich keinen Bären?«, hakt sie noch einmal nach. Da wollte ich meiner Tochter nur einen Gefallen tun und für sie eines dieser niedlichen selbstgestrickten Plüschtiere gewinnen – und dann bekomme ich aus heiterem Himmel ein Date, auf das ich nicht einmal gehen will! Mein Blick huscht zu der Reihe Stofftieren, die ordentlich nebeneinander auf der Auslage sitzen. Robert beugt sich zu Nina runter.

»Welchen hättest du denn gern, Prinzessin?«, fragt er mit einem so offenen Lächeln, dass es mein Herz gleich höherschlagen lässt. Robert geht mit Nina so liebevoll um, als wäre sie sein Kind und keine Fremde für ihn. Wenn ich die beiden zusammen sehe, überkommt mich Wehmut. Einerseits wünsche ich mir für meine Tochter so einen tollen Vater, der Peter nicht sein wollte. Andererseits habe ich Angst, dass sie sich zu sehr an einen Mann gewöhnt, mit dem es vielleicht nicht funktioniert. Das Gefühl, von einem geliebten Menschen verlassen zu werden, möchte ich Nina in diesen frühen Jahren gerne ersparen. Das ist einer der Gründe, warum ich mich von Beziehungen und Dates, so gut es geht, fernhalte. Nun werde ich vermutlich nicht drum herumkommen, denn genug Leute haben von meinem Gewinn mitbekommen. Schließlich war Clärchen laut genug, sodass es wirklich jeder auf dem Schulfest gehört haben muss. Bestimmt werden mich meine Bekannten darauf ansprechen. Als hätte ich wegen Robert nicht schon mit genug Gerüchten zu kämpfen. Wäre er wenigstens halb so attraktiv und fürsorglich! Dann könnte ich mich vielleicht besser gegen dieses Gefühl in meiner Brust wehren, das sich in seiner Nähe in mir ausbreitet und mein Herz erfüllt.

»Den kleinen da oben. Mit der Schleife um den Hals«, erklärt meine Tochter und zeigt mit dem Finger auf das Plüschtier. Robert zieht einen Zehner aus seinem Portemonnaie und reicht ihn Clärchen, die Nina einen grünen Bären entgegenstreckt. Strahlend drückt sie das Spielzeug an ihre Brust und gibt dem Bären einen Kuss auf die Nase.

»Danke!«, sagt sie überschwänglich zu Robert, der ihr bloß lachend über den Kopf streicht.

»Wenn du möchtest, dann kannst du Sherlock mitnehmen und mit ihm das Gelände erkunden. Wie klingt das?«

»Klasse. Darf ich, Mama? Ich möchte auch gerne zur Hüpfburg. Dort habe ich eben Marlies und Sarah mit ihren Eltern entdeckt«, fragt sie mich noch einmal, Sherlocks Leine bereits in der Hand.

»Okay, aber binde Sherlock vorher irgendwo fest. Hunde dürfen nicht auf die Hüpfburg«, antworte ich und Nina flitzt bereits zu ihren Freundinnen.

»Also ...«, beginnt Robert, sodass ich meine Aufmerksamkeit wieder auf ihn richte. Schüchtern sehe ich meinen Kollegen an, der seine Hände tief in den Hosentaschen vergraben hat. Er wirkt ebenfalls verlegen. »Dann haben wir wohl ein Date, was?«

»Schätze schon«, antworte ich gedehnt. Zählt es wohl, wenn er mir hier auf dem Schulfest ein Getränk spendiert? Unsicher schiele ich zu Tante Clara und ihren Freundinnen hinter dem Verkaufsstand, die Robert und mich interessiert mustern. Vermutlich nicht, denn ihren Blicken nach zu urteilen, erwarten die Damen etwas Großes von Robert, damit sie die Gerüchteküche weiter aufheizen können.

»Ach, wie schön!«, schwärmt Clärchen mit einem verträumten Gesichtsausdruck. »Es war wirklich eine fantastische Idee von mir, nicht wahr, Mädels? So kommt mein guter Robby endlich etwas mehr unter die Leute. Melanie ist eine wirklich gute Partie!«

Schlagartig werde ich rot. Auch Robert sind die Worte seiner Tante nun doch peinlich, obwohl er wegen der Tombola erst gelassen wirkte.

»Tantchen, bitte. Ich bin doch keine fünf mehr«, brummt er und kratzt sich am Kinn. Diese Geste habe ich schon einige Male bei ihm beobachtet, wenn er verlegen wird. Irgendwie süß, wie sich seine Wangen röten. Nun muss ich über den Spitznamen seiner Tante grinsen.

»Und ich kann mich ganz gut allein um mein Privatleben kümmern«, setzt er lächelnd nach, um seine Verlegenheit zu überspielen.

»Papperlapapp!« Clärchen schüttelt energisch den Kopf und stemmt die Hände in die Hüften. »Auch mit fünfunddreißig muss man dir in den Hintern treten, damit du aus dir herauskommst. Wäre ich damals nicht gewesen, dann hättest du Nele –«

»Clara, bitte!«

Seine Tante verstummt augenblicklich und ich sehe irritiert zu Robert, der plötzlich seine Stimme erhoben hat. Sein Gesichtsausdruck wirkt gequält.

»Nele?«, frage ich vorsichtig, doch ein weiterer Blick in seine Augen lässt mich jede nachfolgende Frage runterschlucken. Für einen Moment erkenne ich einen tiefen Schmerz in seinem sonst so warmen Blick. Wer ist diese Nele? Seine Ex-Freundin? Vielleicht seine große Liebe? Sogleich spüre ich eine eiskalte Faust, die sich um mein Herz schließt. Warum empfinde ich auf einmal Eifersucht, wenn es um eine andere Frau geht? Robert ist doch nur ein Kollege … Zumindest darf er nicht mehr sein.

»Vergiss es einfach«, brummt er.

»Kein Thema, das man vor neugierigen Zuschauern besprechen sollte«, raunt mir seine Tante zu und mustert Robert, dieses Mal jedoch betrübt. Ich sehe mich um und registriere jetzt erst, dass sich immer noch einige der Eltern um den Tombolastand tummeln und die Szene interessiert beobachten. Auch Robert scheint es nun aufgefallen zu sein. Sogleich ergreift er meine Hand und zieht mich weg, ohne sich von seiner Tante zu verabschieden. Neben dem Schultor bleibt er endlich stehen und lässt mich los. Sofort vermisse ich die Wärme seiner Finger an meinem Handgelenk.

»Also … dann hole ich dich Samstagabend ab?«, fragt Robert seufzend. Ihm scheint dieses Date-Ding unangenehm zu sein.

»Nein, schon okay. Wir müssen das nicht tun, wenn du –«

»Mel, versteh mich nicht falsch. Es ist okay für mich. Immerhin habe ich mich selbst auf dieses Spiel eingelassen. Alle reden davon, also wäre es komisch, wenn ich plötzlich einen Rückzieher machen würde, oder?

Außerdem bin ich wirklich froh, dass du den Hauptgewinn gezogen hast. Es hätte ja auch Hans-Jürgen, Sabine oder jemand aus dem Rommé-Club sein können.«

Mein Herz macht sogleich einen freudigen Satz. Eigentlich hat er recht und es wird sicher ein netter Abend mit ihm.

»Dann sehen wir uns Samstag, Robby«, bestätige ich grinsend, was ihm ebenfalls ein Lächeln entlockt.

Kapitel 6

»Gott! Ich bin ja so aufgeregt!«, quiekt meine Schwester vergnügt und klatscht in die Hände. Tatsächlich benimmt sie sich wie ein Teenager vor dem Abschlussball. Ich hingegen kann über ihr Verhalten nur die Augen verdrehen. Manchmal glaube ich, sie wäre die jüngere von uns beiden.

»Warum bist du aufgeregt? *Ich* habe doch gleich ein Date mit Robert«, entgegne ich ein wenig genervt von ihrem Gerede.

»Das ist es ja! Weil *du* ein Date hast. Ein *echtes* Date! Nicht bloß ein belangloses Treffen zum Kaffee. Und das seit so vielen Jahren! Weißt du überhaupt, was du tun musst?«

Erneut verdrehe ich die Augen und verberge es nicht einmal vor Mona, was ihr jedoch nicht aufzufallen scheint.

»Mann, Mona. Wir gehen bloß essen, das ist alles. Ich hätte nicht einmal zugestimmt, wenn's nicht wegen dieser blöden Tombola gewesen wäre ...«

»Die halbe Insel spricht darüber. Du hättest *nicht* absagen können, auch wenn du gewollt hättest«, antwortet sie mit einem Zwinkern. »Sag, was du willst, doch es war sicher kein Zufall, dass du den Hauptpreis bei der Tombola gewonnen hast und dass dieser Preis ausgerechnet ein Date mit Robert ist, statt irgendein langweiliges Plüschtier. Es war Schicksal, da bin ich mir ziemlich sicher.«

Schnaubend stemme ich die Hände in die Hüften. Ich glaube nicht an das Schicksal. Eine neue Beziehung brauche ich jetzt ganz sicher nicht, auch wenn ich mir eingestehen muss, dass mein Herz in Roberts Nähe ganz aufgeregt in meiner Brust hüpft, als wäre ich wieder siebzehn und zum ersten Mal verliebt.

Meine Schwester grinst wissend, als hätte sie meine Gedanken gelesen, und mustert mich noch mal eingehend.

»Und jetzt dreh dich noch mal. Ach, dieses Kleid steht dir besonders gut«, schwärmt sie. Skeptisch sehe ich an mir herunter. Mein Kleid ist eigentlich nichts Besonderes. Es ist schlicht, reicht mir bis über die Knie und hat lange Ärmel. Etwas, das ich gut für den Unterricht anziehen könnte, dennoch fühle ich mich tatsächlich hübsch darin. Zum Glück habe ich mir nicht von meiner Schwester in die Outfitwahl reinreden lassen. Sonst hätte ich vermutlich das kleine Schwarze an, das ich letztes Jahr zu ihrem fünfunddreißigsten Geburtstag getragen, und in dem ich mich bei der Feier im Strandcafé total fehl am Platz gefühlt habe. Dieses rote Sommerkleid ist jedoch genau richtig für ein ungezwungenes Treffen. Zumindest versuche ich mir einzureden, dass der heutige Abend nichts ändern wird. Ich habe mir sogar eine Liste mit Punkten gemacht, die ich mit Robert wegen der bevorstehenden Klassenfahrt in drei Wochen abklären möchte. So können wir gleich zwei Fliegen mit einer Klappe schlagen, weil wir ein unverbindliches Gesprächsthema haben und die Themen nicht mehr während der Pausen vor den anderen Kollegen besprechen müssen.

»Aber wer passt auf Sherlock auf, wenn Robert mit dir weggeht, Mama?«, fragt Nina in besorgtem Ton. Sie sitzt auf meinem Bett, den grünen Teddybären vom

Schulfest in ihren Armen. Sie hat bereits ihren Schlafanzug angezogen, kann jedoch noch etwas mit ihrer Tante spielen, ehe sie ins Bett geht.

Trotz meines Protestes Mona gegenüber, freue ich mich tatsächlich darauf, auszugehen, obwohl ich es vor Mona nicht zugeben möchte. Sie würde diese Tatsache direkt auf meine Gefühle für Robert schieben, was Blödsinn ist. Aber es ist ewig her, dass ich am Abend etwas ohne meine Tochter unternommen habe, sodass mir dieses Treffen bestimmt guttun wird.

»Sherlock schläft sicher längst«, mutmaßt Mona. »Und auf Hunde muss man nicht aufpassen, Kleines.«

Nina legt grübelnd die Stirn in Falten. »Bestimmt hat er Angst alleine. Hoffentlich hat er ein Kuscheltier, damit er sich nicht so einsam fühlt. Vielleicht frage ich Robert, ob er für Sherlock einen Teddy mitnimmt?«

»Das ist lieb von dir, Schatz. Wir können gerne morgen früh einen aussuchen, den du dem Hund schenken kannst, okay?«, entgegne ich und streiche Nina durchs Haar. Es rührt mich, wie viele Gedanken sie sich um Roberts Terrier macht. Als es an der Wohnungstür klingelt, springen Mona und Nina fast gleichzeitig von meinem Bett auf, während ich erschrocken zusammenzucke. Die beiden eilen in den Flur. Noch einmal betrachte ich mich im großen Spiegel und prüfe mein Make-up sowie die Frisur. Wenn ich behaupten würde, ich sei nicht nervös, dann wäre es glatt gelogen. Denn ich kann schon den ganzen Nachmittag an nichts anderes mehr denken als an dieses verfluchte Date, das ich durch Zufall bei der Tombola gewonnen habe. Gott, hätte ich mir doch kein Los gekauft und Tante Clara einfach so einen Bären für Nina abgeschwatzt. Dann wäre ich nicht in dieser misslichen Lage, mit Robert auszugehen. Und dann hätte ich bestimmt nicht so heftiges Herzklopfen wie in diesem Augenblick.

Vom Flur höre ich meine Schwester verzückt quietschen und Ninas helles Lachen. Also atme ich noch einmal tief ein und straffe meine Schultern, bevor ich das Schlafzimmer verlasse.

Du schaffst das, Mel. Es ist nur ein Treffen unter Kollegen, nichts weiter. Kein Date. Kein richtiges Date!, versuche ich, mir wie ein Mantra einzuprägen, während ich zu den anderen in den Flur gehe.

Das erste, was mir ins Auge springt, ist der riesige Strauß roter Rosen, der Roberts Gesicht verdeckt. O mein Gott! Ist das sein Ernst? Verdattert erstarre ich mitten in der Bewegung. Wie peinlich, er hat mir Blumen mitgebracht. Dabei ist der heutige Abend bloß arrangiert. Röte steigt mir ins Gesicht, als er den Kopf zur Seite neigt und hinter dem Blumenstrauß hervorlugt. Sein umwerfend offenes Lächeln ist zu viel für mein armes Herz, dem ich ständig so gut wie jeden Gedanken an Robert verbiete. Und dann bringt er mir plötzlich wunderschöne Rosen mit, sodass ich innerlich schmelze. Dieser Kerl ist der Teufel!

»Hallo, Melanie«, grüßt er mich ungezwungen und drückt mir die Blumen in den Arm. Immer noch sprachlos, starre ich ihn an, während mir der süßliche Rosenduft in die Nase steigt. Mona ist die erste, die die Stille zwischen uns bricht, indem sie mir die Blumen abnimmt.

»Na los, was stehst du hier tatenlos herum? Ab mit dir. Sicherlich kommt ihr zu spät«, fordert sie mich grinsend auf und macht eine wegscheuchende Handbewegung in meine Richtung, was Robert ein Schmunzeln entlockt.

»Wir sollten uns tatsächlich beeilen, bevor unsere Reservierung verfällt und der Tisch an andere Gäste vergeben wird«, meint er mit einem Nicken und reicht mir seine Hand, die ich jedoch gekonnt ignoriere. Robert ist viel zu galant, nett und zuvorkommend. Der perfekte

Kandidat für eine Beziehung. Doch nicht für mich. Ich muss seinem Charme standhalten, sonst bin ich verloren.

»Ja, ähm … Ich ziehe mir schnell die Schuhe an. Du kannst schon mal draußen warten«, entgegne ich und sehe mich fieberhaft nach meinen Sandalen um, die ich im Chaos meiner Garderobe nicht auf Anhieb finde. »Und danke für die schönen Blumen.«

Mit einem knappen Nicken verlässt Robert die Wohnung, was mich zumindest einen Moment wieder frei atmen lässt.

»Beeil dich. Du willst den armen Kerl doch nicht ewig warten lassen«, drängt Mona und zieht eine der Sandalen unter der Kommode hervor. Den anderen finde ich versteckt unter Ninas geblümter Regenjacke. »Ich werde die Rosen ins Wasser stellen. Hach, ich sage ja, euer Date ist Schicksal!«

Fröhlich summend verschwindet Mona in meiner Küche und kurz darauf höre ich den Wasserhahn. Hastig schlüpfe ich in meine Sandalen, gebe Nina noch einen Abschiedskuss und verlasse die Wohnung.

Ich entdecke Robert mit dem Rücken gegen sein Auto gelehnt, in der Hand eine Zigarette. Überrascht hebe ich die Augenbrauen.

»Ich wusste nicht, dass du rauchst«, sage ich und trete zu ihm heran. Mein Kollege nimmt noch einen tiefen Zug, dann schnippt er die Kippe auf den Asphalt und tritt sie mit dem Fuß aus. Danach steckt er seine Hände in die Taschen seiner Jeans, während er mich intensiv mustert.

»Nur, wenn ich nervös bin. Eine blöde Angewohnheit von mir, die ich bisher einfach nicht ablegen konnte«, erklärt er und sein offenes Lächeln sorgt erneut für ein kribbeliges Gefühl in meiner Magengegend.

»Du weißt aber schon, dass Rauchen ungesund ist, oder?«, werfe ich ein, ignoriere dabei seinen Kommentar. Irgendwie kann ich kaum glauben, warum meine Nähe einen Mann wie Robert nervös machen sollte. Er hat bisher immer einen sehr selbstbewussten und souveränen Eindruck gemacht. Jetzt grinst er mich an und löst sich vom Auto, um die Beifahrertür zu öffnen.

»Ich weiß. Das hat mir meine Mutter auch immer gesagt.«

Ich gehe an ihm vorbei und setze mich. Robert umrundet seinen Ford und steigt hinters Steuer.

»Lass mich raten: Auf sie hast du nicht gehört«, meine ich. Erneut lacht Robert, antwortet jedoch nichts, sondern startet den Motor. Langsam lenkt er den Wagen von meiner Hofeinfahrt auf die Straße. Einen Moment fahren wir schweigend durch die Wohnsiedlungen, bis wir auf die Hauptstraße kommen. Der Himmel färbt sich langsam golden, bald wird die Sonne untergehen.

»Sag mal, wohin entführst du mich heute?«, frage ich nun doch, weil ich die Neugier nicht länger im Zaun halten kann. Mein letztes richtiges Date ist Jahre her und verlief alles andere als zufriedenstellend. Der Kerl war damals nur auf eine kurze Affäre aus, worauf ich mich mit meinem immer noch gebrochenen Herzen nicht habe einlassen wollen. Deshalb gingen wir nach diesem missglückten Abend getrennte Wege. Damals war Nina noch sehr klein und ich habe mir nach diesem Treffen fest vorgenommen, keinen Mann mehr in unser Leben zu lassen, der uns enttäuschen könnte. Tja, nun sitze ich hier neben meinem Arbeitskollegen, der für mich schon viel mehr als das geworden ist. Robert ist ein guter Freund, der mir bereits mehrmals aus der Patsche geholfen hat. Auf einen Mann wie ihn kann man sich verlassen. Wäre es vielleicht doch nicht so schlimm, ihn näher an mich heranzulassen? Ach, verdammt, ich weiß nicht, was ich denken soll!

»Ich wollte etwas Besonderes für unser Date aussuchen«, beginnt Robert und setzt den Blinker, um rechts abzubiegen. »Wären wir in Monas Strandcafé gegangen, hätten wir dort ganz sicher eine der Rommé-Damen angetroffen.« Er streicht sich mit der Hand über den Hinterkopf durch seine Locken. »Und das wollte ich vermeiden. Es reicht, dass sich Tante Clara in mein Privatleben einmischt. Das hat sie damals schon zu gerne getan – und jetzt kann sie es auch nicht sein lassen.«

Warum ist ihm dieses arrangierte Treffen so wichtig? Will er bloß nett sein oder mich tatsächlich näher kennenlernen?

»Sie macht sich vermutlich Sorgen um dich, weil du … ähm … allein lebst?«, mutmaße ich, ignoriere dabei mein immer stärker werdendes Herzklopfen.

»Wie auch immer«, gibt er ausweichend zurück. »Ich habe ein bisschen im Internet recherchiert, wohin ich dich einladen könnte. Schließlich habe ich mich für das *BeachHouse-Sylt* entschieden. Laut Kundenbewertungen soll es das schönste Restaurant hier auf der Insel sein. Dort gibt es eine Sonnenterrasse, von der aus man einen wunderschönen Ausblick auf den Strand und das Wasser haben soll.«

»Ach, das kenne ich noch gar nicht«, entgegne ich überrascht und kann meine Freude über seine Wahl kaum verbergen. Eigentlich bin ich Stammgast bei meiner Schwester, wenn ich denn mal zum Essen die Wohnung verlasse. Üblicherweise koche ich für Nina und mich, oder wir lassen am Wochenende den Pizzadienst kommen, statt schick auszugehen. Deshalb freue ich mich umso mehr, vor die Tür zu kommen.

Die restlichen Minuten verbringen wir schweigend, bis Robert seinen Wagen auf einem gut gefüllten Parkplatz abstellt und aussteigt. Meine Handtasche fest umklammert, um das nervöse Zittern meiner Hände zu verbergen, folge ich meinem Kollegen zum Eingang des Restaurants. Drinnen werden wir von einem freundlich lächelnden Kellner begrüßt, der uns sofort zu einem Tisch auf der Rückseite des Lokals bringt. Auf die große Sonnenterrasse, wie Robert bereits erzählt hat. Staunend sehe ich mich um. Die Einrichtung besteht aus weißen Loungemöbeln, die in einigem Abstand durch Palmen in hübschen Dekokübeln getrennt werden. Robert schiebt mir den Stuhl zurück, damit ich mich setzen kann.

»Wow, hier ist es wirklich schön«, sage ich zu ihm. Mein Blick wandert zu der Hüfthohen Umzäunung der Terrasse, an deren Geländer Girlanden mit kleinen Lampions hängen. Robert hat nicht zu viel versprochen: Von hier aus hat man einen unglaublichen Ausblick auf das Meer und den feinen Sandstrand. Robert nickt stumm, faltet seine Hände auf dem Tisch und sieht in die Ferne. Trotz des gutbesuchten Restaurants, ist es nicht zu laut, sodass man die Möwen kreischen hört.

»Ich habe mich jetzt schon in diese Insel verliebt und kann mir nicht vorstellen, wieder wegzuziehen«, murmelt Robert andächtig. Ein leichtes Lächeln umspielt seine Lippen.

»Willst du von hier fort?«, frage ich überrascht, kann dabei den Anflug von Enttäuschung in meiner Stimme kaum verbergen. Es wäre wirklich schade, wenn er zurück nach Hamburg gehen würde ...

»Ich weiß es nicht ...«, murmelt er und sieht dabei auf seine ineinander gefalteten Hände. »Es kommt drauf an ...«

»Worauf?«

Er bleibt mir eine Antwort schuldig, denn in diesem Moment kommt der Kellner mit den Speisekarten zu uns. Robert bestellt uns eine Flasche Wein, nachdem er sich vergewissert hat, dass ich Wein trinken möchte.

Während wir an unseren Getränken nippen, stöbern wir in der Speisekarte.

»Ich empfehle die Fischplatte für zwei«, meint der Kellner höflich. »Hier im *BeachHouse* verarbeiten wir nur frische Produkte aus der Region. Gerade heute Nachmittag kam ein Fischkutter mit Makrelen.«

»Das klingt verlockend«, sage ich überzeugt und klappe die Karte zu. »Was meinst du?«

»Gerne«, erwidert Robert und reicht seine Karte ebenfalls an den Mann weiter, der sich unsere Bestellung notiert und dann wieder im Innenraum des Lokals verschwindet. Betretenes Schweigen entsteht zwischen uns. Fieberhaft suche ich nach einem Gesprächsthema, bis mir der Zettel in meiner Handtasche einfällt. Erleichtert krame ich darin herum und ziehe das gefaltete Blatt Papier heraus. Robert mustert mich skeptisch, als ich den Zettel vor mir auf dem Tisch glattstreiche.

»Was ist das?«, fragt er neugierig und nimmt einen weiteren Schluck von dem Weißwein.

»Eine Liste«, sage ich ein bisschen zu euphorisch, weil ich dadurch mehr Sicherheit habe, nicht erneut in peinlicher Stille zu versinken. Roberts Augenbrauen schnellen in die Höhe.

»Eine Liste?«

Ich nicke. »Ja. Wir könnten gemeinsam ein paar Punkte durchgehen, was wir auf der Klassenfahrt machen könnten.«

Mein Arbeitskollege sieht mich mit einer Mischung aus Erstaunen und Belustigung an.

»Du willst jetzt ernsthaft über die Arbeit reden? Darf ich dich daran erinnern, dass wir ein Date haben?« Ein unterdrücktes Lachen klingt in seiner tiefen Stimme mit, und macht sie dadurch leider noch unwiderstehlicher als sonst schon. Ich schlucke meine Nervosität runter und schiebe beleidigt die Unterlippe vor.

»Du nennst es zwar *Date*, aber es war immerhin nichts weiter als ein Tombolagewinn. Machen wir uns beide also nichts vor und –« Der Rest des Satzes bleibt mir im Hals stecken, denn Robert legt seine Hand sacht auf meine und bringt mich mit dieser unschuldigen Geste zum Schweigen. Seine braunen Augen fixieren mich. Im Licht der Kerze zwischen uns auf dem Tisch kommt es mir so vor, als würden helle Funken in seinen Augen liegen und seinen Blick dadurch nur noch intensiver machen.

»Meinst du, ich hätte dich nicht irgendwann eingeladen? Immerhin hast du mir ein bisschen die Insel gezeigt und mir meine Fragen beantwortet. Da hätte ich mich so oder so revanchiert«, erklärt er mir. Seine Worte klingen einleuchtend und sollten eigentlich nicht dieses Herzklopfen in mir auslösen, doch ich kann mich nicht gegen das aufsteigende Glücksgefühl in meinem Inneren wehren. Zu meiner Erleichterung kommt bereits der Kellner mit unserem Abendessen, sodass Robert meine Hand wieder loslassen muss.

***

Pappsatt lehne ich mich in meinem Stuhl zurück. Der Hauptgang, bestehend aus gebratenen Makrelen, Lachsfilet und Seebarsch, schmeckte ausgezeichnet. Dazu ein knackiger Salat vorweg und das hausgemachte Tiramisu rundeten das Menü perfekt ab. Zudem habe ich dem Weißwein doch mehr zugesprochen, als ich ursprünglich beabsichtigt hatte, denn der süßliche Alkohol sorgte dafür, dass ich mich in Roberts Gegenwart immer mehr entspannte und mir nicht ständig wegen dieses nervigen Herzklopfens den Kopf zerbrach. Ich genoss den Abend und das belanglose Gespräch über die Arbeit und seine Zeit hier auf Sylt.

»Wollen wir noch ein bisschen am Strand entlanglaufen?«, fragt er mich, während der Kellner unsere leeren Teller abräumt.

»Puh, ich glaube, ich kann keinen Meter weit gehen, so satt bin ich«, entgegne ich schmunzelnd und reibe mir mit der Hand über meinen Bauch. Robert lacht auf.

»Dann trage ich dich eben!«, entgegnet er schmunzelnd und erhebt sich, nachdem er unsere Rechnung beglichen hat. »Der Abend ist viel zu schön, um sich nicht noch ein bisschen die Beine zu vertreten.«

»Du wagst es nicht«, drohe ich mit erhobenem Zeigefinger, lache jedoch ebenfalls. Als ich meinen Stuhl zurückschiebe und aufstehe, schwanke ich leicht und muss mich erst an der Tischkante festhalten. Der gute Wein hat es tatsächlich in sich, was ich im Verlauf des Abends nicht bemerkt habe. Es ist nun mal ein Unterschied, ob man nur den billigen Wein aus dem Discounter trinkt oder sich eine gute Flasche gönnt.

»Alles okay bei dir?«, fragt Robert sogleich besorgt, da ihm meine Reaktion natürlich nicht verborgen geblieben ist. Dieser Mann ist viel zu aufmerksam, was ihn nur noch sympathischer macht.

»Klar. Alles bestens«, gebe ich mit einer wegwerfenden Handbewegung zurück und straffe meine Schultern. »Dann lass uns noch ein bisschen spazieren. Hilft der Verdauung.« Zielsicher gehe ich über die Terrasse zu der kleinen Treppe, die hinab zum Strand führt. Jetzt bin ich verdammt froh, keine hohen Schuhe zu tragen, sonst wäre ich vermutlich über meine eigenen Beine gestolpert. Dennoch bin ich dankbar für Roberts Stütze, der seinen Arm wie selbstverständlich um meine Taille legt, ohne mir jedoch zu nahe zu kommen.

Der feine Sand ist bereits kühl an meinen Zehen, als ich neben ihm hinab zum Wasser gehe. Die Sonne ist längst untergegangen und zeigt sich nur noch durch wenige rötliche Streifen am Himmel. Den Sonnenuntergang von der Terrasse aus beobachten zu können, war wirklich ein Highlight des Abends. Ich hatte bisher nur wenige Gelegenheiten, diesen am Meer zu bewundern, aber heute fand ich ihn besonders schön. Vielleicht lag es an meiner Gesellschaft?

Weil mich der Sand zwischen den Zehen kitzelt, beuge ich mich vor und ziehe mir die Sandalen von den Füßen. Mit den Schuhen in der rechten Hand laufe ich einige Schritte nach vorne zum Wasser, um Abstand zwischen Robert und mich zu bringen. Sachte Wellen streifen meine Knöchel. Das Gefühl des kühlen Wassers auf meiner Haut beschert mir eine angenehme Gänsehaut. Fröhlich drehe ich mich zu Robert um, der in einiger Entfernung stehen geblieben ist.

»Es ist tatsächlich sehr schön hier«, rufe ich über das Wellenrauschen hinweg. »Danke für diesen wundervollen Abend!«

Ein Lächeln erhellt sein Gesicht und er winkt mir zu, dann lässt er sich dicht am Wasser in den Sand plumpsen. Ich reiße mich von seinem Anblick los und schaue zum Horizont, der immer dunkler wird. Tatsächlich fühle ich mich befreit. Die wenigen Stunden mit Robert haben den Stress meines Alltags als alleinerziehende Mutter, die den Spagat zwischen Job und Kinderbetreuung gerade so meistert, für eine kurze Zeit in den Hintergrund gerückt. Mit ihm in meiner Nähe bin ich stärker, mich meinen Aufgaben zu stellen. Ich mag dieses Gefühl und werde es vermissen, sobald sich unsere Wege wieder trennen werden. Ist es dann nicht besser, wenn ich ihn nicht zu nah an mich heranlasse? Immerhin ist er mein Arbeitskollege. Sollte ich mich tatsächlich in ihn verlieben, würde es mir garantiert schwerfallen, ihm täglich in der Schule zu begegnen, ohne, dass mir die ganze Schule meine Gefühle an der Nasenspitze ablesen könnte ...

Nach einigen Minuten rühre ich mich endlich und gehe zu Robert rüber, bleibe dicht vor ihm stehen und stemme meine Hände in die Hüften.

»Erst bestehst du darauf, spazieren zu gehen und dann ruhst du dich faul aus?« Amüsiert kräusele ich meine Lippen und sehe auf ihn herab. Robert grinst frech zurück.

»Ich bin ein alter Mann, gönn mir eine kurze Pause«, entgegnet er lachend.

»So alt bist du nicht. Komm, steh auf. Lass uns durchs Wasser laufen. Das habe ich ewig nicht mehr gemacht«, fordere ich ihn auf und umfasse seinen Arm, zerre ihn spaßeshalber auf die Beine. Dabei habe ich jedoch sein Gewicht im Verhältnis zu meiner Kraft ein wenig unterschätzt, denn ich komme ins Straucheln. Bevor ich jedoch auf dem Hosenboden landen kann, falle ich in Roberts Arme, die mich vor einem uneleganten Sturz in den Sand bewahren. Seine Hand liegt auf meinem unteren Rücken, er drückt mich gegen seine Brust. Mit weit aufgerissenen Augen starre ich auf den dunkelblauen Stoff seines Shirts, das plötzlich viel zu nah ist.

»Du bist ein wenig übermütig«, raunt er mir ins Ohr. Sein warmer Atem streift meine Wange und sorgt dafür, dass sich erneut dieses wohlige Kribbeln in meinem Magen ausbreitet. *Scheiße, Mel, wem willst du eigentlich etwas vormachen? Du hast dich längst hoffnungslos in diesen Kerl verknallt!*

»Ähm ... ich ...«, stammele ich und wage kaum, meinen Blick zu heben aus Angst, er würde die Gefühle direkt in meinem Gesicht sehen können. »Sorry ...«

»Wofür entschuldigst du dich?« Seine Stimme ist leise, beinahe ein Flüstern. Tja, wofür eigentlich? Ich habe tatsächlich keine Ahnung, denn in meinem Kopf herrscht auf einmal gähnende Leere, obwohl meine Gedanken sonst nie zur Ruhe kommen. Ich hebe den Blick und sehe in Roberts dunkle Augen. Er ist mir so nah, viel zu nah, als dass ich überhaupt einen klaren Gedanken fassen könnte. Und ehe er mich wieder loslassen und Abstand zwischen uns bringen kann, mache ich das Einzige, was mir gerade in den Sinn kommt: Ich stelle mich auf die Zehenspitzen und presse meine Lippen fest auf seinen Mund.

Ich spüre, wie ein Zucken durch seinen Körper geht, doch er schiebt mich nicht von sich, ganz im Gegenteil. Seine Hände auf meinem Rücken halten mich ein Stück fester und seine Lippen liegen weich und locker auf meinen. Angespannt atme ich durch die Nase aus Angst, mich einen Millimeter zu bewegen und diesen magischen Moment zwischen uns zu zerstören. Das laute Pochen meines Herzens vermischt sich mit dem Rauschen der Wellen hinter uns. Und je länger unser sanfter Kuss währt, desto mehr lasse ich mich fallen. Sinke in Roberts Arme, in denen ich mich so geborgen fühle. Dieser Ort ist perfekt, dass ich ihn am liebsten nie wieder verlassen würde.

Kapitel 7

Nüchtern betrachtet, bin ich eine totale Idiotin, weil ich mich Robert so an den Hals geworfen habe. Aber er hätte mich ja nicht zurück küssen müssen! Nur blöd, dass ich jetzt an nichts anderes mehr denken kann als an seine weichen Lippen, die sich auf meinen so perfekt angefühlt haben.

Es war mein erster Kuss seit Jahren. Seit meiner Trennung von Peter und Ninas Geburt. Ein unschuldiger Kuss wie zwischen Grundschülern, dennoch hat dieser winzige Moment gereicht, um mein Herz zum Stolpern zu bringen. Verdammt! Ich habe einen Fehler gemacht, den ich nicht mehr revidieren kann. Mein leichtsinniges Verhalten ärgert mich richtig. Nicht, weil ich den Kuss bereue, ganz im Gegenteil. Er war unglaublich. Es ist eher die Tatsache, dass ich Robert nicht mehr in die Augen sehen kann, ohne an seine weichen Lippen und seinen verführerischen Duft zu denken. Und das in der Schule! Fatal, ganz fatal!

»Frau Konrad, ist alles in Ordnung bei Ihnen?« Es ist Christiane, die mich von der Seite anspricht. Sofort wirbele ich zu meiner Schülerin herum, die mich argwöhnisch mustert.

»Ähm ... Ja. Wieso?«, gebe ich schnell zurück und bemühe mich um ein sorgenfreies Lächeln.

»Na ja ... Sie haben mitten in der Antwort auf meine Frage gestoppt und –« Sie macht eine Kopfbewegung in Richtung Robert, der in einiger Entfernung mit ein paar

Schülern am Basketballkorb steht. »Dann haben Sie zu Herrn Schuster gestarrt, als wäre er vom Himmel gefallen.« Christiane beginnt zu kichern und ich kann gerade noch den Drang unterdrücken, verzückt zu seufzen, als Robert mit einem gekonnten Wurf den Korb trifft und den Ball versenkt. Die Jungs jubeln ihm zu und geben ihm sogar High Five. Mein Kollege ist wirklich beliebt unter den Schülern.

»Ach was, du musst dich irren«, winke ich ab, versuche mich an einem gekünstelten Lachen, das mir jedoch in der Kehle stecken bleibt, als Robert sich in meine Richtung umdreht und mir zuzwinkert. Jetzt kann ich nicht verhindern, rot zu werden. Wie peinlich ... hat er meine Blicke etwa gespürt?

Aylin kommt zu uns und tuschelt mit ihrer Freundin, bis die beiden sich kichernd von mir entfernen.

»Hey, und was ist jetzt mit deiner Frage?«, rufe ich meiner Schülerin nach, um zumindest ein wenig mein Gesicht zu wahren.

»Hat sich erledigt«, antwortet sie mit einem breiten Grinsen und zieht ihre Freundin zu einer anderen Gruppe Schüler. Seufzend schlinge ich mir meine Jacke enger um den Körper und wende mich in Richtung Schulgebäude. Die Große Pause ist bald vorbei, also kann ich mir genauso gut noch einen Kaffee holen und die Unterlagen für die kommende Deutschstunde in der Zehnten zusammensuchen. Robert schafft die letzten zehn Minuten der Pausenhofaufsicht bestimmt allein. Dadurch verschwinde ich wenigstens aus seinem Blickfeld, um nicht länger an unser Date vergangenen Samstag erinnert zu werden.

Ich schiebe die Tür zum Lehrerzimmer auf und stoße mit Sabine zusammen, die gerade mit einem Stapel Papiere unterm Arm den Raum verlässt. Durch den Zusammenstoß fallen die Blätter auf den Fußboden.

»Ach, herrje!«, jammert sie und beugt sich runter, um die Zettelwirtschaft zusammenzusuchen.

»Sorry.« Ich hocke mich ebenfalls auf den Boden und helfe ihr beim Auflesen. »Was ist das überhaupt?«

Neugierig blicke ich auf den Zettel in meiner Hand.

»Informationen für die Klassenfahrt. Werner hat mich gebeten, die Unterlagen zu kopieren und sie in dein Fach zu legen. Aber weil ich dich persönlich nach deinem Date ausquetschen wollte, dachte ich mir, ich bringe dir die Unterlagen in die Klasse vorbei.« Grinsend reicht sie mir die Hand und hilft mir auf die Füße. »Also, erzähl mal, wie war es mit Robert?«

Ihre Augen funkeln begeistert, obwohl ich noch kein einziges Wort gesagt habe. Ein bisschen nervt mich ihre Neugier, doch ich kann es Sabine nicht verübeln. Natürlich will sie wissen, ob zwischen Robert und mir etwas gelaufen ist … Was ich ihr jedoch ganz sicher nicht auf die Nase binden werde. Ich räuspere mich und strecke auffordernd die Hand aus. Meine Kollegin blinzelt irritiert, dann nickt sie wissend und reicht mir den Stapel Informationsblätter.

»Nun sag schon«, drängt sie, ergreift meinen Arm und zieht mich ins Lehrerzimmer, um nicht länger im Flur herumzustehen.

»Es war … nett«, entgegne ich kurzum. Natürlich war das Treffen mehr als nur *nett*, es war unglaublich schön und viel zu kurz. »Woher weißt du überhaupt davon?«

Sabine verzieht beleidigt den Mund. »Nett? Gott, ich kann mir kaum vorstellen, dass ein Date mit jemandem wie Robert bloß *nett* ist. Hast du dir diesen Mann einmal genauer angeschaut? Also, wenn ich so jung wäre wie du …«

Meine Kollegin kichert wie Christiane noch vor wenigen Minuten draußen auf dem Schulhof. Genervt verdrehe ich die Augen.

»Soll ich dich daran erinnern, dass wir Kollegen sind? Werner hält nichts von Beziehungen am Arbeitsplatz, weil es der Arbeitsmoral nicht dienlich ist.«

»Ich weiß, ich weiß.« Sie winkt ab, dann umfasst sie meinen Arm. »In Monas Café reden alle nur noch über euch beide und dieses Date, das du bei der Tombola gewonnen hast. Eine der Damen vom Rommé-Club hat davon geschwärmt, was für ein schönes Paar ihr beide abgebt. Ich vermute, Clärchen ist seine Tante?«

Ich nicke bestätigend. War klar, dass Tante Clara überall verbreitet, ihr Neffe würde sich um mich bemühen. Dabei sind wir bloß Kollegen – die sich geküsst haben. Ach, verdammt!

»Die alte Dame macht sich bloß Sorgen um Robert, weil er alleine lebt. Es heißt noch lange nicht, dass wir jetzt ein Paar werden. Wir haben lediglich zusammen zu Abend gegessen und uns über die Klassenfahrt unterhalten.«

Die Enttäuschung in Sabines Gesicht amüsiert mich, doch ich lasse es mir nicht anmerken. Was hat sie erwartet von mir zu hören? Dass ich mich unsterblich in Robert verliebt habe und wir Hand in Hand in den Sonnenuntergang reiten? Wenn ich etwas in dieser Richtung andeute, werden noch mehr Gerüchte entstehen, die ich vermeiden will. Mir reicht Werners Abmahnung vom letzten Mal. Außerdem beäugen mich meine Schülerinnen bereits argwöhnisch, sobald Robert mich auf dem Schulflur oder im Pausenhof anspricht.

»Aber sag mir, werdet ihr euch wiedersehen?«

»Natürlich«, entgegne ich verwirrt. »Wir sehen uns doch täglich in der Schule.«

Sabine seufzt theatralisch auf. »Ach, Mel, manchmal bist du wirklich auf den Kopf gefallen. Ich meinte privat. Trefft ihr euch wieder?« Sie wackelt vielsagend mit den Augenbrauen. »Vielleicht kommendes Wochenende?«

Sofort schüttele ich heftig den Kopf. »Es war ein einmaliges Treffen und auch arrangiert, schon vergessen? Außerdem fahre ich am Samstag nach Hamburg.«

»Oh, besuchst du zusammen mit Nina deine Familie?«, fragt meine Kollegin neugierig. Heute ist Sabine wirklich auf Tratsch aus. Seufzend gehe ich zu meinem Fach rüber und hole die Unterlagen für den bevorstehenden Deutschunterricht. Gleich wird es schon zur Stunde läuten, da sollte ich mich etwas beeilen.

»Nein. Meine Eltern genießen gerade ihren Renteneintritt auf einer AIDA-Kreuzfahrt«, erzähle ich meiner Kollegin. »Ich bin auf eine Feier eingeladen. Ein paar Kommilitoninnen aus der Uni treffen sich nach langer Zeit wieder.«

»Das klingt spannend. Bist du am Wochenende viel unterwegs?«

»Eigentlich nicht. Es ist eine Ausnahme ... Ein Klassentreffen sozusagen.« Ich will gerade zur Tür, als ich Robert entdecke, der mit über der Brust verschränkten Armen und einem schelmischen Grinsen gegen den Türrahmen lehnt. Wie lange steht er schon hier? Wie viel hat er mit angehört?

»Was hast du denn am Wochenende geplant?«, fragt er interessiert, weil er Bruchstücke meines Gesprächs mit Sabine belauscht hat.

»Ähm ...«, beginne ich, weil ich Robert nicht erzählen will, was ich vorhabe. Nach unserem Date vergangenes Wochenende fühlt es sich immer noch komisch an, normal mit ihm umzugehen. Unser Kuss geht mir nicht aus dem Kopf, weshalb ich ihn die vergangenen Tage in der Schule, so gut es ging gemieden habe. Und wenn wir uns doch über den Weg laufen, versuche ich, mir meine Nervosität in seiner Gegenwart nicht anmerken zu lassen. Denn anders als ihn, lässt mich unser Kuss nicht kalt. Ständig muss ich an seine Lippen denken.

Robert hingegen scheint ihn aus seinem Gedächtnis gestrichen zu haben, denn er hat mich seitdem nicht darauf angesprochen.

»Melanie hat mir gerade erzählt, dass sie Samstagabend zu einer Party bei Kommilitoninnen in Hamburg eingeladen ist«, erzählt ihm Sabine breitwillig, weil mich Roberts Auftauchen für einen Moment aus dem Konzept bringt.

»Ist so was wie ein Klassentreffen«, ergänze ich, um nicht einfach nur stumm mitten im Raum zu stehen und auf seine vollen Lippen zu starren.

»Oh, das klingt wirklich spaßig«, meint er sogleich interessiert und setzt sich sogar auf den freien Platz neben Sabine, statt sich seine Unterrichtsunterlagen zu nehmen und das Klassenzimmer zu verlassen. Der Schulgong tönt durch das Gebäude, doch davon lässt sich Robert nicht beirren.

»Nimmst du Nina denn mit?«, will er dann wissen. Langsam schüttele ich den Kopf.

»Nein. Sie bleibt bei Mona, weil ich sie nicht zu meinen Eltern bringen kann. Zwar hat sich Nina auf ihre Großeltern gefreut, aber sie sind auf einer Kreuzfahrt im Mittelmeer.«

»Und wie willst du hinfahren? Kommst du trotzdem im Haus deiner Eltern unter oder nimmst du dir ein Hotelzimmer?«, fragt Sabine neugierig. »Seitdem du hier arbeitest, warst du nicht mehr in Hamburg. Du hast ja kein Auto ... Wird es denn nicht anstrengend mit dem Gepäck?«

Erneut verdrehe ich die Augen. »Als ob ich für eine Nacht mehr als einen Rucksack bräuchte«, entgegne ich. »Ich nehme den Autozug von Sylt aus.«

»Aber dann bist du den halben Tag unterwegs und total kaputt, wenn du auf der Party ankommst. Wer weiß, was sich dort ergibt«, meint meine Kollegin mit einem verschmitzten Grinsen und wackelt vielsagend mit ihren Augenbrauen, sodass unmissverständlich klar ist, worauf sie anspielt. Leider muss ich sie enttäuschen, denn ich habe definitiv nicht vor, mich auf einen Partyflirt, geschweige denn auf einen One-Night-Stand, einzulassen. Ich werde für ein paar Drinks hingehen, meinen Freunden *Hallo* sagen und dann verschwinden, um es mir in einem Hotelzimmer bei einer Flasche Wein und einem Film gemütlich zu machen. Irgendwie freue ich mich mehr auf einen entspannten Abend alleine als auf die vielen Leute, zu denen ich seit Jahren sowieso keinen richtigen Kontakt habe.

Seitdem ich Mutter bin, hatte ich nur wenig Zeit für mich. Immer musste ich mich an erster Stelle um Ninas Bedürfnisse kümmern, damit es meiner Tochter an nichts fehlt. Es macht mir nichts aus, sie täglich um mich zu haben, daran habe ich mich gewöhnt. Aber ein paar Stunden zum Abschalten wären herrlich.

»Am Samstag, sagtest du ...« Robert legt grübelnd die Stirn in Falten, dann sieht er mich geradewegs an. »Tatsächlich fahre ich dieses Wochenende ebenfalls nach Hamburg, weil ich –« Kurz stockt er und etwas in seinem Gesicht verändert sich, doch dann lächelt er mich an und ich glaube, mir diese kleine Regung bloß eingebildet zu haben. »Ich kann dich gerne mitnehmen und auf der Party absetzen, wenn du möchtest. Dann musst du nicht mit dem Zug fahren«, schlägt er mir vor. Mein Herz macht einen freudigen Satz, doch ich unterdrücke dieses Gefühl sogleich. Sein Angebot ist nett gemeint, doch von ihm herumkutschiert zu werden, ist das Letzte, was ich möchte.

»Ach, das macht mir doch nichts aus«, entgegne ich sogleich.

»Aber das ist doch total nett von Robert«, fällt Sabine wieder in das Gespräch ein und nickt eifrig, scheinbar total begeistert von dieser Idee. »Ich finde, du könntest sein Angebot ruhig annehmen. Du hast dich doch erst neulich über die vielen Zugausfälle und Verspätungen beschwert, als wir über die Anfahrt für die Klassenfahrt gesprochen haben.«

»Ich finde auch, dass du mein Angebot nicht ausschlagen solltest«, kommt es ebenfalls von Robert, dessen Grinsen breiter wird und leider viel zu charmant ist, um ihm zu widerstehen. Nervös kaue ich auf meiner Unterlippe und umklammere die Informationsbriefe ein wenig fester, als könnte mir das Papier Halt geben. Der Gedanke, drei Stunden mit Robert in seinem Auto zu verbringen, löst ein aufgeregtes Kribbeln in mir aus, macht mir gleichzeitig jedoch Angst. Wie lange kann ich meine Gefühle für ihn noch verleugnen, wenn wir permanent alleine miteinander sind?

»Also ... Wenn es dir wirklich nichts ausmacht?«

»Natürlich nicht. Sonst hätte ich es dir wohl kaum angeboten, oder?«

Ich nicke. »Dann gerne.«

»Super! Und jetzt sollte ich in den Unterricht, bevor mich meine Schüler als vermisst melden!« Lachend erhebt er sich von seinem Platz, schiebt seine Hände locker in die Vordertaschen seiner Jeans und verlässt das Lehrerzimmer.

***

Nach Schulschluss stehe ich immer noch ein bisschen neben mir, weil ich mit meinen Gedanken bereits bei Samstag festhänge. Mist, ich hätte nicht zustimmen sollen, mit Robert nach Hamburg zu fahren. Was, wenn er mich auf den Kuss anspricht, wenn wir allein sind? Bisher habe ich, so gut es geht, vermieden, mit ihm allein in einem Raum zu sein. Auch nach Feierabend habe ich ihm keine Gelegenheit gegeben, mich anzusprechen, weil ich direkt verschwunden und auf dem schnellsten Weg nach Hause gefahren bin, ohne einen Umweg an den Strand zu machen. Nina hat sich zwar beschwert, weil sie gerne im Sand spielt, aber ich konnte sie die letzten Tage stets gut vertrösten. Zudem ist das Wetter umgeschlagen und die Nachmittage am Wasser sind sehr windig, sodass ich Nina ungerne ans Wasser lasse, damit sie sich nicht erkältet.

Gerade will ich mein Fahrrad aufschließen, als ich Schritte hinter mir wahrnehme. Sogleich beschleunigt sich mein Puls, denn irgendwie ahne ich, dass es Robert ist, der sich mir nähert. Zögernd drehe ich mich um und setze ein überraschtes Lächeln auf.

»Verfolgst du mich?«, frage ich übertrieben fröhlich und schlucke meine aufsteigende Nervosität herunter. Mein Kollege nähert sich mir, während ich instinktiv einen Schritt rückwärts mache. Leider ist das Fahrrad im Weg, sodass ich nicht flüchten kann.

»Gehst du mir aus dem Weg?«, stellt er die Gegenfrage.

»Nein. Nein, wie kommst du darauf?«, wende ich schnell ein und versuche, seinem eindringlichen Blick standzuhalten. Roberts Gesichtsausdruck ändert sich, wird weicher und auf einmal sieht er sogar ziemlich verlegen aus. Sofort bringt er wieder etwas Abstand zwischen uns, sodass ich erleichtert ausatme.

»Nun ... irgendwie hatte ich das gedacht.« Er streicht sich einige Locken hinters Ohr. »Wegen unseres Dates ...«

»Ach, das Date! Das habe ich längst vergessen, sorry«, winke ich mit einem gekünstelten Lachen ab, damit er nicht denkt, ich würde mir wegen des Kusses den Kopf zerbrechen. Für einen Moment sehe ich Enttäuschung in Roberts braunen Augen aufleuchten, doch diese Emotion verschwindet so schnell, wie sie gekommen ist. Mein Arbeitskollege lächelt mich an.

»Da bin ich froh. Irgendwie hatte ich befürchtet, der Kuss könnte jetzt zwischen uns stehen. Dass du so locker damit umgehst, bin ich beruhigt.« Er legt mir kurz die Hand auf den Oberarm. »Also dann, wir sehen uns morgen. Schönen Feierabend!«

»Dir auch«, murmele ich, als er sich bereits zum Gehen abwendet. Erst nach wenigen Minuten kann ich mich wieder rühren, um endlich mein Fahrrad aufzuschließen. Keine Ahnung, warum, aber irgendwie enttäuscht mich Roberts Aussage, der Kuss wäre nichts Besonderes gewesen. Insgeheim habe ich gehofft, er könnte ihm etwas bedeuten. Sicherlich war er bloß zu höflich, um mich direkt abzuweisen. In meinem betrunkenen Zustand habe ich einfach nicht nachgedacht und bloß auf mein Herz gehört.

Tja, dumm gelaufen, Mel!

Um auf andere Gedanken zu kommen, fahre ich nicht direkt zu Ninas Grundschule, sondern mache einen kleinen Abstecher zum Strand und in Richtung Monas Café. Zwar liegt mir meine Schwester immer noch wegen meines Dates in den Ohren, doch bisher bin ich standhaft geblieben und habe ihr nur die belanglosen Dinge berichtet. Die Sache mit dem Kuss werde ich solange totschweigen, bis ich ihn selbst vergessen habe.

Gemächlich radele ich über den schmalen Holzweg zwischen den hohen Dünen entlang. Das Schilf bewegt sich im kühlen Herbstwind. Als hätte sich das Wetter von jetzt auf gleich verändert, ist es verdammt kalt geworden, obwohl ich am Wochenende noch ein Kleid habe tragen können. Jetzt brauche ich eine dünne Jacke über meiner Bluse, um mich nicht zu erkälten.

Ich stelle das Fahrrad neben einer Bank auf dem Holzsteg ab, ehe ich durch den feinen Sand zum Ufer gehe. Die Arme fest um meinen Oberkörper geschlungen, sehe ich zum Horizont. Die Sonne steht hell am Himmel, wärmt jedoch nicht mehr so wie im Hochsommer.

Einige Möwen suchen im Watt nach Würmern. Mit meinen Schuhen gehe ich nicht zu nah ans Watt heran, um sie nicht schmutzig zu machen, denn es ist mir nicht nur einmal passiert, dass ich plötzlich im Watt eingesunken bin, weil dort Kinder zuvor ein Loch gegraben hatten, das ich übersehen hatte. Trotzdem laufe ich einige Meter am Ufer entlang, während ich meinen Blick immer wieder zum Meer in der Ferne schweifen lasse. Sobald ich hier am Meer bin, spüre ich die Ruhe und Entspannung, die sich in meinem ganzen Körper ausbreitet. Genau aus diesem Grund liebe ich Sylt: Das Meer, der Strand, die Ruhe – all das ist zu meinem Zuhause geworden. Die Hektik der Großstadt war noch nie etwas für mich, obwohl meine Eltern ziemlich enttäuscht darüber gewesen sind, dass ich meine Zelte in Hamburg abgebrochen und zu Mona nach Westerland geflüchtet bin.

Ich erreiche das Strandcafé und stoße die Eingangstür auf. Drinnen begrüßt mich bereits der angenehme Duft von Apfelkuchen und frischem Kaffee.

»Hallo, Mel!«, ruft mir meine Schwester bereits fröhlich entgegen, sodass sich die wenigen Cafébesucher nach mir umdrehen. Diese Aufmerksamkeit ist mir ein unangenehm, weshalb ich den Kopf zwischen die Schultern ziehe und zu Mona an die Theke gehe. Kraftlos lasse ich mich auf einen der freien Barhocker ihr gegenüber sinken.

»Machst du mir einen Kaffee?«

»Natürlich. Darum musst du mich nicht zweimal bitten, Schwesterherz.« Sie holt bereits eine Tasse aus dem Regal und hantiert an der Kaffeemaschine herum. Nur wenige Minuten später schiebt sie mir einen Teller mit dem noch warmen Apfelkuchen und eine Tasse schwarzen Kaffees über den Tresen zu.

»Ist gerade geliefert worden. Noch ganz frisch. Greif ordentlich zu. Du siehst aus, als könntest du Zucker gebrauchen«, meint sie mit einem fragenden Blick in mein Gesicht. Dankend nehme ich den Kuchen entgegen und probiere einen Bissen. Der süßliche Geschmack von gebackenen Äpfeln gemischt mit weichem Teig und dem Zimtgeruch erinnert mich jetzt schon ein bisschen an Weihnachten, obwohl es gerade mal Mitte September ist.

»Lecker!« Genießerisch schließe ich die Augen und kaue.

»Ich habe den besten Lieferanten von ganz Westerland! Da ist jeder Kuchen ein Genuss«, beteuert Mona mit einem breiten Grinsen. Sofort muss ich schmunzeln. Ich weiß genau, dass der Bäckermeister Björn mehr als einmal versuchte mit meiner Schwester zu flirten, sie hat ihn aber jedes Mal kalt abgewiesen. Dennoch verbindet die beiden eine Art Freundschaft, wie Mona stets mit einem Lächeln betont, jedoch nie zu tief blicken lässt.

Ich verschlinge den Apfelkuchen so schnell, als wäre ich am Verhungern. Tatsächlich verspüre ich heute seit Tagen wieder Appetit, der mir durch die ganze Grübelei vergangen war.

»Geht aufs Haus«, meint Mona, als ich meinen leeren Teller zu ihr über die Theke schiebe. Dann stützt sie ihr Gesicht in den Handflächen ab und fixiert mich. »Wenn du noch einige Details von Samstag preisgibst.«

Über ihre Hartnäckigkeit muss ich schmunzeln. Ich öffne meine Tasche und hole das Portemonnaie heraus, was meine Schwester mit einem enttäuschten Blick quittiert, während sie meinen Fünfeuroschein entgegennimmt.

»Nein danke. Da bezahle ich meinen Nachtisch lieber«, entgegne ich bestimmt und erhebe mich vom Barhocker.

»Mist. Ich habe wirklich gedacht, du wärst heute in Plauderlaune«, brummt Mona, grinst jedoch frech.

»Bin ich, nur nicht über Robert«, entgegne ich mit unschuldigem Lächeln und will mich schon zum Gehen abwenden, als Tante Clara dicht neben mir auftaucht.

»Melanie, Liebes«, flötet sie gut gelaunt. »Wie geht's dir?«

»Alles in Ordnung«, erwidere ich. »Und selbst?«

»Ach, die Knochen, wie immer. Hier und da ein Wehwehchen, aber das haut mich noch nicht um.« Sie reibt sich mit einer Hand über den unteren Rücken, beugt sich dann über den Tresen. »Mona, Schätzchen, machst du uns noch eine Runde?«

Ich schaue über die Schulter und erkenne zwei von Clärchens Freundinnen, die auch schon beim Schulfest mit dabei gewesen sind. Die alten Damen lachen fröhlich und winken mir zu. Ich erwidere ihre Geste. Clärchen nähert sich mir, während Mona ihre Bestellung zubereitet.

»Und, wie hat er sich angestellt?«, fragt sie verschwörerisch. Irritiert blicke ich sie an.

»Wer?«

»Na, mein Neffe natürlich. Am Samstagabend. Oder wart ihr gar nicht aus?«, will sie neugierig wissen. Sogleich beschleunigt sich mein Puls, denn auf ein Verhör seiner Tante war ich nicht vorbereitet.

»Ähm ... gut. Er war sehr ... höflich«, entgegne ich stockend, weil mir die richtigen Worte fehlen. Doch seine Tante nickt bloß zufrieden.

»Gut. Du musst nachsichtig mit ihm sein. Robert neigt oft dazu, seine Gefühle in sich einzuschließen und niemanden an sich heranzulassen. Im Grunde ist er ziemlich sensibel und wartet nur darauf, dass jemand sein Herz erobert«, meint Clärchen und tätschelt meinen Arm. »Wie ich dich kenne, wirst du seine Mauern schon einreißen.« Sie zwinkert mir verschwörerisch zu und geht zurück zu ihren Freundinnen, nachdem Mona den bestellten Obstbrand vor der alten Dame auf den Tresen gestellt hat.

Kapitel 8

Samstagnachmittag stehe ich mit meiner gepackten Tasche vor der Tür des Wohnhauses und warte auf Robert. Ich müsste lügen, würde ich behaupten, ich wäre nicht aufgeregt. Tatsächlich schlägt mir das Herz bis zum Hals und meine Handflächen schwitzen so stark, weshalb ich fürchte, die Tasche könnte mir aus der Hand gleiten. Den ganzen Vormittag über war ich so nervös, dass ich kaum etwas auf die Reihe bekommen habe. Deshalb war ich froh, als meine Schwester Nina endlich abgeholt hat, damit ich mich für die Feier zurechtmachen konnte. Nina freut sich zum Glück sehr auf die Pyjamaparty bei ihrer Tante, sodass ich mir wegen meiner Tochter keine Gedanken machen muss. Zu blöd, denn dadurch habe ich in meinem Kopf zu viel Platz, der von Robert eingenommen wird, ohne, dass ich die Gedanken an ihn verdrängen könnte. Er ist einfach viel zu präsent. Vor allem, weil er in seinem Wagen gerade die Hofeinfahrt hinauffährt und hupt.

»Hallo, Mel. Steig ein«, grüßt er mit seinem charmanten Lächeln, dem ich nur schwer widerstehen kann. Erneut beschleunigt sich mein Puls und ich mahne mich zur Ruhe. Dennoch grinse ich zurück, nachdem ich mich neben ihn gesetzt und angeschnallt habe.

»Freust du dich schon auf die Feier?«, erkundigt sich Robert nach einer Weile des Schweigens. Das Navigationsgerät war bisher das einzige Geräusch im Inneren seines Wagens.

»Ähm ... natürlich!«, erwidere ich nach kurzem Zögern. »Tatsächlich freue ich mich wirklich mal einen Abend mit meinen Freunden zu verbringen.«

»Das könntest du öfter machen«, meint Robert mit einem kurzen Seitenblick in meine Richtung.

»Vermutlich hast du recht ...« Mit den Händen knete ich die Griffe meiner Tasche. Dasselbe predigt meine Schwester immer wieder. Doch ich habe ihren gut gemeinten Rat, mich mehr um meine eigenen Wünsche und Sehnsüchte zu kümmern, stets ignoriert, weil mir Ninas Wohlergehen mehr am Herzen liegt als meine Bedürfnisse nach sozialen Kontakten. Und bisher hat es mir gereicht, ab und zu in Monas Strandcafé zu essen und die Gäste zu beobachten. Außerdem habe ich täglichen Austausch mit meinen Kollegen vom Gymnasium, zu denen Robert auch gehört.

»Also, ich möchte mich nicht zu sehr in dein Privatleben einmischen ...«, beginnt Robert erneut das Gespräch, zu dem ich bisher nur wenig beigetragen habe. »Mir kommt es jedoch so vor, als würdest du dich so verbissen darauf konzentrieren, eine gute Mutter zu sein, dass du das Wichtigste außer Acht lässt.«

Überrascht ruckt mein Kopf zu ihm herum. »Was meinst du?«

»Dich selbst«, erwidert er sogleich und seine Augen ruhen einen Moment länger auf meinem Gesicht, als gut ist, da er sich besser auf den Straßenverkehr konzentrieren sollte. »Wie willst du Nina ein gutes Vorbild sein, wenn du dich völlig aufgibst?«

»Also, na hör mal!«, empöre ich mich. Als ob ich mich gehen lassen würde ... So weit ist es zum Glück noch nicht gekommen.

Robert lacht verlegen und streicht sich kurz mit der rechten Hand über den Hinterkopf, ehe er sie wieder locker um den Steuerknüppel legt. Ich betrachte seine langen, schmalen Finger und stelle mir vor, wie es wohl wäre, wenn er mich jetzt berühren würde ...

»Das sollte kein Vorwurf sein. Aber von Clärchen habe ich erfahren, wie hingebungsvoll du dich um deine Tochter kümmerst. Ich selbst habe euer Verhältnis beobachtet. Nina liebt dich abgöttisch, das will ich gar nicht bestreiten, aber meinst du nicht, dass euch beiden ein paar Freiheiten guttäten? Okay, ich bin da kein Experte, weil ich keine eigenen Kinder habe, doch in dem Alter möchte Nina sicherlich mehr Zeit mit Gleichaltrigen verbringen, statt immer nur bei ihrer Mutter zu sein. Ich kenne das aus meiner Kindheit und sicher erging es dir ähnlich, oder?«

Nachdenklich lege ich meine Stirn in Falten. Kann es sein, dass er recht hat? Dass ich Nina mit meiner Liebe zu sehr einenge und sie gar nicht die Möglichkeit hat, sich frei zu entfalten? Darüber habe ich bisher nicht nachgedacht. Klar, sie ist immer noch mein kleines Mädchen, aber nächsten Monat wird sie bereits sieben Jahre alt. Verdammt, wann ist das passiert? Wann ist mein winziges Baby, das ich erst neulich im Arm gehalten habe, so groß geworden? Wehmut überkommt mich und ich sinke merklich in mich zusammen.

»Ich möchte dir lediglich damit sagen, dass du auch egoistisch sein kannst. Wenn du ab und zu den Fokus auf deine Bedürfnisse legst, wird es dein Verhältnis zu Nina nicht verändern. Ich ... nun, ich stand auch schon mal an dem Punkt, an dem ich mich entscheiden musste.«

Ich horche auf und sehe Robert neugierig an. Sein Blick ist starr auf die Straße gerichtet, die Lippen fest zusammengepresst. Jegliche Regung ist aus seinem Gesicht gewichen. Erneut frage ich mich, welches Geheimnis er mit sich herumträgt. Bisher weiß ich nur sehr wenig über ihn, weil er nicht aus dem Nähkästchen plaudert. Seine Tante dafür wohl umso mehr.

Doch es wäre falsch, sie nach Robert auszufragen, wenn er sich mir nicht aus eigenen Stücken anvertrauen will.

»Manchmal braucht man eine Veränderung, um wieder glücklich zu sein ...«

»Aber ich bin glücklich«, beharre ich. *Lüge!* Vielleicht war ich das. Bis Robert aufgetaucht ist und mein Leben plötzlich auf den Kopf gestellt hat. Bis er diese verwirrenden Gefühle in mir geweckt hat, von denen ich glaubte, sie nie mehr erleben zu können. Und bis zu diesem verhängnisvollen Kuss, der immer noch wie eine unsichtbare Mauer zwischen uns steht.

Nach diesem Gespräch verfallen wir in Schweigen, bis wir den Autozug erreichen, der uns von der Insel aufs Festland überstellen soll.

***

Sobald wir Hamburg erreichen, werde ich sogleich in den Strudel der Großstadt gezogen. Der Lärm, der viele Verkehr und die dicht an dicht stehenden Gebäude erdrücken mich regelrecht. Wie hatte ich früher nur geglaubt, den Rest meines Lebens hier verbringen zu können? Natürlich hat Hamburg seinen eigenen Charme, doch das Inselleben gefällt mir eindeutig besser.

Wir umfahren den Klosterstern, einen mächtigen Kreisel mit Grünfläche und Baumbewuchs, ehe Robert seinen Ford die Straße hinablenkt, vorbei an St. Nicolai, eine der fünf Hamburger Hauptkirchen. Mein Kollege setzt mich direkt an Cindys Haus in Harvestehude unweit vom Eichenpark ab. Nach der langen Fahrt bin ich froh, endlich hier zu sein.

»Also dann ... ähm ... danke fürs Mitnehmen«, sage ich zu Robert, nehme meine Tasche von der Rückbank und wende mich bereits zum Gehen, weil ich vermutlich die

Letzte auf der Party bin. Musik klingt vom riesigen Anwesen entgegen. Hat meine Freundin reich geheiratet und mir nichts darüber erzählt? Ein Anflug von Enttäuschung überkommt mich, doch ich dränge dieses Gefühl gleich zur Seite. Welches Recht habe ich, sauer auf sie zu sein, wenn ich mich doch selbst all die Jahre rargemacht habe?

»Mel?« Robert lehnt sich ein Stück aus dem Fenster und sieht mir nach, weshalb ich mitten in der Bewegung verharre.

»Ja?« Langsam drehe ich mich wieder zu ihm um.

»Du siehst heute wirklich hübsch aus. Viel Spaß auf der Party. Und wenn etwas sein sollte, dann melde dich ruhig früher bei mir. Ansonsten hole ich dich wie besprochen bei deinem Hotel ab.« Er winkt mir zu, dann fährt er das Fenster hoch und startet den Motor. Ziemlich überrumpelt starre ich ihm nach, während er seinen Ford von der Auffahrt zurück auf die Straße lenkt. Mein Herz pocht aufgeregt. Das wärmende Gefühl in meiner Brust, das ich bei der gesamten Autofahrt hierher durch belanglosen Small Talk krampfhaft zu unterdrücken versucht habe, breitet sich in meinem Inneren aus. Ein Kribbeln geht durch meinen Körper und ich kämpfe die aufsteigende Freude über seine Worte nieder, als ich hinter mir bereits Rufe vernehme. Also drehe ich mich wieder um und eile zum Hauseingang hinauf, von dem mir Cindy bereits zuwinkt. Sie trägt ein schillerndes Partykleid, das ganz sicher nicht billig gewesen ist. Cindy hat Designerklamotten schon immer geschätzt, weshalb sie als Einzige von uns Freundinnen nicht Lehramt, sondern Modedesign studiert hat. Dennoch waren wir während des Studiums unzertrennlich. Wann haben wir uns so auseinandergelebt?

»Melanie! Schön, dich zu sehen!«, grüßt mich meine Freundin und drückt mich kurz an sich. »Das ist ja ewig her. Ich habe beinahe gedacht, du würdest gar nicht kommen. Wann haben wir uns zuletzt gesehen? Bei der Abschlussfeier?«, plappert sie drauflos und führt mich am Arm um das Haus herum in den Garten, in dem die Feier stattfindet. Heute ist perfektes Wetter für ein Barbecue, denn der September zeigt sich von seiner guten Seite.

Draußen ist ein reichhaltiges Büfett aufgebaut und einer der Cateringangestellten in weißem Hemd und schwarzer Hose reicht mir zur Begrüßung bereits eine Champagnerflöte. Ohne Cindy zu antworten, nehme ich erst mal einen großen Schluck von dem prickelnden Alkohol. Meine anderen Freundinnen werden auf uns aufmerksam und eilen sofort auf uns zu.

»Mel! Wie geht's dir?«, fragt Ramona neugierig und streicht dabei elegant eine der blonden Strähnen hinter ihr Ohr.

»Schön, dich zu sehen«, meint Samira freudestrahlend. Sie hat seit unserem letzten Treffen ziemlich abgenommen, denn ihre gut definierten Oberarme und Beine kommen durch das enge Kleid besonders gut zur Geltung. Während des Studiums hat sie bereits viel Krafttraining gemacht, was sie vermutlich als Sportlehrerin weiter perfektioniert hat.

»Du hast dich wirklich eine halbe Ewigkeit nicht gemeldet«, beschwert sich Trixi und schiebt sich ihre schwarze Brille auf dem Nasenrücken zurecht. Neugierig mustert sie mich von Kopf bis Fuß. »Und du hast zugelegt. Machst du keinen Sport mehr?« Sie lacht fröhlich, weshalb ich ihren Kommentar nicht persönlich nehme, weil sie ihre eigene kurvige Figur selbst mit Belustigung kommentiert. Beatrix hatte schon immer das Talent, den Leuten unangenehme Wahrheiten so zu vermitteln, dass sie ihr nie böse sein konnten. Das liegt vermutlich an ihrer Frohnatur.

»Ich habe bloß meine Vorliebe für Schokoladenkuchen entdeckt. Und ein Kind geboren«, antworte ich mit einem Schmunzeln, während die anderen verständnisvoll nicken. Tatsächlich bin ich alles andere als dick. Lediglich meine früher beinahe nicht vorhandenen weiblichen Rundungen haben sich nach Ninas Geburt deutlich ausgeprägt, weshalb ich ziemlich zufrieden mit meinem Körper bin. Meine Brüste sind üppiger, sodass die Push-up-BHs mit Körbchengröße A längst Geschichte sind. Und dass mein Bauch nicht mehr ganz so fest ist wie vor der Schwangerschaft, ist mir egal. Da ich sowieso keine Gedanken an Männer verschwende, denen ich gefallen muss, fühle ich mich wohl in meinem Körper. Immerhin muss ich nur mir selbst gefallen – und das tue ich. Gerade heute muss ich mich nicht verstecken, denn tatsächlich sehe ich in meinem dunkelblauen Kleid sehr elegant aus, da hatte Robert recht ...

Noch während ich diesen Gedanken beende, beschleunigt sich mein Puls.

Robert ... Es war so verdammt nett von ihm, mich hierherzufahren. Und überhaupt, warum muss ich ständig grinsen, wenn ich an ihn denke? Diese Blicke, die er mir zum Abschied zugeworfen hat ... Ich weiß nicht, warum, doch sie gingen mir unter die Haut! Scheiße, es kann einfach nicht wahr sein, dass ich mich in meinen Kollegen verguckt habe!

»Was gibt's bei dir denn Neues, Mel?«, will Cindy neugierig wissen. »Läuft dein Job gut?«

»Erzähl doch mal, wie es dir auf der Insel ergangen ist. Seitdem du weggezogen bist, haben wir wenig von dir gehört. So etwas machen Freunde eigentlich nicht«, beschwert sich Samira und schiebt beleidigt die Unterlippe vor. »Ich habe gedacht, du willst nichts mehr mit uns zu tun haben. Unser Gruppenchat ist vor Jahren eingeschlafen. Erst neulich war ich kurz davor, ihn zu löschen ...«

»Sorry«, entgegne ich beschämt und erröte sogleich. Es stimmt, dass ich nach meiner Trennung von Peter verschwunden bin und jeglichen Kontakt nach Hamburg, bis auf den zu meinen Eltern, abgebrochen habe. Es tat einfach zu weh, mich an mein früheres Leben zu erinnern. Nach Ninas Geburt stand meine Welt sowieso Kopf, weshalb ich keine ruhige Minute mehr hatte, weil ich mich in meiner Mutterrolle völlig verloren habe. Mit den Jahren wurde mein Alltag zwar wieder geregelter, doch ich hatte zu viel mit meinem Job und meiner Tochter zu tun, als dass ich jedes Mal nach Hamburg fahren konnte, wenn sich meine Freundinnen auf Partys getroffen haben. Während sie ihre Jugend genossen, wechselte ich Windeln und kämpfte mit kindlichen Wutanfällen. Deshalb ist der Kontakt irgendwie im Sande verlaufen. Umso mehr freut es mich, dass sie an mich gedacht und mich zu dieser Party eingeladen haben. Es bedeutet mir wirklich viel, dass sie mich nach fast sechs Jahren der Funkstille wieder in ihren Kreis aufnehmen, als wäre nichts gewesen.

»Mir geht's gut und eigentlich gibt's nichts Neues ... Ich arbeite am Gymnasium in Westerland und habe dort eine kleine Wohnung und –«

»Und sie hat einen Freund!«, flötet Cindy, unterbricht dabei jäh meine Erklärung. Die anderen sehen mich überrascht an und auch mir bleiben für den Bruchteil einer Sekunde meine Worte im Hals stecken, weil ich von dieser Aussage völlig überrumpelt werde.

»Freund? Ich habe nicht ... Also ... Wie kommst du denn darauf? Ich bin Single!«, entgegne ich stammelnd, weil sie mich mit dieser Aussage ziemlich aus dem Konzept bringt. Robert ist alles andere als mein Freund – auch wenn er verdammt gut küssen kann und meine Schwester der Meinung ist, wir wären das Traumpaar des Jahrhunderts. Schon möglich, dass ich Gefühle für ihn hege, trotzdem kann ich nichts mit ihm anfangen, weil er mein Kollege ist. Außerdem möchte ich Nina keinen Vaterersatz präsentieren ...

»Dieser sexy Typ, der dich eben hier abgesetzt hat«, erklärt Ramona auf die fragenden Blicke hin, weil ich immer noch fieberhaft nach einer anderen Erklärung suche. »Er war verdammt heiß, wenn du mich fragst. Außerdem hat er dir diese langen Blicke zugeworfen, als würde er dich am liebsten an Ort und Stelle vernaschen!« Sie klimpert mit ihren langen Wimpern und macht einen Kussmund in meine Richtung, was die anderen kichern lässt. Ich erröte noch eine Spur mehr.

»Quatsch! Das hat rein gar nichts zu bedeuten. Robert ist bloß ein Kollege, der in dieselbe Richtung gefahren ist. Er hat mich lediglich hier abgesetzt«, verteidige ich mich. »Ich fange nichts mit Arbeitskollegen an, und überhaupt – eigentlich habe ich gar keine Zeit für eine Beziehung.«

»Ach, komm schon. Was ist denn dabei, erneut einen Mann in dein Leben zu lassen?«, hakt Trixi mit hochgezogenen Augenbrauen nach. »Du kannst nicht ewig Single bleiben. Oder trauerst du Peter immer noch hinterher?«

Ja, was wäre eigentlich dabei? Warum sträube ich mich gegen eine Beziehung? Robert ist tatsächlich ein toller Mann ... Dennoch will ich mein Herz nicht für ihn öffnen, weil ich Angst vor einer neuerlichen Enttäuschung habe.

»Okay, lasst Melanie doch erst mal Luft holen«, meint Ramona auf einmal und nimmt meinen Arm. »Sie ist sicher hungrig von der langen Anfahrt. Soll ich dich zum Büfett bringen?« Ohne meine Antwort abzuwarten, schiebt sie mich auch schon vor sich her durch den Garten zum Büfett, das neben der Terrasse aufgebaut ist.

***

Der Abend schreitet voran und je länger ich hier bin, desto wohler fühle ich mich. Vielleicht liegt es an dem vielen Champagner, den ich bereits intus habe und an der guten Musik, aber diese Party gefällt mir. Vor allem die Gespräche und das Lachen mit meinen Freundinnen hat mir wirklich gefehlt! Wie dumm bin ich gewesen, sie aus meinem Leben auszuschließen.

Cindy stellte mir ihren neuen Freund vor, dem tatsächlich dieses hübsche Haus gehört. Er ist Assistenzart an der Uniklinik und legt meiner Freundin die Welt zu Füßen, wie sie kichernd betonte. Außerdem präsentierte sie uns stolz den riesigen Diamanten an ihrem Ringfinger. Für Cindy werden im kommenden Sommer die Hochzeitsglocken läuten. Angeregt vertieften wir uns in Gespräche über Brautmode und Hochzeitstorten.

Ich möchte mir noch einen Nachschlag vom Büfett holen, als ich eine mir sehr bekannte hochgewachsene Männergestalt erkenne. Zwar sind seine Haare deutlich kürzer als beim letzten Mal, und der Bart ist neu, allerdings ist es unverkennbar Peter, der nur wenige Meter entfernt vor mir steht und neue Häppchen auf einer Servierplatte am Tisch drapiert. Mitten in der Bewegung bleibe ich stehen, was Cindys Aufmerksamkeit weckt.

»Oh, Mist, was macht Peter hier?«, frage ich alarmiert, als ich meinen Ex-Freund entdecke. Cindy wendet sich mir zu und sieht in die Richtung, in die ich mit einem unauffälligen Kopfnicken deute. Ungerne möchte ich von Peter entdeckt werden.

»Sorry, ich hätte dich wohl vorwarnen müssen, was? Er ist fürs Catering zuständig«, erklärt meine Freundin entschuldigend und nippt an ihrem Champagner. »Hans-Georg hat sein Restaurant für diese Feier gewinnen können, obwohl Peter normalerweise keinen Außer-Haus-Service anbietet. Doch es ist in der ganzen

Stadt so berühmt, dass wir auf keinen Fall einen anderen Caterer wollten.«

Ihre Erklärung klingt logisch, dennoch bricht mir sogleich der Schweiß aus. Verdammt, ihm will ich ungern begegnen, weshalb ich mich an Cindy vorbeidränge und in Richtung der Toilette verschwinde, ohne auf ihre Rufe zu achten. In meinem Magen rumort es und nun bereue ich es, bisher nur einige Häppchen gegessen zu haben, statt mich vom Hauptgang zu bedienen. Den ganzen Abend über habe ich mich mit meinen Freundinnen unterhalten und Champagner getrunken, sodass ich die Zeit vergessen hatte. Mir schien es unwichtig, die Zeit lange am Büfett zu verbringen, denn es war immerhin eine Ewigkeit her, dass ich überhaupt etwas ohne meine Tochter unternommen hatte.

Nun meldet sich der Alkohol in meinem Blut, den ich während unserer Gespräche wie Wasser in mich hineingekippt habe. Mir wird regelrecht schlecht, sodass ich schwungvoll die Badezimmertür aufreiße und hineinstürme, um mich auf den geschlossenen Klodeckel zu setzen. Tief atme ich ein und aus, versuche, die aufsteigende Übelkeit zu unterdrücken.

Ich habe überhaupt nicht damit gerechnet, Peter gerade hier über den Weg zu laufen! Eigentlich wollte ich ihn nie mehr wiedersehen, denn genau aus diesem Grund habe ich meine Heimatstadt verlassen. Wie groß ist die Wahrscheinlichkeit, in einer Stadt wie Hamburg zufällig genau dem Menschen zu begegnen, vor dem man davongelaufen ist? Geradezu null! Trotzdem habe ich das »Glück«, ihn nach wenigen Stunden zu treffen.

Anscheinend hat er mich nicht gesehen, weshalb ich hoffentlich unbemerkt von hier verschwinden kann. Mit zitternden Fingern hole ich mein Handy aus der Handtasche und schicke Robert eine Nachricht.

Melanie: Robert?

Robert: Ja?

Seine Antwort kommt wenige Sekunden später, als habe er darauf gewartet. Irritiert sehe ich auf die Uhrzeit auf meinem Handydisplay. Es ist schon weit nach Mitternacht. Hat er überhaupt geschlafen?

Melanie: Kannst du mich bitte abholen?

Robert: Bin unterwegs.

Keine Frage nach dem *Warum*. Eine einfache Antwort. Sogleich beschleunigt sich mein Puls. Robert ist ein Mann von Taten, während Peter den Leuten immer nur Honig um den Bart geschmiert hat. Ich habe Jahre gebraucht, um diesen Umstand zu erkennen. Mit seinen Schmeicheleien hatte er auch mich um seinen Finger gewickelt.

Erleichtert verlasse ich die Toilette und stoße an der Tür direkt mit jemandem zusammen.

»Sor-«, beginne ich, doch die Entschuldigung bleibt mir im Hals stecken, denn es ist kein geringerer als mein Ex-Freund, der vor mir steht und mich erstaunt ansieht. Er lässt den Blick länger als nötig über meinen Körper gleiten. Ein Grinsen breitet sich auf seinem Gesicht aus. Peter ist immer noch attraktiv, und das weiß er nur zu gut. Doch sein unwiderstehliches Lächeln hat seine Wirkung auf mich in dem Moment verloren, als er mich und Nina verlassen hat. Bei seinem Anblick breitet sich erneut die Übelkeit in meinem Inneren aus.

»Melanie! Gott, wie lange ist es her? Ich habe nicht erwartet, dich hier zu treffen«, sagt er erstaunt und legt mir sogar die Hand auf die Schulter, statt zur Seite zu weichen und mir den Weg frei zu machen.

»Lange genug, dass ich dich nicht wiedertreffen
wollte«, brumme ich verstimmt. Seine Augen verengen
sich zu Schlitzen, ein lauernder Glanz liegt in ihnen.
Früher einmal hat mich das stechende Eisblau fasziniert, nun jedoch macht mir dieser kalte Blick Angst.

»Jetzt sei nicht so abweisend. Uns verbindet eine gemeinsame Geschichte.« Sein Ton ist schmeichelnd,
dennoch ist mir dieses Gespräch mit ihm unangenehm.
Zu tief sitzt die Enttäuschung über sein Verhalten von
damals. Ihm war seine Karriere als Koch wichtiger als
eine Familie ...

Entschieden stemme ich meine Hände gegen seine
Brust und schiebe ihn ein Stück zur Seite, um an ihm
vorbei das Haus zu verlassen. Doch Peter hält mich am
Handgelenk zurück.

»Begrüßt man so einen alten Freund?«, fragt er scharf
und sofort verstärkt sich das Unbehagen in mir. Energisch reiße ich meine Hand los, umklammere dabei
meine Tasche fester. Hoffentlich ist Robert gleich da,
denn ich ertrage Peters Gegenwart nicht länger, ohne
in Tränen auszubrechen. Wie konnte ich diesen Mann
jemals geliebt haben? Diese Vorstellung scheint mir
völlig absurd bei dem Verhalten, das er an den Tag legt.
Peter kann es einfach nicht ertragen, von einer Frau abgewiesen zu werden, denn sein Ego ist viel zu groß.

»Ich habe dir nichts mehr zu sagen«, fahre ich ihn laut
an. »Unsere Wege haben sich vor Jahren getrennt – und
so soll es auch bleiben. Schließlich hast du mich mit einem Baby sitzen lassen, für das du nicht einmal aufkommen willst, geschweige denn sie kennenlernen.
Also lass mich einfach in Ruhe, okay?« Ich mache auf
dem Absatz kehrt und stürme den langen Flur entlang
durch die Diele zur Haustür, die ich schwungvoll aufreiße. Mich von meinen Freundinnen zu verabschieden, schaffe ich jetzt nicht, denn das würde bedeuten,
umzudrehen auf die Gefahr hin, Peter noch einmal in

die Arme zu laufen. Keine Ahnung, ob ich wirklich stark genug für eine weitere Konfrontation wäre.

Kalte Abendluft schlägt mir entgegen und sofort beginne ich zu frieren. War der Abend noch mild, so sind die Temperaturen nun deutlich runtergegangen. Fröstelnd schlinge ich mir die Arme um den Oberkörper und taumele einige Schritte vorwärts, verfluche innerlich meine High Heels, die ich zur Feier angezogen habe.

Schnelle Schritte erklingen auf dem Pflaster hinter mir.

»Du kannst mich nicht einfach so stehen lassen, Mel!«, ruft Peter mir nach. Ich wirbele herum und sehe in sein grimmiges Gesicht. »Diese Anschuldigungen lasse ich nicht kommentarlos auf mir sitzen. Immerhin zahle ich für das Kind Unterhalt! Also tu nicht so, als wäre mir alles scheißegal!«

Zu meiner anfänglichen Angst mischt sich Verärgerung. »Unterhalt? Sei froh, dass ich mich damals auf deinen Vorschlag eingelassen habe, nicht vor Gericht zu gehen. Das Jugendamt hätte viel mehr als diese paar Euro aus dir herauspressen können. Es ist ja wohl das Mindeste, was du als ihr Vater zu ihrem Wohlergehen beitragen solltest.«

»Ich wollte dieses Kind nie«, beschwert er sich lautstark. »Und wenn du mir mit einem Gerichtsverfahren drohst, werde ich die Zahlungen einstellen!«

Vermutlich glaubt er mich mit dieser Drohung einschüchtern zu können, aber ich bin nicht mehr so naiv wie damals. Vielleicht hätte ich hartnäckiger sein sollen und vor Gericht gehen sollen, statt Angst vor weiteren Konflikten zu haben? Dann würde dieser Kerl mich zumindest in Ruhe lassen, denn ich hätte den Unterhalt schwarz auf weiß durch einen richterlichen Beschluss. Jetzt hingegen bin ich von seinem Wohlwollen abhängig, weil er Nina den Unterhalt von jetzt auf gleich verwehren könnte. Diese Erkenntnis trifft mich unvorbereitet, denn all die Jahre habe ich blauäugig vor mich hingelebt, Peter aus meinen Gedanken und meinem Leben verbannt. Nun steht er mit zornesrotem Gesicht vor mir und all die Erinnerungen von damals brechen über mir herein.

Ich schnappe nach Luft, denn es kommt mir so vor, als hätte mir jemand schmerzhaft eine Faust in den Magen gerammt. Sollte er die Zahlungen tatsächlich einstellen, wäre es eine harte Einbuße … Dann müsste ich wirklich den steinigen Weg gehen und das Jugendamt einschalten, mich dabei jedes Mal mit Peter auseinandersetzen und meine alten Wunden immer wieder aufreißen. Wenn es tatsächlich dazukommt, werde ich es für meine Tochter tun, auch wenn ich diesen Kerl nie wiedersehen will. Seine Worte verletzen mich dennoch, obwohl unsere Beziehung so viele Jahre zurückliegt.

»Du bist echt so ein Arsch, Peter! Wie blind konnte ich sein, mir während der Schwangerschaft eine Familie mit dir zu wünschen!« Tränen der Wut und Enttäuschung brennen hinter meinen Lidern, doch ich kämpfe sie tapfer nieder, denn ich will mir auf keinen Fall die Blöße geben zu weinen. Mein Ex baut sich bedrohlich vor mir auf, doch bevor er mich packen kann, legt sich eine warme Hand beruhigend auf meine Schulter. Sogleich schrecke ich zusammen und wirbele herum, nur, um in Roberts besorgtes Gesicht zu sehen. Hat er den Streit etwa mit angehört?

»Melanie? Ist alles okay mit dir?«, fragt er mich eindringlich.

»Ja … Ich …« Auf einmal muss ich heftig schlucken, denn seine Gegenwart lässt meine Dämme brechen. Bevor ich jedoch schluchzend in Tränen ausbreche, weil mich der Streit mit meinem Ex völlig überfordert, reagiert Robert. Ehe ich ein weiteres Wort sagen kann, legt er schützend seinen Arm um meine Schulter und zieht mich an sich. Dann fixiert er Peter mit einem bösen Blick.

»Eine Frau sollte man nicht zum Weinen bringen. Hat dir das niemand beigebracht?«

Ohne auf Peters Reaktion zu warten, führt er mich zu seinem Auto. Schützend vergrabe ich mein Gesicht an seiner Schulter, während ich mühsam einen Fuß vor den anderen setze. Der viele Champagner und die Konfrontation zerren an meinen Kräften, weshalb ich wie ein nasser Sack auf den Beifahrersitz plumpse und meinen dröhnenden Kopf gegen die Kopfstütze presse.

»Schaffst du es, dich selbst anzuschnallen, oder soll ich dir helfen?«, höre ich Roberts Stimme irgendwo in der Ferne, und als ich vorsichtig meine Augen öffne, schwebt sein Gesicht dicht vor mir. Er hat sich weit über die Mittelkonsole gebeugt, um nach dem Sicherheitsgurt zu greifen.

»Nein ... schon gut. Ich mache das«, stammele ich und zerre meinerseits am Gut, streife dabei seine Finger, deren Wärme sogleich kleine Stromstöße durch meinen Körper jagen. Doch wenigstens lenkt mich das neuerliche Herzklopfen von meinen Tränen ab.

Mein Kollege nickt langsam, dann setzt er sich bequem hin und startet den Motor. Ich drehe den Kopf zur Seite und starre in die dunkle Nacht, während wir langsam durch Hamburgs Straßen fahren. Nach einigen Minuten fallen mir die Augen zu, weshalb ich jegliches Zeitgefühl verliere. Keine Ahnung, wie lange wir bereits fahren oder wohin mich Robert überhaupt bringt. Ich weiß auch nicht, was er dieses Wochenende in Hamburg macht. Ob er Familie oder Freunde besucht? Und wo ist er überhaupt untergekommen?

Die Gedanken in meinem Kopf kreisen unaufhörlich, obwohl sie sich wie hinter einem Nebel verbergen. Ich bin dankbar für diesen Nebel, der mich weitestgehend entspannen lässt.

»Hey, wir sind da«, sagt Robert zu mir und rüttelt mich sacht an der Schulter. Ich muss tatsächlich weggedöst sein, denn irgendwie verwirrt mich seine Anwesenheit. Trotzdem reibe ich mir über die Augen, vergesse dabei jedoch, dass ich dadurch mein Make-up ruiniere und fluche innerlich. Er steigt aus, sodass ich mich beeile, ihm zu folgen. Draußen bleibe ich in einiger Entfernung von ihm stehen und sehe das hohe Gebäude vor mir hinauf. Diese Gegend kommt mir zumindest bei Dunkelheit nicht bekannt vor, obwohl ich Hamburg eigentlich gut kenne.

»Dort oben befindet sich meine Wohnung«, erklärt Robert auf meinen fragenden Blick hin. »Komm, lass uns reingehen. Hier draußen ist es schon viel zu kalt ohne Jacke.«

Er steuert bereits auf den Hauseingang zu und ich folge ihm in einiger Entfernung. Tatsächlich friere ich in meinem dünnen Kleid, denn meine Jacke, sowie die Tasche mit meinen anderen Sachen, habe ich in meiner Zerstreutheit bei Cindy vergessen. Ich bin dankbar, dass das Gebäude einen Aufzug besitzt, denn ich wüsste wirklich nicht, wie ich all die Stufen in meinem lädierten Zustand hätte erklimmen sollen. Glücklicherweise befindet sich die Wohnung im vierten von neun Stockwerken, denn es dauert nur einen kleinen Moment, in dem ich mit Robert im engen Aufzug stecke. Mein Kollege zieht einen Schlüsselbund aus seiner Hosentasche und öffnet die Wohnungstür. Dann lässt er mir den Vortritt in den dunklen Flur.

»Komm rein und fühl dich wie zu Hause«, sagt er zu mir und schließt die Tür hinter uns, bevor er das Licht einschaltet. Für einen Moment muss ich die Augen zusammenkneifen, weil mich die Helligkeit der Deckenleuchte blendet. Obwohl ich immer noch ziemlich neben mir stehe, siegt die Neugier in meinem Inneren. Ich sehe mich im Flur um, von dem drei Türen abgehen. Er ist eher sporadisch eingerichtet, mit einer Garderobe und einer kleinen Schuhkommode daneben. Die Wände sind kahl und in schlichtem Weiß gestrichen.

Robert streift sich die Schuhe von den Füßen und auch ich schlüpfe umständlich aus meinen High Heels, muss mich dabei sogar mit einer Hand an der Kommode abstützen, um nicht ins Straucheln zu geraten. Danach folge ich ihm durch die geöffnete Tür ins Wohnzimmer. Robert deutet mit einer Hand auf ein gemütlich aussehendes Sofa, auf dem eine zerwühlte Decke liegt. Hat er hier gelegen, ehe ich ihm geschrieben habe?

»Setz dich doch«, fordert er mich auf, als er kurz verschwindet und mit einer Flasche Wasser und zwei Gläsern zurückkommt, die er vor mir auf den kleinen Couchtisch stellt. »Möchtest du einen Schluck? Oder soll ich dir einen Tee kochen?«

»Nein. Wasser ist okay, danke«, sage ich schnell und nehme das volle Glas entgegen. Es befeuchtet meine trockene Kehle und vertreibt zumindest den süßlichen Geschmack von Champagner für einen Moment aus meinem Mund.

Stumm sitzen wir nebeneinander. Ich traue mich nicht, ihn auf diese Wohnung, auf diesen Abend anzusprechen, geschweige denn zu atmen. Seine unmittelbare Nähe in diesem nur schwach erleuchteten Wohnzimmer bringt mein Herz zum Rasen. Fest schließe ich meine Finger um das Wasserglas, als könnte es mir helfen, meine Nervosität zu vertreiben.

»Ich ... ähm ... ich sollte vielleicht besser in mein Hotel gehen«, murmele ich verlegen. »Habe dort nicht mal eingecheckt. Zumindest sollte ich mich dort melden ...«

»Du musst nicht gehen, wenn du nicht willst«, kommt es sofort von Robert. Er dreht seinen Oberkörper und sieht mich dann direkt an. »Es ist verdammt spät. Wenn du möchtest, dann kannst du hierbleiben. Ich habe ein großes Bett im Schlafzimmer und –« Er bricht ab, denn vermutlich fällt ihm jetzt erst die Zweideutigkeit seiner Worte auf. Ein verlegenes Lächeln breitet sich auf seinem Gesicht aus. »Ich meine, du kannst im Bett schlafen. Es ist frisch bezogen. Ich werde es mir auf der Couch gemütlich machen. Nicht das erste Mal, dass ich auf dieser schlafen muss ...« Sein Blick schweift ab und ich erkenne einen Funken Traurigkeit darin, den er jedoch schnell durch ein Lächeln überspielt. Robert erhebt sich und irgendwie bin ich erleichtert, aber auch ein bisschen enttäuscht, dass er dadurch Abstand zwischen uns bringt.

Schüchtern sehe ich in mein Glas. »Ich habe meine Tasche bei Cindy vergessen.« Ich habe keine Zahnbürste dabei und auch nichts, in dem ich schlafen könnte, bis auf die Klamotten am Leib. »Vielleicht ist es besser, wenn ich zurückfahre ...?«

Schwankend erhebe ich mich, stoße dabei mit dem Knie jedoch gegen die Tischkante und kneife schmerzhaft die Lider zusammen.

»Du bleibst hier«, entscheidet Robert. Seine Stimme klingt dabei ernst, und der Blick, mit dem er mich mustert, geht mir erneut unter die Haut. Ein warmer Schauder läuft über meinen Rücken. Mühsam kämpfe ich mich um den Couchtisch herum und lande dabei beinahe in Roberts Armen. Er stützt mich, indem er meine Oberarme mit leichtem Druck umfasst, ohne mich jedoch an sich zu ziehen.

»In diesem Zustand lasse ich dich nirgendwo hingehen, Mel«, raunt er dicht an meinem Ohr. »Du bist immer noch völlig durch den Wind. Wir können morgen deine Sachen holen, aber jetzt ruhst du dich erst mal aus.«

Tatsächlich fühle ich mich ganz benebelt von seiner Nähe und dem herben Duft, der ihn umweht, dass ich sowieso nicht hätte gehen können. Dankbar nicke ich.

»Okay.«

Robert zeigt mir das Badezimmer. »Wenn du duschen möchtest ... Frische Handtücher sind in der Kommode unterm Waschbecken. Das Schlafzimmer ist direkt gegenüber. Ich werde dir ein Shirt herauslegen.« Mit diesen Worten lässt er mich in dem kleinen Bad allein. Einen Herzschlag lang verharre ich und starre die geschlossene Tür an, bevor ich mich langsam aus meinem Kleid schäle und es über den Badewannenrand hänge. Dann schlüpfe ich aus meiner Unterwäsche und steige in die enge Duschkabine. Das warme Wasser tut gut, kann jedoch die vergangene Stunde nicht aus meinen Gedanken vertreiben. Der Streit mit Peter geistert immer noch durch meinen Kopf. Seine harten Worte, der wütende Blick. Gerne hätte ich die Zeit zurückgedreht, um diese Begegnung ungeschehen zu machen.

Robert drängt sich ebenfalls immer mehr in meine Gedanken. Was ist das hier für eine Wohnung, die so eingerichtet ist, als würde etwas fehlen? Als hätte sie keine Seele. Nutzt er sie für spontane Besuche oder als zweiten Wohnsitz, weil er noch nicht lange auf der Insel ist? Oder wird sie vermietet? Zu viele Fragen schwirren mir durch den Kopf, die ich ihm heute jedoch nicht mehr stellen will. Ich bin viel zu erledigt vom heutigen Tag.

Nach der Dusche husche ich in ein flauschiges Badetuch gewickelt in sein Schlafzimmer und schalte das

Licht ein. Das große Doppelbett domminiert tatsächlich beinahe den ganzen Raum. Es gibt noch einen Kleiderschrank und eine Kommode. Keinerlei Deko, keine Bilder an den Wänden, keine Farbe. Selbst die Bettwäsche ist weiß und schlicht. Alles ist irgendwie leblos.

Auf dem Bett liegt ein ordentlich gefaltetes T-Shirt. Der grüne Stoff hebt sich deutlich von der hellen Einrichtung ab. Ich nehme es und lasse es durch meine Finger gleiten, ehe ich das Badetuch von meinem Körper wickele und mir das Kleidungsstück über den Kopf ziehe. Es ist zwar weit, reicht mir dennoch nur knapp über den Hintern. Trotzdem schmiege ich mich in den weichen Stoff, an dem Roberts Geruch haftet. Dann werfe ich mich aufs Bett und nehme mein Smartphone zur Hand, das ich in der Rocktasche meines Kleides verstaut hatte.

Der Gruppenchat mit meinen Freundinnen explodiert beinahe vor lauter Nachrichten zu meinem Verbleib. Kein Wunder, dass sie sich Sorgen machen, immerhin habe ich die Party ohne ein Wort verlassen. Also schicke ich ihr eine kurze Antwort, dass es mir nicht gut geht und ich längst in meinem Hotel bin. Diese kleine Lüge muss sein, denn ich habe wirklich keinen Nerv für eine Diskussion über Robert und wie ich zu ihm stehe. Ich will mein Herzklopfen nicht vor den anderen breittreten, sondern für mich genießen. Vor allem, weil es wirklich nichts Nennenswertes zu erzählen gibt.

Danach sende ich noch eine Nachricht an Mona, die mir knapp von ihrem Tag mit Nina berichtet, ehe ich das Licht ausschalte und unter die warme Bettdecke schlüpfe. Diese ziehe ich mir bis unter die Nasenspitze, verkrieche mich in dem riesigen Bett, in dem ich ein bisschen verloren bin. Mein Bett daheim ist viel kleiner und es kommt nicht selten vor, dass sich Nina nachts zu mir kuschelt, wenn sie einen Albtraum hatte. In diesem fremden fühle ich mich ein bisschen unwohl mit meinen Gedanken, die mich nicht in Ruhe lassen. Wäre ich doch nicht zu dieser Party gefahren, dann wäre ich Peter nicht begegnet. Aber dann hätte ich auch nicht erneuten Kontakt zu meinen damaligen Freundinnen aufgenommen und wäre nicht mit Robert allein in dieser Wohnung ...

Und schon wieder hämmert mein Herz so heftig, sodass ich erst recht nicht einschlafen kann. Mit einem frustrierten Seufzen setze ich mich kerzengerade auf und starre in die Dunkelheit vor mich. Vielleicht sollte ich mir noch etwas zu trinken holen ... Kurzerhand schwinge ich meine Beine über die Bettkante und husche aus dem Zimmer. Um Robert nicht zu wecken, schalte ich das Licht nicht an, sondern schleiche auf Zehenspitzen durch das Wohnzimmer zu dem angrenzenden Raum, in dem ich die Küche vermute. Doch ich komme nicht weit, denn in der Dunkelheit stoße ich plötzlich mit etwas zusammen. Ein spitzer Schrei verlässt meine Kehle und ich wäre beinahe nach hinten gestürzt, hätte Robert nicht im letzten Moment seinen Arm um meine Taille gelegt.

»O Gott!«, presse ich atemlos hervor, während er mich instinktiv enger an sich zieht. Jetzt werden seine Konturen immer deutlicher vor meinen Augen sichtbar. Statt mich aus seiner Umarmung zu befreien, bin ich wie erstarrt und kann mich nicht rühren. Seine warme Handfläche brennt sich durch den dünnen Stoff des Shirts in meinen Rücken.

»Du solltest aufpassen, wo du hinläufst. Du hättest dir wehtun können«, murmelt er rau und tief, mit vor Schlaf heiserer Stimme. Ich kann mich nicht rühren, nicht sprechen, ihn bloß anstarren. Seine Augen sind im schummrigen Licht des Mondes, das durch das winzige Küchenfenster fällt, beinahe schwarz. Schatten liegen auf seinem Gesicht, sodass ich sein Lächeln nur erahnen kann.

»Ich … sorry …«, ist das Einzige, das ich über meine trockenen Lippen bringe. Aufregung kribbelt unter meiner Haut, kriecht durch meine Adern. Mein Puls beschleunigt sich, je länger wir uns so nah sind. Deutlich kann ich die knisternde Spannung zwischen uns spüren. Ob er mich jetzt erneut küssen wird? Beinahe sehne ich mich schon nach seinen Lippen. Nach seinem Geruch und dem Geschmack auf meiner Zunge. Ich schließe meine Augen und atme flach, warte einige Sekunden. Doch es geschieht nichts. Zögernd blinzele ich und schaue ihn an. Sein Gesichtsausdruck ist nachdenklich, fast schon zu ernst und auf einmal komme ich mir unsagbar dumm vor. Was habe ich erwartet? Nur, weil er so nett war, mich vor meinem Ex-Freund zu retten und mir für eine Nacht ein Dach über dem Kopf geboten hat, heißt es noch lange nicht, dass er etwas mit mir anfangen wird! Verdammt, wie naiv bin ich mich von meinem Herzklopfen leiten zu lassen? Beinahe hätte ich mich ihm erneut an den Hals geworfen!

»Mel, wir sollten nicht –« Seine leisen Worte durchbrechen den Zauber des Augenblicks. Sofort reiße ich mich von ihm los, mache einen schnellen Schritt rückwärts. Mir ist mein Verhalten unsagbar peinlich und ich bin heilfroh über die Dunkelheit im Raum, sodass er die Röte auf meinen Wangen nicht sehen kann.

»Sorry. Ich gehe jetzt schlafen. Gute Nacht!«, entgegne ich mit schriller Stimme und stürze blindlings aus dem Wohnzimmer, nicht, ohne mich am Türrahmen zu stoßen. Fluchend humpele ich zurück ins Schlafzimmer und verkrieche mich unter der Bettdecke.

***

Am nächsten Morgen werde ich vom Klappern der Töpfe und dem Brummen der Kaffeemaschine geweckt. Verschlafen strecke ich mich, bevor ich müde die Bettdecke zur Seite schiebe und mich auf den Bettrand setze. Einen Augenblick lang bleibe ich reglos sitzen und konzentriere mich auf eine regelmäßige Atmung.

Ich habe bei Robert übernachtet ... Ich habe bei Robert übernachtet ... Dieser Gedanke manifestiert sich in meinem Kopf und bringt mein Herz abermals zum Beben.

Okay, es ist nichts passiert. Kein Grund zur Panik! Er war bloß höflich, mehr nichts.

Mit beiden Händen klopfe ich mir gegen die Wangen, um ins Hier und Jetzt zurückzukommen. Ein bisschen bin ich jedoch enttäuscht, dass *nichts* zwischen uns passiert ist. Nichts, außer diesem vertrauten Moment mitten in der Nacht in seiner kleinen Küche, in dem ich einen Kuss so sehr herbeigesehnt habe. Heftig schüttele ich den Kopf, um diesen Gedanken im Keim zu ersticken. Auch wenn ich mich vielleicht ein bisschen in Robert verguckt habe, heißt es noch lange nicht, dass er ebenfalls mehr als Freundschaft für mich empfindet. Mein Kollege ist einfach zu jedem nett, ich sollte mir also nichts auf sein zuvorkommendes und liebevolles Verhalten mir gegenüber einbilden. Solche Menschen muss es schließlich auch geben. Nicht jeder Mann ist so ein egoistisches Arschloch wie Peter!

Sobald ich auch nur an seinen Namen denke, wird mir erneut mulmig zumute. Tatsächlich hat mich der kleine Streit zwischen uns mehr Nerven gekostet, als ich zuerst vermutet habe. Die Wunden, die ich längst verheilt glaubte, sind wieder aufgerissen. Doch statt des Schmerzes, den ich noch vor über sechs Jahren empfunden habe, ist in mir bloß eine gähnende Leere. Tatsächlich hatte ich Angst vor einer neuerlichen Begegnung, denn ich habe mich davor gefürchtet, immer noch Gefühle für den Vater meines Kindes zu haben. Nun bin ich wirklich erleichtert, dass es nicht der Fall ist.

Schwungvoll erhebe ich mich vom Bett und presse mir sogleich die Hand gegen die Stirn, weil mir kurz schwarz vor Augen wird. Der gestrige Abend ist nicht spurlos an mir vorbeigegangen, denn ich verspüre einen leichten Kater. Dennoch ist es auszuhalten, weshalb ich mein Kleid schnappe und im Bad verschwinde. Dort liegt bereits eine Zahnbürste für mich bereit. Mit einem Lächeln auf den Lippen reiße ich die Folienverpackung auf und gebe einen Klecks Zahnpasta auf die Bürste.

Nachdem ich einigermaßen vorzeigbar bin, gehe ich zu Robert in die Küche, aus der es bereits verführerisch duftet. Mein Gastgeber steht mit dem Rücken zu mir am Herd und wendet Rührei in einer Pfanne. Der kleine Küchentisch ist bereits liebevoll gedeckt, mit frischen Brötchen, diversen Aufschnitten sowie Obst und Gemüse.

»Guten Morgen«, grüße ich mit einem Räuspern, weil meine Stimme einen zu hohen Ton angenommen hat. »Wann hast du denn das alles besorgt? Du hättest dir wirklich nicht so viel Mühe machen müssen. Ein Kaffee hätte mir gereicht …« Dieser Aufwand macht mich richtig verlegen, weil ich nicht damit gerechnet habe, dass Robert so ein tolles Frühstück vorbereiten würde. Er dreht sich zu mir um und schenkt mir ein Lächeln, welches mein Bauchkribbeln verstärkt.

»Ich konnte sowieso nicht mehr schlafen, also bin ich eben zum Supermarkt gegangen. Außerdem hätte ich eh einkaufen müssen, denn der Kühlschrank ist leer. Es lohnt sich nicht, hier Lebensmittel aufzubewahren, da diese Wohnung leer steht.«

Das Lächeln verschwindet für den Bruchteil einer Sekunde, während er sich mit einer Hand durch die

Haare fährt, dann grinst er jedoch. Seine dunkelbraunen Locken hängen ihm noch feucht in die Stirn, vermutlich hat er kurz zuvor geduscht.

»Wärst du nicht hier, dann hätte ich mir bloß ein Fischbrötchen vom Fischmarkt an der Alster geholt. Für mich alleine koche ich eher selten, deshalb hat es Spaß gemacht, das Frühstück herzurichten. Setz dich bitte und greif zu.« Er deutet mit einer einladenden Handbewegung zum gedeckten Tisch und ich folge seiner Anweisung, schiebe einen der beiden Stühle zurück. Robert schaufelt das Rührei aus der Pfanne in eine Schüssel, die er in die Mitte des Tisches stellt, ehe er sich mir gegenübersetzt.

Es ist für mich immer noch seltsam, Robert in Freizeitkleidung zu begegnen. Heute trägt er bloß ein schlichtes Shirt und eine tiefsitzende Jogginghose. Peter ist nie so durch unsere gemeinsame Wohnung gelaufen, nicht einmal am Sonntagmorgen. Stets trug er Jeans, weil er der Meinung war, Jogginghosen wären etwas für Loser.

»Sorry, dass du wegen mir schlecht geschlafen hast«, murmele ich verlegen, um irgendwie ein Gespräch zu beginnen. Verlegenes Schweigen ist mir ein bisschen unangenehm, dann kann ich meine Gedanken nicht vom gestrigen Abend ablenken.

»Quatsch. Es ist nicht deine Schuld«, meint er und winkt locker ab, nimmt sich dabei ein Brötchen aus dem Korb und schneidet es in zwei Hälften. »Ich schlafe nie besonders gut. Daran kann niemand etwas ändern, weil –« Er taucht sein Messer in das Marmeladenglas, während ich nach der Käseverpackung greife. »Ist auch egal. Wir sollten nicht darüber sprechen.« Herzhaft beißt er in das Marmeladenbrot.

»Du isst Süßes zuerst?«, frage ich verwundert, denn für mich sind Marmelade und Co. stets ein Nachtisch, nachdem ich mein herzhaft belegtes Brot verspeist habe.

»Klar. Warum das Beste zum Schluss lassen, wenn man eigentlich schon satt ist?«, entgegnet er grinsend und leckt sich Marmelade aus den Mundwinkeln. Sein jungenhaftes Verhalten lässt mich schmunzeln und wieder frage ich mich, warum dieser wunderbare Mann gerade mit mir so viel Zeit verbringt. Er hätte sicher längst verheiratet sein und eine Familie haben können. Ich schätze Robert als totalen Familienmenschen ein, weshalb es mich überrascht, dass er bis auf seinen kleinen Terrier Sherlock so gut wie niemanden in sein Leben lässt. Tante Clara hatte ja bereits einige Male besorgt erwähnt, dass Robert sein Herz verschließt.

»Was ist los? Du bist so schweigsam«, stellt Robert fest. Er hat die erste Brötchenhälfte längst verspeist, während ich von meinem Frühstück noch nicht einmal abgebissen habe. Hastig nehme ich einen Schluck von dem schwarzen Kaffee. Das starke Aroma breitet sich in meinem Mund aus und weckt meine Lebensgeister.

»Also ... mir geht einiges im Kopf rum«, gestehe ich seufzend, denn es hat keinen Sinn, wenn ich bloß vor mich hin grübele. Ich sollte geradeheraus mit ihm reden, um für klare Verhältnisse zu sorgen. Außerdem möchte ich Robert näher kennenlernen. Den wahren Robert, mit all seinen Sorgen und Ängsten. Nicht bloß die abgespeckte Version von ihm, die er täglich präsentiert.

»Sag mal ...«, beginne ich, nehme noch einen Schluck Kaffee und stelle die Tasse ab. Dann sehe ich ihm fest ins Gesicht. »Diese Wohnung hier. Wem gehört sie und warum sieht es hier so aus, als hätte noch niemand darin gewohnt? Versteh mich nicht falsch, natürlich geht es mich nichts an, wie der Besitzer dekoriert, aber ... Sie wirkt so verlassen.«

Seufzend lehnt sich Robert in seinem Stuhl zurück. Dieses Mal beobachte ich ihn genau und mir fällt direkt auf, wie seine Schultern ein kleines Stück nach unten sacken.

»Diese Wohnung gehört mir. Ich wollte sie verkaufen, kam jedoch bisher nicht dazu, ein Inserat aufzugeben. Mich verbindet nichts mehr mit dieser Wohnung und Hamburg, seitdem ... nun ...« Erneut bricht er ab und verfällt in Schweigen. Fällt es ihm schwer, über seine Vergangenheit zu reden? Was ist passiert, das ihn zur Flucht nach Sylt getrieben hat? Die Traurigkeit in seinem Gesicht lässt auch mein Herz schwer werden. Entgegen meiner eigenen Vorsätze, strecke ich meine Hand aus und lege sie auf seine, die neben seiner Kaffeetasse auf der Tischplatte ruht. Robert hebt den Blick und sieht mich an. Verschiedene Emotionen spiegeln sich in seinen braunen Augen, die mir den Atem verschlagen. Ich erkenne Hoffnung, Angst und ... Zuneigung?

Er dreht seine Hand um und verschränkt unsere Finger miteinander. Diese kleine Geste ist so vertraut, dass mir für einen Moment der Atem stockt. Es fühlt sich an, als würde er bei mir Halt suchen.

»Weißt du, Mel, ich bin gerne in deiner Nähe. Deine unbekümmerte Art, die Dinge anzugehen –«

»Unbekümmert? Das hat mir tatsächlich bisher noch niemand gesagt«, entgegne ich mit einem Lachen. »Mona wirft mir ständig vor, dass ich mich zu sehr von meinen Sorgen runterziehen lasse, die eigentlich nicht existieren.«

Er schenkt mir ein schwaches Lächeln. »Du nimmst das Leben an, wie es ist, und dafür bewundere ich dich. Die gestrige Szene mit diesem Mann ... ich nehme an, es war dein Ex-Freund?«

Ich nicke betrübt.

»Du hast es nicht leicht gehabt, dennoch verlierst du nicht den Mut und kämpfst täglich dafür, damit es Nina gut geht. Über seinen eigenen Schatten zu springen und neu zu beginnen schafft nicht jeder.« Er senkt den Kopf und betrachtet unsere Hände. »Ich habe sehr lange mit meinen inneren Dämonen gekämpft, bis ich den Mut aufgebracht habe, nach Westerland in das Haus meiner Tante zu ziehen. Erst habe ich geglaubt, es würde reichen, wenn ich den ganzen Kram aus der Wohnung entsorge, der mich an Nele erinnert ...« Er zuckt hilflos mit den Schultern. »Doch es hat nichts genützt. Deshalb auch die fehlende Deko und die schlichte Farbe. Nach ihrem Tod habe ich diese Wohnung renoviert und alle Möbel umgestellt, damit mich nichts mehr an sie und den Schmerz in meinem Inneren erinnert. Es hat nichts gebracht. Nele war trotzdem überall, egal, was ich auch gemacht habe.« Seine Stimme bebt, er kämpft sichtlich um Fassung. Immer fester drückt er meine Finger, bis es fast wehtut, doch ich entziehe ihm nicht meine Hand. Mein Innerstes gefriert bei seinen Worten. Tod? Was?

Mir klopft das Herz bis zum Hals, denn ich bin ganz nervös, weil er mir dieses Geheimnis anvertraut.

»Wer ist Nele?«, frage ich leise.

»War«, korrigiert er mich tonlos. »Nele war meine Frau. Sie ist bei einem Autounfall ums Leben gekommen.«

Wie vom Donner gerührt starre ich Robert an. Den Mann, der stets ein Lächeln auf den Lippen trägt und bei den Schülern für jeden Spaß zu haben ist. Den Mann, der sich so rührend um mich und Nina gekümmert hat, als wären wir Teil seiner Familie. Dieser Mann hatte sein Herz schon einmal verschenkt und es wurde ihm auf die schlimmste Art gebrochen, auf die es einem Menschen passieren kann. Er hat seine Frau, die Liebe seines Lebens, auf tragische Weise verloren. Da ist mein eigenes Schicksal beinahe lachhaft.

»O Gott!«, presse ich fassungslos hervor. »Das ... das wusste ich ja gar nicht. Es tut mir so leid!«

Er lacht bitter auf. »Wie denn auch? Niemand weiß davon bis auf meine Tante. Und ihr habe ich das Versprechen abgenommen, Neles Namen nicht zu erwähnen. Ich wollte auf Sylt neu beginnen und nicht mehr an meine Vergangenheit erinnert werden«, erklärt er mir. »Der Unfall ist nun zwei Jahre her. Gestern war ihr Todestag, deshalb war ich an ihrem Grab. Ich wollte mich noch mal gebührend von ihr verabschieden, bevor ich Hamburg für immer den Rücken kehre.«

Robert lässt meine Hand los und ich ziehe sie zurück, umklammere meine Kaffeetasse, um das leichte Zittern zu verbergen.

»Sie ist immer noch ein Teil von mir, Melanie. Tut mir leid ...«

»Ich ... ja, natürlich. Ich verstehe das.« Fieberhaft suche ich nach Worten, um mir meine Enttäuschung nicht anmerken zu lassen, doch mir fällt nichts ein, was ich ihm sagen könnte, um ihn zu trösten. Verdammt, gegen eine Tote kann ich niemals gewinnen. Sein Herz hängt an ihr – und das ist verständlich! All die netten Gesten, unsere Gespräche und auch das Date – all das diente dazu, um Robert von den Gedanken an die Vergangenheit abzulenken. Er hatte niemals die Absicht, mich näher kennenzulernen, weil er Interesse an mir hat. Robert wollte lediglich den Schmerz in seinem Herzen für einen Augenblick verstummen lassen ...

»Nun, ich bin mit fünfunddreißig bereits verwitwet«, sagt er schließlich mit einem kleinen Lächeln, das jedoch nicht seine Augen erreicht.

»Und ich mit siebenundzwanzig alleinerziehend. Das Schicksal hat es wohl mit uns beiden nicht so gut gemeint«, entgegne ich, versuche mich an einem Lächeln, doch es misslingt mir. Dennoch scheint Robert erleichtert, dass ihm diese Last von den Schultern genommen wurde. Jetzt steht nichts mehr zwischen uns, und ich weiß endlich, woran ich bei ihm bin. Wir werden niemals zusammen sein können, auch wenn ich es mir noch so sehr wünschen würde. Denn Roberts Herz gehört immer noch einer anderen ...

Ich verdränge den schmerzhaften Gedanken und erhebe mich. »Okay, ich schlage vor, wir machen uns auf den Rückweg auf die Insel, oder? Ich vermisse Nina und sollte meine Schwester bei der Kinderbetreuung ablösen.«

Kapitel 9

Seitdem wir aus Hamburg zurück sind, hat sich etwas zwischen uns verändert. Während Robert immer mehr auftaut und stets auf mich zugeht, verschließe ich mich vor ihm und begegne ihm reserviert. Die Tatsache, dass er mir vor einigen Tagen von seiner verstorbenen Frau erzählt hat, nimmt mich immer noch mit. Gerne würde ich mich Mona anvertrauen und sie um Rat fragen, doch ich weiß, dass ich mit diesem Wissen nicht hausieren gehen darf. Robert hat sich mir in der Hoffnung anvertraut, ich würde sein Geheimnis bewahren, statt es hinauszuposaunen. Dabei möchte ich lediglich die Traurigkeit aus meinem Inneren verbannen, die mich stets überkommt, sobald wir uns zufällig begegnen. So gut es geht, versuche ich, meine gewohnte Art zu bewahren, halte mit ihm Small Talk und lache über seine Witze, dennoch spüre ich eine Kluft zwischen uns, die immer größer wird.

Die Klassenfahrt rückt näher. Es bleiben nur noch zehn Tage, bis wir erneut zu zweit sind – mit dreiundzwanzig Teenagern, die uns hoffentlich auf Trab halten werden, damit ich mir nicht den Kopf über Roberts Verhalten und meine starken Gefühle für ihn zerbrechen muss.

Nach Feierabend bin ich die Erste, die das Lehrerzimmer verlässt. Somit kann ich Robert keine Gelegenheit bieten, mich alleine anzusprechen. Solange die anderen Kollegen dabei sind, laufe ich zumindest nicht Gefahr, mich in irgendwelchen Ausflüchten zu verstricken, warum ich mich von ihm distanziere. Ihm ist dieser Umstand aufgefallen, da bin ich mir sicher. Warum sonst würde er mir diese langen Blicke zuwerfen, wenn er glaubt, ich merke es nicht. Natürlich fällt es mir auf, wenn sich sein Blick in meinen Nacken bohrt. Immer, wenn sich unsere Augen begegnen, liegt eine stumme Frage darin, auf die ich keine Antwort habe. Robert ist wegen meines Verhaltens irritiert, das merke ich. Auch meine Schüler beäugen mich seit einigen Tagen misstrauisch. Erst neulich hat mich Aylin auf Robert angesprochen.

»Sie waren doch sonst ein Herz und eine Seele«, sagte das Mädchen nachdenklich, beinahe schon besorgt. »Ich mache mir Sorgen wegen der Klassenfahrt. Wenn dicke Luft zwischen Ihnen herrscht, macht alles keinen Spaß mehr.«

»Keine Sorge«, entgegnete ich und zerstreute ihre Bedenken durch ein zuversichtliches Lächeln. »Herr Schuster und ich sind gut geschultes pädagogisches Personal. Uns liegt euer Wohl am Herzen, Aylin. Mach dir also wegen der Klassenfahrt keine Sorgen.«

Genau wie die vergangenen Tage, schnappe ich mir beim letzten Läuten meine Tasche und haste aus dem Klassenraum, noch ehe die Schüler ihre Sachen zusammengepackt haben. Den Weg ins Lehrerzimmer spare ich mir, denn heute will ich Nina pünktlich von der Schule abholen, um etwas mit ihr zu unternehmen. Zwar hat das Wetter umgeschlagen und der Wind am Strand ist eisig, dennoch habe ich meiner Tochter versprochen, heute mit ihr am Deich ihren Drachen steigen zu lassen.

»Mensch, Melanie, du hast es aber eilig«, höre ich meine Kollegin Sabine mir zurufen. Gemeinsam mit der Schulkrankenschwester Claudia kommt sie zu mir.

»Aber gut, dass ich dich noch erwische. Du warst die letzten Nachmittage immer sofort verschwunden. Es geht um die Abschiedsfeier für Hans-Jürgen.«

Ich bleibe stehen und wende mich meinen Kolleginnen zu. »Oh, die Feier habe ich komplett verdrängt«, entschuldige ich mich. »Wie viel bekommt ihr für das Geschenk?«

Claudia kichert und richtet ihre Brille. »Du hast doch direkt nach den Sommerferien bezahlt, schon vergessen? Es geht eher um die Planung der Party.«

Jegliche Information zu dieser Veranstaltung ist an mir vorbeigegangen. Sabine schüttelt den Kopf.

»Also wirklich. Wo bist du neuerdings mit deinen Gedanken? Es würde mich nicht einmal wundern, solltest du eine Klassenarbeit verschlafen, wenn du dir die Termine nicht in deinem Smartphone speichern würdest. Die Abschiedsfeier findet am Freitag statt.«

»Freitag ...« Ich krame in meinem Gedächtnis. »Moment, etwa schon diesen Freitag?«

Die beiden nicken.

»Oh, verflixt. Das hatte ich tatsächlich nicht mehr auf dem Schirm.«

»Sag bloß, du hast keine Zeit? Hans-Jürgen wäre sehr enttäuscht. Immerhin war er dein Betreuer während deines Referendariats«, bedeutet Sabine mit erhobenem Zeigefinger.

»Nein, ich werde natürlich dabei sein«, verspreche ich sogleich. »Ich hatte irgendwie nicht damit gerechnet, dass die Feier noch vor der Klassenfahrt stattfindet. So viele Termine auf einmal ... Ich muss schauen, ob Nina noch mal bei meiner Schwester übernachten kann.«

»Das wird sicher klappen. Deine Tochter ist ein großes Mädchen und versteht bestimmt, dass du einige außerschulische Veranstaltungen nicht schwänzen darfst«, entgegnet Claudia mit einem breiten Grinsen. »Ich freue mich auf jeden Fall schon auf das großartige

Büfett und die Musik! Werner hat zur Feier des Tages sogar einen DJ aus Hamburg organisiert. Also dann, schönen Feierabend.« Die beiden winken mir zu und ich verlasse das Schulgebäude. An meinem Fahrrad angekommen, schicke ich Mona eine Nachricht, um mich nach ihren Plänen fürs Wochenende zu erkundigen.

Mona: Am Wochenende? Ich dachte, ich sollte auf Nina aufpassen, weil du zu einer Party gehst?

Melanie: Du weißt davon?

Mona: Na hör mal, du hast mich bereits vor den Sommerferien darum gebeten, weil dir diese Feier wichtig ist. Ich habe es mir im Kalender notiert. Du weißt, dass ich Termine niemals vergesse.

Erleichtert stecke ich mein Smartphone wieder weg und schließe das Fahrrad auf. Ehe ich aufsteigen kann, klingelt mein Handy. Irritiert nehme ich den Anruf entgegen.

»Melanie! Ich bin ziemlich enttäuscht von dir, meine Liebe«, kommt es von Cindy. Meine Freundin klingt empört, jedoch nicht besonders verärgert.

»Ähm ... hallo«, grüße ich sie. »Was ist denn los?«

»Was los ist? Heute ist Mittwoch«, sagt sie bestimmend, als würde allein diese Tatsache ihren beleidigten Ton rechtfertigen.

»Ich weiß, dass heute Mittwoch ist«, bestätige ich ihr, ohne zu verstehen, worauf sie anspielt.

»Na hör mal.« Sie macht eine kurze Pause, in der ich mir denken kann, dass sie ihre Augen verdreht und sich theatralisch die Hand gegen die Stirn presst. Also warte ich auf eine weitere Erklärung. »Du hast dich nach deinem plötzlichen Abgang am Samstag nicht mehr gemeldet. Diese kurze Nachricht, du wärst im Hotel, kannst du wohl kaum eine plausible Erklärung nennen. Ich weiß genau, dass du mit diesem Typen verschwunden bist, der dich auch hergefahren hat. Leugnen ist zwecklos, meine Liebe. Um mich zu besänftigen, möchte ich jedes schmutzige Detail hören! Außerdem hast du deine Tasche immer noch nicht abgeholt.« Sie kichert ungehalten, und nun ist es an mir, die Augen zu verdrehen. Das Smartphone zwischen Ohr und Schulter geklemmt, schiebe ich mein Fahrrad über den Gehweg in Richtung von Ninas Grundschule.

»Da ist nichts gelaufen«, beteuere ich, denn es ist die Wahrheit. Und auch wenn, dann hätte ich es spätestens nach Roberts Geständnis bereut, ihn berührt zu haben. Schließlich hängt er noch an seiner verstorbenen Frau ...

»Erzähl keine Märchen! Er hat dich umarmt und zu seinem Auto geführt. Für mich sah es so aus, als wäre da etwas zwischen euch.«

Ich seufze tief. »Cindy, zwischen Robert und mir ist nichts, okay. Er ist bloß ein Kollege.« *In den ich mich hoffnungslos verliebt habe.*

»Jammerschade. Ich hätte dir eine neue Liebe gewünscht«, meint sie mit trauriger Stimme. Es entsteht eine kurze Pause zwischen uns, in der ich mein Fahrrad am Ständer vor dem Grundschultor anschließe.

»Ich kann dir deine Klamotten gerne nach Sylt schicken. Aber das ist nicht der Grund, weshalb ich anrufe«, meint Cindy schließlich und nimmt das Gespräch wieder auf. »Eigentlich wollte ich dich fragen, ob du meine Trauzeugin werden willst.«

Wie vom Donner gerührt verharre ich mitten in der Bewegung. »Trauzeugin?! Ich?!«

»Ja!«, quietscht mir Cindy so laut ins Ohr, dass ich mir mein Handy etwas weiter vom Ohr halten muss.

»Aber ... warum gerade ich?«, frage ich total überrumpelt. Diese Geste rührt mich, dennoch wären Samira oder Ramona viel besser dafür geeignet. Schließlich habe *ich* mich jahrelang von meinen Freundinnen abgekapselt ... Nun so eine wichtige Aufgabe zu übernehmen, kommt mir unpassend vor.

»Weil du meine beste Freundin bist. Okay, *warst*. Obwohl wir uns so lange nicht gesehen habe, habe ich Samstag gleich eine Verbindung zu dir gespürt. Als wären wir niemals getrennt gewesen. Deshalb gebe ich dir noch eine Chance.« Sie lacht auf. »Versau es nicht, Mel. Ich wäre enttäuscht, solltest du ablehnen.«

»Ähm ... okay. Danke«, sage ich immer noch perplex. »Dann werde ich deine Trauzeugin.«

»Super! Ich freue mich schon wahnsinnig«, jubelt sie, dann legt sie nach ein paar weiteren Worten auf. Seufzend stecke ich das Handy weg und gehe endlich über den Schulhof, um meine Tochter abzuholen. In der Nähe der Eingangstür treffe ich direkt auf Ninas Klassenlehrerin.

»Hallo, Frau Konrad«, grüßt mich die Frau. »Mit Ihnen habe ich heute nicht mehr gerechnet.«

Irritiert lege ich meine Stirn in Falten. »Nicht? Aber ich wollte Nina abholen. Wie üblich.«

Sofort zeichnet sich Besorgnis auf dem Gesicht der Frau ab. »Ach, herrje. Aber Nina ist gar nicht da. Sie hatte gesagt, sie wollte Ihnen entgegengehen, weil Sie spät dran waren.«

»Was?!«, entfährt es mir. Augenblicklich breitet sich Panik in meinem Inneren aus. »Was heißt, Nina ist nicht da? Ist sie alleine losgegangen? Das macht sie doch sonst nie.« Ich sehe mich nach allen Seiten um, als würde meine Tochter jeden Moment hinter einer Hecke hervorspringen, was natürlich Blödsinn ist. Warum ist sie nur alleine losgelaufen? Das hat sie noch nie gemacht und stets auf mich gewartet, egal, wie lange ich gebraucht habe. Verdammt! Wo könnte sie hingegangen sein?

»Sie war mit einigen Schülern aus ihrer Klasse unterwegs, die die Straße entlanggegangen sind. Zwei Jungs, Manuel und Hannes, die täglich alleine nach Hause gehen, weil sie hier in der Nähe wohnen und ihre Eltern beide berufstätig sind«, erklärt mir ihre Lehrerin, jetzt nun ebenfalls blass um die Nase. »Also habe ich mir nichts dabei gedacht, denn das Gymnasium ist fußläufig nur wenige Minuten entfernt.«

Ich höre der Frau gar nicht mehr zu und wende mich schon zum Gehen. Eilig renne ich über den Schulhof zurück zum Gehweg. Mein Fahrrad lasse ich am Ständer stehen, denn es wäre jetzt nur hinderlich bei der Suche. In meinem Kopf überschlagen sich die Gedanken. Verdammt, wo könnte Nina sein? Ob sie tatsächlich zum Gymnasium gegangen ist? Aber wäre sie mir dann nicht entgegengekommen? Ich sehe die Straße entlang, dann schlage ich erneut den Weg zurück zu meiner Arbeit ein. Hetze dabei über den Gehweg, als wäre der Teufel persönlich hinter mir her. Die Angst um meine Tochter macht mich blind für meine Umgebung, weshalb ich Robert nur im letzten Moment sehe, bevor ich mit voller Wucht gegen seine Seite renne. Mit einem schmerzerfüllten Schrei pralle ich an ihm ab und lande auf dem Hosenboden. Er ist nicht weniger überrascht über diese Attacke, dass er ebenfalls zu spät reagiert und mehrere Schritte zur Seite taumelt.

»Gott, Mel! Du hast mich aber erschreckt!«, entfährt es ihm, dann kommt er wieder zu sich und eilt zu mir. »Alles okay? Hast du dir wehgetan?« Er reicht mir die Hand und hilft mir auf die Beine. Ich erhebe mich mit wackeligen Knien, dann klopfe ich mir den Staub von der Hose. Mein Hintern schmerzt vom heftigen Aufprall, doch ich verdränge ihn direkt wieder. Tränen brennen hinter meinen Lidern, als ich Robert ansehe.

»Nina ...«, presse ich keuchend hervor und hole tief Luft. »Ich wollte sie abholen, aber ... Sie ist weg!« Ein Schluchzen entrinnt meiner Kehle. Beinahe die ganze Woche bin ich Robert aus dem Weg gegangen und nun ist er ausgerechnet derjenige, der mich in dieser schlimmen Situation erwischt. Doch meine Angst um Nina ist größer als die Beklommenheit in Roberts Nähe.

»Was? Ist sie weggelaufen?« Echte Sorge zeichnet sich auf seinem Gesicht ab.

Ich nicke, kämpfe sichtlich mit den Tränen. »Ja. Also, nein ... ich weiß es nicht. Ihre Klassenlehrerin meinte, sie wollte mir entgegengehen, weil ich spät dran war. Dabei waren es doch bloß wenige Minuten, weil mich Sabine an der Tür kurz aufgehalten hat und ich noch von meiner Freundin Cindy angerufen wurde ...«

»Ich werde dir bei der Suche helfen«, sagt Robert und legt mir tröstend den Arm um die Schultern. »Zusammen finden wir sie sicher ganz schnell. Nina kennt sich doch in der Gegend aus, oder? Weit kann sie in der kurzen Zeit nicht gekommen sein.«

»Danke«, murmele ich. Seine Hilfe kann ich wirklich gut gebrauchen.

»Okay. Am besten, du fragst deine Schwester. Vielleicht ist Nina bei ihr im Café? Ich werde mich in der Nähe der Schule umsehen und du gehst runter zum Strand. Danach treffen wir uns wieder hier, okay?«, schlägt Robert vor. Während er bereits den Gehweg entlangläuft, zücke ich schon mein Smartphone und wähle Monas Nummer.

»Hey, Schwesterherz«, grüßt sie gut gelaunt. »Wo drückt der Schuh? Du rufst mich doch sonst nicht um diese Tageszeit an.«

»Ist Nina bei dir?«, frage ich geradeheraus, ohne auf ihre Frage einzugehen.

»Nina? Nein, warum? Wollte sie herkommen?«

»Keine Ahnung. Ich war eben bei ihrer Schule, doch sie ist allein weggegangen. Ich dachte, sie wäre vielleicht bei dir im Café …« Erneut muss ich den Kloß in meinem Hals runterschlucken und mich darauf besinnen, ruhig zu bleiben. Wenn ich jetzt hysterisch werde, hilft das niemandem, am wenigsten meiner Tochter.

»O nein!«, entfährt es Mona. »Ich werde dir sofort bei der Suche helfen, Mel.«

»Schon gut. Robert ist bei mir und gemeinsam suchen wir die Gegend nach Nina ab. Es gibt nicht viele Orte, die sie zu Fuß so schnell erreicht haben könnte. Halt bitte die Augen auf und ruf mich an, falls Nina doch noch bei dir auftauchen sollte, okay?«

Mona verspricht mir, direkt Bescheid zu geben und ich lege auf, stecke mein Handy wieder weg und fahre mir mit beiden Händen durchs Haar. Dann atme ich tief ein und renne um das Schulgebäude herum die Straße entlang in Richtung Strand. Der Kiesweg führt mich an den Dünen entlang. Heute achte ich nicht auf die Schönheit der Natur, die ich bei jedem Spaziergang stets bewundere, sondern laufe über den Holzsteg runter zum Ufer. Das Wasser hat sich zurückgezogen, ich erkenne einige Touristen draußen im Watt. Ob Nina ebenfalls hinausgegangen ist? Sie liebt es, durch das Watt zu rennen, weil der Matsch so schön in alle Richtungen spritzt, wenn sie durch die einzelnen Pfützen hüpft. Aber bei diesem Wetter würde sie niemals ohne ihre Gummistiefel und schon gar nicht ohne meine Begleitung hineingehen.

»Nina! Nina!«, rufe ich ihren Namen, blicke mich immer wieder nach allen Seiten um, während ich am Ufer entlangrenne. Der feuchte Sand dämpft meine Schritte und es fällt mir schwer, ein schnelles Tempo beizubehalten. Am Strand ist nicht viel los, dennoch werden einige Besucher auf mich aufmerksam.

»Haben Sie ein kleines Mädchen gesehen? Blonde Haare und eine grüne Regenjacke?«, frage ich einen älteren Herrn, der mit seinem Hund spazieren geht. Er schüttelt mitleidig den Kopf und ich renne weiter. Der kalte Wind peitscht mir ins Gesicht und treibt mir die Tränen in die Augen. Je öfter ich Ninas Namen rufe, desto krächzender wird meine Stimme. In meiner Panik überhöre ich beinahe das Klingeln meines Handys.

»Ja?«, schreie ich fast hinein, weil ich ziemlich durcheinander bin.

»Hey, hast du sie gefunden?«, fragt mich Robert, und meine Zuversicht sinkt ins Bodenlose. Dann ist er längst wieder am Treffpunkt – erfolglos.

»Nein«, presse ich atemlos hervor. Meine Stimme bebt, sodass ich mich nur noch schwer zusammenreißen kann. Die Angst um meine Tochter macht mich wahnsinnig. Ich verlangsame meine Schritte und drücke mir das Handy fester ans Ohr, um Robert wegen des starken Windes besser hören zu können.

»Okay. Jetzt atme erst mal tief durch«, fordert er mich auf und ich folge seiner Anweisung nach kurzem Zögern. »Und jetzt denk noch mal nach, wohin sie gegangen sein könnte. Vielleicht zu einer Freundin, die in der Nähe wohnt?«

»Nein, das würde sie nicht ohne meine Zustimmung tun ...« Ein Schluchzen kämpft sich meine Kehle hinauf, lässt mich husten.

»Hast du eine Idee, was sie vorhatte? Hat Nina heute Morgen etwas erwähnt?«

In meinem Hirn arbeitet es. Natürlich!

»Weststrand!«, rufe ich ins Handy.

»Was?«

»Nina muss dort sein«, wiederhole ich meine Vermutung. »Wir wollten heute nach der Schule oben am Deich gemeinsam ihren Drachen steigen lassen.«

»Kennt Nina den Weg?«, erkundigt sich Robert, deutlich beherrschter als ich.

»Ja, dorthin fahren wir oft mit dem Fahrrad, wenn das Wetter gut ist«, erkläre ich ihm und beende das Gespräch augenblicklich. Dann renne ich die Kurpromenade entlang immer weiter zur anderen Seite, bis ich den Weststrand erreiche. Von Weitem sehe ich schon die hölzerne Treppe, die den Deich hinaufführt. Mühsam erklimme ich den Aufstieg, nehme immer zwei Stufen auf einmal. Der Weg ist lang und führt stetig hinauf auf den Deich.

»Nina! Nina, wo bist du?«, rufe ich, so laut ich kann, sehe mich immer wieder um und haste weiter über die Holzplanken. Plötzlich sehe ich eine kleine Gestalt zwischen dem hohen Schilf kauern. Mein Herzschlag beschleunigt sich und ich werde schneller. Das muss sie sein!

»Nina!« Endlich nähere ich mich ihr und tatsächlich ist es meine Tochter, die den Kopf in meine Richtung dreht. Als sie mich erkennt, kommt sie sofort auf die Beine und rennt mir entgegen.

»Mama!« Sie springt mir in die Arme und reißt mich beinahe von den Beinen. Tränen der Erleichterung lösen sich aus meinen Augen, als ich vor ihr in die Hocke gehe und die Kleine fest an mich drücke. Auch Nina schluchzt laut auf, sodass ich sie noch stärker umarme.

»Gott, hast du mir einen Schrecken eingejagt, mein Schatz«, flüstere ich in ihr Ohr und streichele ihr durchs weiche Haar. »Mach das bloß nie wieder, hörst du?« Am liebsten will ich sie nicht mehr loslassen, damit so etwas wie heute niemals wieder passiert. Langsam versiegen meine Tränen, denn ich bin froh, meine Tochter wohlbehalten zurückzuhaben.

»Es tut mir so leid, Mama. Ich wollte doch gar nicht weggehen. Aber ich habe auf dich gewartet. Und da waren Hannes und Manuel, sie wollten mich eigentlich zu

deiner Schule begleiten, weil ich dich überraschen
wollte. Aber sie haben mich geärgert und ich bin weggelaufen. Dann wusste ich plötzlich nicht mehr, wohin.
Eine ältere Dame hat mich hierhergebracht. Sie hatte
einen kleinen Pudel namens Goldie dabei und –« Die
Worte sprudeln nur so aus Nina heraus und ich verstehe kein Wort, doch das ist jetzt nicht wichtig. Haupt-
sache, ihr ist nichts passiert, alles andere ist nebensäch-
lich.

Langsam erhebe ich mich wieder und nehme Nina
auf den Arm, die sich sofort an mich klammert. Diese
Geste rührt mich, weil sie mich an ihre Kleinkindzeit
erinnert. Immer, wenn Nina vor etwas oder jemandem
Angst hatte, schlang sie ihre Arme ganz fest um meinen
Hals und presste ihr Gesicht in meine Halsbeuge, so wie
sie es jetzt tut. In meiner grenzenlosen Erleichterung
spüre ich die Arme, die sich von hinten um mich legen,
viel zu spät, um dieser Berührung auszuweichen. Und
wenn ich es mir eingestehen müsste, wollte ich das
auch gar nicht. Denn es ist Robert, der Nina und mich
in eine Umarmung zieht, als wäre es das Selbstver-
ständlichste der Welt. Und so fühlt es sich auch an. Als
gehörten wir drei zusammen. Ich drehe leicht meinen
Kopf und lächele meinen Kollegen dankbar an, der
mein Lächeln ebenfalls erwidert. Eine ganze Weile stehen wir oben auf dem Deich, ohne uns zu rühren. Ich
genieße die Wärme der beiden Menschen, die für mich
am wichtigsten sind. Meine Tochter, mein Ein und Alles. Und der Mann, für den mein Herz höherschlägt.

Kapitel 10

Später sitzen wir gemeinsam an einem Tisch in Monas Café und essen süßen Apfelkuchen. Nina hat aufgehört zu weinen und auch ich habe mich weitestgehend beruhigt.

»Na zum Glück ist es noch mal gut gegangen, junges Fräulein«, rügt Mona ihre Nichte, sieht jedoch mit einem milden Lächeln auf Nina herab, während sie einen zweiten Becher mit heißer Schokolade vor sie stellt. »Auf diesen Schock brauchen wir alle Zucker, ganz klar!«

»Es tut mir leid«, murmelt Nina kleinlaut und senkt schuldbewusst ihren Kopf.

»Mach dir keine Vorwürfe, Prinzessin«, tröstet sie Robert und legt kurz die Hand auf ihre Schulter. »Wir haben dich Gott sei Dank schnell gefunden. Es war schlau von dir, zum Deich zu gehen, wo du mit deiner Mutter verabredet warst.«

»Leider konnten wir den Drachen nicht mehr steigen lassen«, meint Nina mit einem traurigen Blick zu mir. Lächelnd greife ich über den Tisch nach ihrer Hand und drücke sie fest.

»Das holen wir nach«, verspreche ich ihr. »Aber, warum hast du nicht noch einen Moment länger auf mich gewartet? Du weißt doch, dass ich dich immer abholen komme.«

»Ich dachte, es wäre eine gute Idee, wenn ich einmal dich abholen komme. Zufällig habe ich Hannes reden gehört, dass seine große Schwester auf das Gymnasium geht. Also habe ich ihn gefragt, ob er mich hinbringen könnte, weil ich mir nicht sicher wegen des Wegs war. Natürlich haben er und sein Freund Manuel zugestimmt. Also bin ich mit ihnen gegangen. Doch nach ein paar Minuten haben sie sich laut darüber lustig gemacht, dass du mich vergessen hast und –« Sie stockt kurz, holt tief Luft. »Und weil ich keinen Vater habe, der sich um mich kümmert, ganz alleine bleiben würde. Ich bin wütend geworden und habe ihm gegen das Schienbein getreten. Dann bin ich weggelaufen, weil ich Angst bekommen habe. Plötzlich wusste ich nicht mehr, wo ich war. Bis mir eine Frau geholfen hat.«

»Das war aber sehr nett von ihr«, merkt Mona an, die sich ebenfalls zu uns an den Tisch gesetzt hat. Nina nickt und ein Lächeln erhellt ihr Gesicht.

»Ja, sie war sehr nett. Und sie hatte einen Pudel dabei, den durfte ich sogar an der Leine führen, während wir zum Deich gegangen sind.«

Robert hört schweigend zu, nippt dabei ab und zu an seinem Kaffee. Es ist seltsam, dass er wie selbstverständlich in unserer trauten Familienrunde sitzt, als würde er zu uns gehören. Zumindest mein Herz freut sich über seine Anwesenheit, während mein Verstand lautstark protestiert. Es bringt nichts, länger an meinen Gefühlen für ihn festzuhalten, wenn ich ihn doch nicht haben kann. Robert hängt an seiner Frau. Daran werden weder ich noch Nina oder sonst irgendjemand in absehbarer Zeit etwas ändern können. Vielleicht reicht es, wenn wir Freunde sind? Vermutlich sieht er mich als eine Freundin, der er unter die Arme greifen muss, weil sie mit ihrem Leben nicht zurechtkommt. Wie ein Schutzengel ... Denn wäre er heute nicht dagewesen, ich wäre mit der Situation und meiner Angst völlig überfordert.

»Weißt du, Nina ...«, durchbricht Robert die Stille, die zwischen uns entstanden ist. »Du brauchst keinen Vater, der sich um dich kümmert. Denn du hast jemand viel Besseren.«

Überrascht hebt Nina den Kopf. »Wen denn?«, fragt sie neugierig.

Robert grinst breit, beugt sich ein Stück zu ihr vor und flüstert ihr etwas ins Ohr, das laut genug für uns alle ist.

»Du hast mich. Und Sherlock. Der kleine Kerl sieht zwar nicht so aus, aber er ist eine richtige Kämpfernatur. Wenn dich jemand ärgert, dann musst du nur nach Sherlock rufen, und er wird denjenigen mit seinem Gekläffe verscheuchen.«

Meine Tochter kichert und auch ich kann ein Grinsen kaum unterdrücken.

»Danke«, sage ich zu Robert. Ich kann meine Dankbarkeit gar nicht richtig in Worte fassen. Wie rührend er sich stets um Nina kümmert ...

Mona grinst breit und wackelt vielsagend mit den Augenbrauen.

»Schicksal, sag ich doch«, meint sie verschwörerisch.

»Ach, hör doch auf!«, entgegne ich mit roten Wangen und gebe ihr einen Klaps auf den Oberarm. Lachend erhebt sich Mona und verschwindet wieder zurück hinter den Verkaufstresen, um neuen Kaffee zu machen. Robert sieht ihr überrascht hinterher.

»Schicksal?«, fragt er irritiert.

»Ach, vergiss sie. Das ist nur so ein blöder Witz von ihr«, winke ich schnell ab und stopfe mir das letzte Stück Apfelkuchen in den Mund, damit ich nicht mehr reden muss. Früher habe ich vielleicht ans Schicksal geglaubt, jetzt bin ich jedoch erwachsen und aufgeklärt. Aus den Fehlern meiner Vergangenheit habe ich gelernt. Noch so ein Liebeschaos wie mit Peter brauche ich wirklich nicht.

»Also, wir werden jetzt gehen. Nina sollte sich noch um ihre Hausaufgaben kümmern«, verkünde ich und erhebe mich bereits. Sofort springt Nina von ihrem Platz auf.

»In Ordnung. Wir sehen uns morgen, Mel.« Er steht auf und tritt dicht an mich heran, bevor ich eine Chance habe, vor ihm zu flüchten. »Und ich bin froh, dass wir wieder miteinander reden«, raunt er mir ins Ohr, ehe ich mich abwenden kann. Zu mehr als einem kurzen Nicken bin ich nicht in der Lage, bevor ich gemeinsam mit Nina das Strandcafé verlasse.

***

Und schon wieder stehe ich hübsch zurechtgemacht auf einer Party und nippe an meinem Champagner. Für die Verabschiedung von Hans-Jürgen gibt es natürlich nur das Beste. Da war billiger Sekt nicht gut genug. Der Saal, den Werner für die Feier angemietet hat, ist recht überschaubar und die wenigen Gäste alles Kollegen mit ihren Partnern. Eine sehr familiäre Feier, so wie es sich Hans-Jürgen gewünscht hat.

»Netter Anzug«, bemerke ich, als sich Robert mit seinem Getränk neben mich stellt.

»Nettes Kleid«, entgegnet er schmunzelnd.

»Danke.« Tatsächlich habe ich mich für diesen Anlass herausgeputzt, was für mich untypisch ist. Normalerweise trage ich die schlichten Kleider, die ich auch im Sommer während des Unterrichts anhatte. Doch für den heutigen Anlass war ich extra mit Mona shoppen, die mich zu diesem Abendkleid regelrecht genötigt hat. Es besteht aus dunkelrotem Satin und schmiegt sich so eng wie eine zweite Haut an meinen Körper. Ohne jedoch aufreizend zu wirken, betont es meine Figur an genau den richtigen Stellen. Mein Make-up ist ebenfalls auffälliger, denn tatsächlich hatte ich große Lust, mich für heute hübsch zu machen. Natürlich liegt es nicht an der Tatsache, dass ich einen freien Freitagabend mit Robert verbringe. Es ist eine Party von der Arbeit und ein würdiger Anlass, um sich zurechtzumachen.

Ich werfe Robert einen Seitenblick zu, während er neugierig die Anwesenden mustert. Für ihn ist alles noch neu, dann er kennt die Kollegen bisher nicht so gut wie ich, dasselbe gilt auch für deren Partner.

»Schau dir mal Claudias Ehemann an. Der Kerl ist gut 10 Jahre älter, dennoch sind die beiden ein Herz und eine Seele«, erzähle ich ihm und deute auf einen untersetzten kahlköpfigen Mann, der sich lachend mit Werner unterhält. Unsere Kollegin Claudia steht mit einem Teller Häppchen in der Hand neben ihm und lauscht angeregt dem Gespräch der beiden Männer.

Robert zupft an seiner Krawatte, wirkt auf einmal verlegen.

»So eine Beziehung ist bewundernswert«, murmelt er vor sich hin und nimmt einen tiefen Schluck von seinem Champagner. Okay, für ihn muss es unangenehm sein, als Single auf dieser Feier aufzutauchen. Schließlich ist fast jeder im Saal hier verheiratet oder hat einen Partner dabei. Außer uns beiden. Mist, könnte das als Date durchgehen? Bevor sich dieser Gedanke in meinem Kopf manifestieren kann, tritt glücklicherweise Hans-Jürgen an das Mikrofon am Rednerpult vorne im Saal.

»Meine lieben Freunde und Kollegen. Ich freue mich sehr, diesen netten Abend in trauter Runde verbringen zu können. In meiner langen Laufbahn als Lehrer an diesem Gymnasium habe ich viele wunderbare Menschen kommen und gehen gesehen ...«

Während seiner Ansprache schweifen meine Gedanken ab, denn ich kann mich nur wenig auf seine Worte konzentrieren. Vielmehr ist da Roberts Nähe, die ich plötzlich intensiver wahrnehme als sonst. Wir sind tatsächlich die einzigen hier, die alleine gekommen sind ... Ob das ein Trick war? Haben Hans-Jürgen und die anderen darauf bestanden, keine Außenstehenden einzuladen, um uns zu verkuppeln? Ach, das ist doch Blödsinn! Ich fantasiere mir etwas zusammen!

Dennoch lässt mich dieser Gedanke nicht los, je länger ich meinem pensionierten Kollegen zuhöre, der über den Zusammenhalt der vergangenen Jahre sinniert. Kurzerhand kippe ich den Inhalt meiner Champagnerflöte hinunter und greife so unvermittelt nach Roberts Hand, dass dieser regelrecht zusammenzuckt.

»Komm mit«, sage ich auf seine stumme Frage hin und ziehe ihn hinter mir her aus dem Hauptsaal zum aufgebauten Büfett im Foyer. Zwar sind die Anwesenden alles Kollegen, mit denen ich gerne an der Schule zusammenarbeite, trotzdem ertrage ich gerade den Anblick von glücklichen Pärchen nicht besonders gut, was von meiner unerwarteten Begegnung mit Peter vergangenes Wochenende herrührt. Obwohl ich dachte, ich hätte den Vorfall und seine Beschuldigungen längst vergessen, sitzt der Schmerz über seine Worte immer noch tief. Dieser Kerl hat noch nach so vielen Jahren Einfluss auf mein Leben, was mich mehr als nur frustriert. Ich bin regelrecht wütend auf mich selbst, weil er mich so sehr beeinflusst.

»Hast du Hunger?«, fragt Robert mit hochgezogenen Augenbrauen, während ich mit einem Teller bewaffnet um das üppige Büfett herumgehe und jede Menge verschiedener Häppchen drauflade. Diese reichhaltige Auswahl werde ich vermutlich nie im Leben aufessen, dennoch sieht alles so köstlich aus. Beinahe aggressiv befördere ich den Salatlöffel zurück in die Schüssel vor mir, sodass etwas von dem Dressing zur Seite auf die weiße Tischdecke spritzt.

»Mel, ist alles in Ordnung mit dir?«

»Natürlich ist alles in Ordnung«, entgegne ich schärfer als beabsichtigt und lade noch eine große Portion von dem Kartoffelsalat auf meinen Teller, bis auf diesem kein Platz mehr ist. Dann stelle ich mich an einen freien Stehtisch und beginne zu essen.

»Du willst nichts?«, frage ich kauend und betrachte meinen Kollegen, der mich irritiert mustert. Robert schüttelt langsam den Kopf, dann tritt er nah an mich heran und legt seine Hand sacht auf meinen Oberarm. Augenblicklich ziehe ich scharf die Luft ein, verschlucke mich dabei beinahe an einem Salatblatt und kann ein unattraktives Würgen gerade noch so vermeiden. Die Wärme seiner Handfläche dringt durch den dünnen Stoff meines Kleides. Obwohl draußen bereits kühle Temperaturen herrschen, steigt Hitze in mir auf. Mir läuft ein warmer Schauder über den Rücken und eine Gänsehaut breitet sich auf meinen Armen aus. Unwillkürlich erschaudere ich. Um nicht zu sprechen, weil ich vermutlich eh nichts Sinnvolles herausbringen würde, stopfe ich mir ein Häppchen komplett in den Mund. Es muss am Champagner liegen, den ich auf leeren Magen in einem Zug hinuntergekippt habe, dass ich mich jetzt so seltsam in seiner Nähe fühle. Anders kann und will ich es mir nicht erklären.

»Melanie?«, fragt Robert leise, nähert sich dabei meinem Gesicht noch ein Stück. »Ich merke doch, dass etwas nicht stimmt. Du weichst aus.«

Verdammt, warum muss dieser Kerl immer recht haben? Als könnte er in mir lesen wie in einem offenen Buch. Mühsam schlucke ich das Häppchen hinunter und wende mich ihm zu. Unsere Blicke treffen sich und ich versinke für den Bruchteil einer Sekunde in dem warmen Braun seiner Augen. Die einzelnen Locken, die ihm dabei in die Stirn fallen, sehen so weich aus, dass ich gerne mit den Fingern hindurchstreichen würde. Ein tiefes Seufzen entfährt mir und ich senke den Kopf,

weil ich seinem eindringlichen Blick kaum noch standhalten kann.

»Weißt du, eigentlich habe ich mich auf diese Feier
gefreut. Hans-Jürgen hat einen würdigen Abschied verdient und ich sollte mich wahrhaftig nicht so verhalten, aber –« Ich breche ab, schlucke, kämpfe das Gefühl
von Frust nieder, das in mir aufsteigt. »Aber ich kann
mich nicht amüsieren, wenn ich so viele glückliche
Pärchen sehe. Klar, es sind Kollegen, und viele von
ihnen zählen auch zu meinen Freunden, deshalb ist Eifersucht fehl am Platz. Dennoch kann ich nicht verhindern, dass ich mich so fühle. Mir steckt die Begegnung
mit Peter vergangenes Wochenende noch in den Knochen ...«

Einen Augenblick lang ist es still, doch dann spüre ich
seine Finger an meiner Wange. Diese zarte Berührung
ist so elektrisierend, dass ich erneut erschaudere.

»Du solltest dir nicht den Kopf über Dinge zerbrechen, die in der Vergangenheit liegen«, sagt er mit fester Stimme. Wie kann er so etwas sagen, obwohl auch
er sicherlich noch oft genug an seine Frau denken muss
...? Ich hatte Peter fast vergessen, bis wir uns gesehen
und er die Wunde in meinem Herzen wieder aufgerissen hat. Doch für Robert muss es deutlich schlimmer
gewesen sein, mir sein Geheimnis anzuvertrauen ...
Also warum tut er so, als wäre das alles nicht von Bedeutung?

»Das hier ist eine Party, oder?« Er grinst breit, dann
trennt er die Verbindung zwischen uns, was ich mit einem enttäuschten Brummen kommentiere, und
nimmt eins der Häppchen von meinem vollgeladenen
Teller. »Wir sollten uns amüsieren, statt frustriert zu
sein, okay? Außerdem bist du gar nicht alleine hier,
sondern in meiner Begleitung.«

Er beißt genüsslich in das Häppchen, während ich ihn
perplex anstarre. Seine Worte sorgen für neuerliches

Herzklopfen. Ich fixiere seine Lippen, während er kaut und den Bissen hinunterschluckt. Dann greift er unvermittelt nach meiner Hand.

»Also sollten wir jetzt genau das tun, wofür wir hergekommen sind: uns amüsieren! Komm, lass uns endlich tanzen, Mel. Dieser Song ist einer meiner Lieblingslieder.«

Jetzt erst nehme ich das Intro von *Eye of the Tiger* wahr, das hier im Nebenraum nur gedämpft an mein Ohr dringt. Viel zu überrumpelt von Roberts Reaktion, lasse ich mich widerstandslos von ihm in den Saal führen, in dem die anderen Gäste bereits zur lauten Partymusik tanzen. Ich entdecke sogar Hans-Jürgen, wie er mit seiner Frau einen flotten Foxtrott aufs Parkett legt. Lachend umfasse ich Roberts ausgestreckte Hand und lasse mich von ihm zum Takt der Musik führen. Tatsächlich vergesse ich meine trüben Gedanken schnell beim ausgelassenen Tanzen und bald habe ich sogar richtig Spaß daran. Mein Kollege grinst immer wieder, wenn einer der anderen Lehrer wild jubelnd an uns vorbeitanzt oder er mich im Kreis dreht, sodass mein Rock sich aufbauscht. Zu den Songs der Achtziger und Neunziger, die der DJ speziell auf Wunsch des Gastgebers auflegt, bewege ich mich wie wild auf der Tanzfläche, sodass ich schon bald ins Schwitzen gerate.

»Robert. Melanie. Lasst uns zusammen anstoßen«, kommt es von Sabine, dir mir ihren Arm um die Schulter legt. Gemeinsam wanken wir zur Bar unweit der Tanzfläche, wo jemand vom Catering Champagner nachschenkt und Cocktails mixt.

»Ich nehme ein Wasser«, sage ich zu dem Mann, doch Sabine stößt mir lachend den Ellbogen in die Seite.

»Tequila für uns drei«, korrigiert sie die Bestellung. Skeptisch hebe ich die Augenbrauen, doch Robert zuckt nur mit den Schultern.

»Einer wird schon nicht schaden«, meint er dann und greift bereits nach dem Shot. Aus dem einen Drink werden schnell fünf, bis ich kichernd zurück auf die Tanzfläche torkele. Dieses Mal zusammen mit Sabine, zu der sich auch noch Claudia und unser Praktikant Tobias gesellen. Gemeinsam tanzen wir im Kreis zu einem Song von *U2*. Ich merke gar nicht, wie die Zeit verfliegt. Aus dem Augenwinkel sehe ich, wie Robert mit einem Bier in der Hand bei Werner und einigen anderen Kollegen an der Bar steht. Ab und zu begegnen sich unsere Blicke und ich lächele ihn sogar offensiv an, vom Alkohol in meinem Blut beflügelt. Jedes Mal erwidert er mein Lächeln, was meinen Bauch angenehm kribbeln lässt. Irgendwann verschwindet er jedoch aus meinem Blickfeld. Weil ich von meinen Kolleginnen belagert werde, verdränge ich den Gedanken an Robert und amüsiere mich auf der Party. Lange schon hatte ich nicht mehr solchen Spaß.

Als sich die anderen langsam zerstreuen und zur Bar oder zum Büfett gehen, beschließe ich, etwas frische Luft zu schnappen. Mir rauscht das Blut in den Ohren und mein Puls rast vom wilden Tanzen. Außerdem schwanke ich bedrohlich wegen des Tequilas in meinem Kreislauf, von dem ich im Laufe des Abends noch einige zusammen mit Sabine und den anderen getrunken habe. Beim Tanzen habe ich nichts davon gespürt, doch nun macht sich der Alkohol bemerkbar. Vor meinen Augen dreht sich alles, sodass ich nur noch langsam einen Fuß vor den anderen setze, um in meinen High Heels nicht zu stolpern. Mühsam kämpfe ich mich über die Treppenstufen nach draußen auf die Veranda.

Eine kühle Meeresbrise weht mir entgegen und lässt mich augenblicklich frösteln. Ich atme die salzige Luft ein und lasse meinen Blick durch die Nacht in die Ferne gleiten. Diese Location wurde von Werner sehr gut gewählt, denn das Gebäude liegt zwischen den Dünen in der Nähe der Strandpromenade. Von hier kann man am Tag einen schönen Ausblick aufs Wasser genießen, und bei Nacht den klaren Sternenhimmel. Ich hebe den Kopf und betrachte die funkelnden Sterne über mir, lehne mich weiter über das Geländer, das die Veranda umschließt, und strecke den Rücken nach hinten durch, um einen besseren Blick zu haben.

»Pass auf, dass du nicht hintüber in den Sand fällst«, höre ich eine tiefe Männerstimme dicht neben mir. Sogleich richte ich mich auf, strauchele und klammere meine Hände fester um das Geländer. Natürlich ist es Robert, der sich zu mir gesellt hat. In einer Hand hält er eine Zigarette, mit der anderen stützt er sich am Geländer ab. Ich rümpfe die Nase.

»Muss das sein?«, frage ich patzig und deute mit einem Nicken auf die Kippe in seiner Hand, die er zum Mund führt. Er nimmt einen tiefen Zug, dann lässt er den Qualm entweichen. »Es riecht ekelhaft.«

Mit einem verschmitzten Lächeln schnippt er die Zigarette auf den Boden und drückt sie mit seinem Fuß aus.

»Besser so?«

Nickend krame ich in meiner Handtasche, die in meiner Armbeuge baumelt, und gebe ihm einen Kaugummi. Schmunzelnd steckt er ihn sich in den Mund. Wie gebannt starre ich auf seine Lippen und beobachte die leichten Kaubewegungen. Verdammt, Robert sieht dabei echt sexy aus. Nein, das ist eine Lüge: Er sieht *immer* sexy aus. Ob er nun Shorts mit Flipflops oder einen eleganten Anzug wie jetzt trägt.

Robert grinst immer noch und beobachtet mich genau, was mich zunehmend nervös macht. Sogleich schnellt mein Puls in die Höhe, sorgt dafür, dass ich jeden rationalen Gedanken aus meinem Hirn vertreibe.

Der Alkohol in meinem Blut sorgt dafür, dass ich mich nur noch schwer zurückhalten kann. Also gebe ich dem Drängen meines Körpers endlich nach, umfasse das Revers seines Jacketts und presse meinen Mund auf seinen. Ehe ich mich jedoch peinlich berührt wieder zurückziehen kann, legt Robert seine Arme um meine Taille und zieht mich näher an sich heran.

»*Das* wollte ich schon die ganze Zeit tun«, raunt er an meine Lippen, bevor er den Kuss vertieft. »Seitdem du in meiner Wohnung übernachtet hast ...«

Bei diesem Geständnis bleibt mir die Luft weg. Sogleich überschlagen sich die Gedanken in meinem Kopf, die ich jedoch kaum fassen kann, weil mich seine Zunge in meinem Mund ganz verrückt macht.

»Verdammt, wir sollten das nicht tun«, brummt er zwischen zwei Küssen.

»Du hast recht«, hauche ich, die Augen halb geschlossen. Und obwohl mein Verstand mir sagt, dass das hier mit Robert eine wirklich schlechte Idee ist, küsse ich ihn erneut. Statt mich zurückzuweisen, erwidert er meinen Kuss leidenschaftlich, ohne daran zu denken, aufzuhören.

***

Keine Ahnung, wie wir es zu seinem Haus geschafft haben, doch tatsächlich finde ich mich in seinem Flur wieder, mit dem Rücken gegen die Wand gepresst. Seine heißen Küsse rauben mir den letzten Funken Verstand, sodass ich gar nicht mehr über mein Handeln nachdenke, sondern mich einfach in die Umarmung fallen lasse. Die wilde Knutscherei lässt mich ganz benommen zurück.

Roberts Lippen liebkosen meinen Hals, während seine Hände immer wieder meine Seiten entlangstreichen. Knapp unterhalb meiner Brüste verharren seine

Finger und er dreht mich sacht, dirigiert mich dabei rückwärts durch den Flur, vermutlich in sein Schlafzimmer. Erst, als ich die Bettkante in den Kniekehlen spüre, lösen sich seine Lippen von meinem Mund. Wir sehen uns lange an, versinken im Blick des jeweils anderen. Die zahlreichen Fragen, die mir auf den Lippen brennen, schlucke ich hinunter, denn ich will diesen Moment nicht mit Reden vergeuden. Wer weiß, ob wir beide nicht spätestens morgen früh bereuen werden, was gerade passiert. Doch heute will ich jede Minute mit ihm auskosten.

Weil er immer noch unschlüssig wartet, ergreife ich die Initiative und zerre ihm das Jackett von den breiten Schultern. Anschließend löse ich seine Krawatte und öffne die ersten Knöpfe seines Hemdes. Robert fackelt nicht lange, sondern zieht sich das Hemd kurzerhand über den Kopf, statt es mühsam aufzuknöpfen. Andächtig lasse ich meine Fingerspitzen über seine Brust hinab zu seinem Bauch wandern. Er ist wirklich gut gebaut. Nicht übermäßig trainiert, trotzdem kann ich den Ansatz eines Sixpacks ertasten. Abermals küssen wir uns, dieses Mal jedoch langsam und intensiv. Der Geschmack von Alkohol, vermischt mit Zigarettenrauch und einem Hauch Minze, breitet sich auf meiner Zunge aus, und ich muss feststellen, dass es mir gefällt. Unser inniger Kuss erregt mich, entfacht ein Feuer in meinem Inneren, das ich längst erloschen glaubte. Ich erschaudere, als seine Finger über meine Wirbelsäule streichen und langsam den Reißverschluss meines Kleides aufziehen. Dann schiebt er mir vorsichtig die Ärmel über die Schultern und ich schlüpfe aus dem Kleid, das an meinem Körper zu Boden rutscht.

Weil mir sein Blick peinlich ist, verwickele ich ihn meinerseits in einen langen Kuss, während ich bereits seine Hose öffne. Immerhin ist es nicht fair, wenn nur ich bloß in Unterwäsche vor ihm stehe. Als auch er sich endlich seiner Hose entledigt hat, drängt er mich rückwärts aufs Bett. Ich sinke auf die weiche Matratze, ziehe ihn dabei mit mir. Mir schlägt das Herz bis zum Hals, als ich sein Gewicht auf mir spüre. Automatisch spreize ich beide Schenkel, damit er besser über mir knien kann. Erneut treffen sich unsere Lippen.

»Hast du ... ein Kondom?«, presse ich atemlos hervor, unterbreche dafür unseren intensiven Kuss. Robert blinzelt zweimal, dann tritt Erkenntnis in sein Gesicht.

»Oh«, entfährt es ihm leise. Oh? Heißt das etwa, er hat nicht ...? Sogleich richtet er sich auf, verlässt seine kniende Position über mir und sieht sich suchend in seinem dämmrigen Schlafzimmer um. Irgendwie hatte ich gedacht, ein Mann wie er wäre für so eine Situation vorbereitet. Heißt das, er hatte schon länger keinen Sex oder wollte keinen haben? Sogleich erinnere ich mich wieder an seinen Gesichtsausdruck, als er über Nele gesprochen hatte, und mir wird die Brust eng. Meine Erregung flaut ab. Hätte er sich nicht auf mich eingelassen, wenn ich ihm nicht um den Hals gefallen wäre? Unsicherheit breitet sich in mir aus, ich presse die Knie fest gegeneinander und versuche, meine schwere Atmung unter Kontrolle zu bringen.

Robert zerrt so schwungvoll die Schublade seines Nachttisches auf, dass ich schon fürchte, er könnte sie herausreißen. Seine Augen scannen den Inhalt und ich erkenne Besorgnis in seinem Blick.

»Ähm ... was ist? Wir müssen nicht –«

»Warte!«, unterbricht er mich und klettert vom Bett. Dann klaubt er seine Anzughose vom Boden auf und kramt sein Portemonnaie aus der Gesäßtasche. Einen Moment kramt er darin herum, zieht einige Karten und Papierschnipsel heraus, die er achtlos auf den Boden gleiten lässt, bis er endlich fündig wird.

»Wusste doch, dass es immer noch da drin ist«, murmelt er und dreht sich zu mir um, ein Kondomtütchen zwischen den Fingern. Erleichtert seufze ich und sinke zurück ins weiche Kissen. Für einen Augenblick habe ich wirklich geglaubt, es könnte peinlich werden, indem er mich zurückweist, weil er es sich mangels Verhütungsmittel anders überlegt. Ich selbst bin in dieser Hinsicht jedoch genauso unvorbereitet, denn seit Ninas Geburt gab es keinen Mann, den ich so nah an mich herangelassen habe.

Kichernd halte ich mir die Hand vor den Mund, als er wieder zu mir aufs Bett steigt.

»Dachte, das machen nur Teenager so«, entgegne ich amüsiert, während er das Kondomtütchen aufreißt. Ich kann mich noch zu gut an meine Schulzeit erinnern, als die Jungs damit angegeben haben, stets Kondome in ihren Brieftaschen dabeizuhaben. Robert grinst schief.

»Nun, zumindest rettet diese alte Masche den heutigen Abend.« Wieder küssen wir uns und sofort kehrt das Verlangen zurück. Beinahe schon übermütig entledigen wir uns der Unterwäsche, denn wir können es scheinbar beide nicht erwarten, endlich miteinander zu schlafen.

In seinen Armen wische ich alle meine Bedenken und Sorgen beiseite, denn in diesem Augenblick haben sie keinen Platz neben all den Gefühlen, die unsere Verbindung in mir auslöst. Ich lasse mich fallen, genieße nur noch seine Berührungen und Küsse auf meiner Haut. Diese Nacht gehört uns. Heute Nacht sind wir keine Kollegen, keine Freunde. Wir sind bloß zwei einsame Seelen, die die Nähe des jeweils anderen brauchen.

***

Nach der feurigen Leidenschaft kommt die Ernüchterung. Verdammt! Was zur Hölle habe ich bloß getan? Nach dieser Nacht werde ich Robert nicht mehr ins Gesicht sehen können, geschweige denn mit ihm auf Klassenfahrt gehen! Scheiße, ein One-Night-Stand mit einem Kollegen hat mir gerade noch gefehlt. Vor allem mit einem, in den ich Hals über Kopf verknallt bin! Gott, Robert darf nichts von meinen Gefühlen erfahren. Vermutlich bereut er es jetzt schon, sich auf mich eingelassen zu haben.

Stöhnend schlage ich mir die Hände vors Gesicht. *Das war eine Vollkatastrophe, Melanie. Was hast du dir nur dabei gedacht?* Mit einem tiefen Seufzen lasse ich mich zurück auf die Matratze fallen. Zum Glück bringt Mona meine Tochter erst gegen Nachmittag nach Hause, sodass ich wenigstens etwas Zeit habe, meinen Kater auszukurieren. Denn sobald ich nach einem kurzen Schläfchen erwacht bin, haben sich stechende Kopfschmerzen gemeldet. Vorsichtig drehe ich mich zur Seite und starre auf Roberts breiten Rücken. Er hat sich auf die Seite gedreht und scheint tief zu schlafen. Leises Schnarchen dringt an mein Ohr, was mich schmunzeln lässt. So leise wie möglich, steige ich aus dem Bett und klaube meine Klamotten vom Fußboden, um auf Zehenspitzen das Zimmer zu verlassen. Bis zum Frühstück zu bleiben, ist für mich keine Option. Keine Ahnung, wie er darauf reagieren würde, sollte er neben mir aufwachen. Lieber nicht. Dieser peinlichen Situation will ich um jeden Preis entgehen. Es wird sowieso schon unangenehm genug, ihm Montagmorgen in der Schule zu begegnen.

Im Badezimmer kleide ich mich so schnell wie möglich an, dann verlasse ich sein Haus. Es ist noch mitten in der Nacht, weshalb auf den Straßen kein Verkehr herrscht. Weil ich mein Fahrrad natürlich beim Festsaal stehen gelassen habe, muss ich nun wohl oder übel zu Fuß nach Hause gehen. Jetzt zurück zum Saal zu gehen, steht nicht zur Debatte, denn wer weiß, ob ich nicht doch noch irgendwelchen feiernden Kollegen über den Weg laufe, die mich nach meinem Verschwinden ausfragen. Sicherlich bleibe ich von Sabines Neugier sowieso nicht verschont, doch in meiner jetzigen Verfassung will ich mich ganz sicher keinem Verhör stellen.

Also schleiche ich mich wie eine Katze durch die dunklen Straßen, bis ich endlich todmüde bei meiner Wohnung ankomme. Drinnen kicke ich mir die Schuhe von den Füßen und hole mir Aspirin aus dem Badezimmerschrank gegen meine Kopfschmerzen, die ich mit etwas Wasser einnehme. Dann tausche ich das Abendkleid gegen meinen flauschigen Pyjama, entferne notdürftig mein Make-up und falle regelrecht ins Bett. Der ganze Abend hat mich emotional ausgelaugt, sodass es nur wenige Minuten dauert, bis ich einschlafe. Morgen früh sieht die Welt sicherlich schon viel besser aus.

Kapitel 11

Die Schüler reden aufgeregt durcheinander, während ich die Sitzreihen im Bus nach hinten durchgehe, um noch einmal nachzuzählen, dass auch wirklich alle dabei sind. Tatsächlich sind alle pünktlich, sodass wir starten können. Nur Robert fehlt noch.

Ungeduldig sehe ich auf meine Armbanduhr. Sich zu verspäten, ist nicht seine Art. Ob er krank geworden ist? Aber das hätte mir Werner bestimmt gesagt und mir eine Vertretung zugeteilt. Immerhin kann ich unmöglich alleine mit den Schülern nach Hamburg fahren.

»Frau Konrad, wann starten wir endlich?«, fragt mich Paul, der ungeduldig mit den Fingern gegen die Fensterscheibe trommelt.

»Nur einen Moment noch. Es sind noch nicht alle da«, entgegne ich mit einem Anflug von Nervosität. Auch Sina und Christiane sehen mich neugierig an.

»Aber wir sind alle vollständig«, meint Sina nachdenklich. Noch einmal sehe ich über die Sitzreihen, die alle besetzt sind. Meine Schüler sind genauso aufgeregt wie ich.

»Sorry, es kann losgehen«, kommt es von vorne. Robert schiebt sich am Busfahrer vorbei und hievt seinen Rucksack auf die Ablagefläche über dem freien Sitzplatz ganz vorne. »Ich musste meinen Hund unterbringen. Der kleine Kerl wollte mich einfach nicht gehen lassen.« Er grinst in die Runde, stemmt dabei selbstsicher die Hände in die Hüften und nickt den Schülern zu. Erleichtertes Raunen geht durch die Reihen und einige Mädchen seufzen sogar verzückt wegen Sherlock, den Robert schon einmal mit in die Schule genommen hat. Zu meinem Leidwesen weiß ich, dass sich Mona in unserer Abwesenheit um den kleinen Terrier kümmern wird. Nina hat mich und meine Schwester so lange darum angefleht, bis wir beide zugestimmt haben. Da sie ebenfalls bei Mona unterkommt, während ich fünf Tage in Hamburg verbringen werde, hat sie darauf bestanden, auf Sherlock aufzupassen.

»Er hat doch sonst niemanden außer mir auf der Insel. Dann fühlt er sich wenigstens nicht einsam, weil wir Freunde sind«, hatte Nina mit einem Dackelblick gesagt, dem ich nicht lange standhalten konnte.

»Ist Ihr Hund gut aufgehoben?«, erkundigt sich Aylin besorgt. Sie sitzt in der Sitzreihe vor Sina und Christiane, der Platz neben ihr ist noch frei.

»Natürlich. Er ist in den besten Händen«, bestätigt Robert mit einem Zwinkern, dann sieht er kurz zu mir rüber und ich wende sofort beschämt den Blick ab. Vergangene Woche habe ich mich in der Schule krankgemeldet, weil ich nicht über meinen Schatten springen konnte, Robert nach unserem One-Night-Stand unter die Augen zu treten. Zwar habe ich die Zeit nicht gerade dafür genutzt, um mich mit dieser Tatsache auseinanderzusetzen, doch ich habe viel mit Nina unternommen. Wir waren oft draußen am Strand, wobei ich darauf geachtet habe, die Plätze zu meiden, die Robert für gewöhnlich für seine Gassirunden mit Sherlock nutzt. Außerdem waren wir nicht in Monas Café, weil ich dort Gefahr lief, Tante Clara zu begegnen, die mich bestimmt auf Robert angesprochen hätte. Eigentlich habe ich jeglichen Gedanken an meinen Kollegen verdrängt und ihm nicht mal auf seine Nachrichten geantwortet.

Es war mir – ist es immer noch – einfach peinlich, weil ich mich so verzweifelt an ihn geklammert habe. Als wäre er der letzte Mann auf diesem Planeten. Na ja, eigentlich stimmt es nicht ganz, immerhin bin ich in ihn verliebt. An diesem Abend sind meine Gefühle mit mir durchgegangen. In Kombination mit dem Alkohol und meiner Frustration wegen Peter, habe ich mich zu dieser Nacht hinreißen lassen, ohne mein Hirn einzuschalten. Tja, nun habe ich den Salat.

Der Busfahrer startet den Motor. Robert steht unschlüssig neben dem freien Sitz, als würde er auf eine Reaktion meinerseits warten. Gott, wie soll ich jetzt über drei Stunden neben ihm sitzen, wenn ich seine Gesellschaft die ganze vergangene Woche gemieden habe, als wäre er der Teufel in Person?

»Aylin, ist der Platz neben dir noch frei?«, frage ich meine Schülerin. Mich neben sie zu setzen, ist die erstbeste Idee, die mir in den Sinn kommt. Verdutzt blickt Aylin zu mir auf, hebt jedoch ihren Rucksack von der Sitzfläche.

»Klar, Frau Konrad. Setzen Sie sich ruhig«, antwortet sie langsam. Bestimmt hatte sie sich Besseres erhofft, als die Fahrt neben ihrer Deutschlehrerin zu verbringen. Mich jetzt ohne Weiteres neben Robert zu setzen, traue ich mich nicht. Zu viel steht zwischen uns, was mich verwirrt. Zwar möchte ich ihn mit meiner abweisenden Art auch nicht verletzen, dennoch ist mir wegen meiner Gefühle für ihn nicht wohl ... Wenn ich mich die kommenden fünf Tage an meinen Plan für die Aktivitäten halte, kann nichts schiefgehen, oder?

Schnell setze ich mich und der Bus kommt endlich in Bewegung. Kurz spähe ich nach vorne zu Robert, der ebenfalls Platz genommen hat. Leider kann ich vom meinem Platz aus bloß seinen Hinterkopf sehen. Seufzend sinke ich ins Sitzpolster und schließe meine Augen. Das wird eine verdammt lange und anstrengende Woche.

***

Zum Glück liegen unsere Zimmer im Hostel auf unterschiedlichen Etagen. Es reicht schon, wenn ich während der täglichen Aktivitäten Zeit mit Robert verbringen muss. Da will ich ihm nicht auch noch während des abendlichen Kontrollrundgangs auf dem Flur begegnen, wenn die Schüler in ihren Zimmern sein sollen …

Nervös sehe ich meine Unterlagen durch. Direkt nach dem Mittagessen nach der Ankunft werden wir zum Hafen gehen, um eine Schiffsrundfahrt zu machen. Der Tourguide hat mir versichert, dass wir sogar die Verladebrücken bei der Arbeit bewundern können. Auf die zahlreichen Unternehmungen mit der Klasse freue ich mich, denn obwohl ich selbst in Hamburg aufgewachsen bin, habe ich nur wenig in der Stadt erlebt. Natürlich machte ich während meiner Schulzeit Ausflüge zu Museen, genau wie ich den Hafen und den Fischmarkt sehr gut kenne, denn dort habe ich viel Zeit mit meinen Freundinnen verbracht. Jedoch ist es etwas anderes, das Ganze als Erwachsene zu erleben und alles mit den Augen der Jugendlichen zu betrachten, für die ich die nächsten Tage die Verantwortung habe.

»Also, sind wir jetzt alle vollständig?«, rufe ich in die Runde, als die Schüler sich am Eingang des Hostels um mich tummeln. Bestätigendes Murmeln geht durch die Menge und ich lächle zufrieden. »Gut, dann können wir alle in den Bus und unseren ersten Punkt auf der Tagesordnung abhaken.«

»Ich bin noch nie mit einem Schiff gefahren«, meint Sina mit gerunzelter Stirn. »Hoffentlich werde ich nicht seekrank.«

»Ach was, so ein Kutter fährt nicht schnell genug«, entgegnet Paul lachend. »Ich hingegen war im Urlaub mit einem Speedboat unterwegs. Ich sage dir ...«

Ich höre gar nicht hin, sondern zähle noch einmal durch, während die Schüler der Reihe nach in den Bus steigen.

»Du hast jemanden vergessen«, ertönt Roberts tiefe Stimme plötzlich dicht neben mir. Erstaunt wirbele ich zu ihm herum.

»Wen?«, frage ich entsetzt und sehe zum Ausgang des Hostels, in der Hoffnung, derjenige würde noch schnell herauskommen.

»Mich«, raunt mir mein Kollege zu. Dabei senkt er den Kopf ein Stück, um mir ins Gesicht zu sehen. Sein breites Lächeln sorgt sofort für wildes Herzklopfen, was ich jetzt gar nicht gebrauchen kann. Augenblicklich erröte ich, was einigen Schülerinnen nicht entgeht, denn ich vernehme Christianes Kichern. Die Mädchen werfen uns vielsagende Blicke zu und zupfen sich gegenseitig an den Jacken, während sie tuscheln.

»Na dann, ab mit dir in den Bus«, entgegne ich räuspernd und mache eine wegscheuchende Handbewegung. Mein Kollege geht lachend an mir und den Mädchen vorbei ins Innere. Die Schülerinnen steigen nach ihm ein und ich bilde das Schlusslicht. Dieses Mal bietet mir Aylin von sich aus den Platz neben sich an, was ich erleichtert annehme. Robert wollte mich vorhin aus der Reserve locken, da bin ich mir sicher. Aber ich darf dem Drängen meines Herzens nicht nachgeben, sonst endet diese Klassenfahrt – und vermutlich mein Leben – in einer Katastrophe.

»Frau Konrad, wann besuchen wir das Musical? Ich habe den Ablauf gar nicht mehr richtig im Kopf«, will

Aylin neugierig wissen und ich bin froh, dass sie mich in ein Gespräch verwickelt. So muss ich wenigsten nicht die ganze Zeit über Roberts Verhalten nachgrübeln, denn dieser Kerl belagert allein durch seine Anwesenheit meine Gedanken.

»Tatsächlich ist schon für morgen Abend der Besuch im Stage Theater eingeplant. Wir sehen uns natürlich ganz klassisch Disneys *Der König der Löwen* an«, erzähle ich bereitwillig. Als Kind liebte ich den Film und habe das Musical tatsächlich selbst bereits zweimal gesehen. Aylin strahlt mich an.

»Schon morgen?! Ich freue mich drauf!«

»Och nö, muss das denn sein?«, stöhnt Paul genervt auf, der zwei Reihen vor uns sitzt und sich nun über die Sitzlehne nach hinten beugt. Anscheinend hat er sich das Programm, das ich vor zwei Tagen verteilt habe, gar nicht angesehen. »*König der Löwen* ist was für Kinder. Wieso machen wir nicht etwas Cooles?«

»Keine Sorge«, schaltet sich Robert ins Gespräch ein. »Wir werden auch das Hamburger *Dungeon* besuchen, schon vergessen? Dort wirst du dich ordentlich gruseln, Paul. Außerdem ist eine Führung durch eine der ältesten Brauereien der Speicherstadt geplant.«

»Yeah, das nenne ich mal coole Programmpunkte«, entgegnet er zufrieden und auch einige andere Schüler, die dem Gespräch gefolgt sind, nicken zustimmend. Dankend schenke ich Robert ein Lächeln. Diese Woche sind wir ein Team, da sollte ich Professionalität zeigen und mich zusammenreißen. Gefühle hin oder her, wir sind immer noch Lehrer. Es ist unser Job, den Schülern eine schöne Abschlussfahrt zu ermöglichen. Da ist es egal, wenn ich in Roberts Nähe Herzklopfen und weiche Knie bekomme. Ich werde das hier durchziehen, auch wenn ich mich bei seinem Anblick jedes Mal an seine Berührungen erinnere, als wären sie wenige Minuten her.

***

»Jetzt hast du keine Chance, dich vor mir zu verstecken«, sagt Robert zu mir, als ich gerade in eine Nachricht an meine Schwester vertieft bin. Ich habe überhaupt nicht damit gerechnet, dass er mich nach drei Tagen Klassenfahrt so unvermittelt anspricht, dass ich merklich zusammenzucke.

»Ich … ähm … verstecke mich doch gar nicht«, entgegne ich mit einem gekünstelten Lachen. Natürlich hat mich Robert längst durchschaut. Es ist offensichtlich, wie ich seine Nähe meide, weil ich mich stets mit meinen Schülern umgebe, egal, um welche Aktivitäten es sich handelt. Selbst beim Frühstück und Abendessen setze ich mich zu Christiane und ihren Freundinnen an den Tisch, um nicht mit Robert Small Talk halten zu müssen. Die Mädchen beäugen mich bereits misstrauisch, sagen jedoch nichts gegen mein Verhalten, denn ich habe einen guten Draht zu den Schülerinnen, weil ich bloß zehn Jahre älter bin als sie.

Jetzt sind wir allein in dem Bus, denn wir haben die Schüler für eine Shoppingtour in die Innenstadt verabschiedet. Sogar der Busfahrer ist weg, der sich etwas zu essen holt und ein wenig die Beine vertritt, bevor er uns zurück zum Hostel fährt.

Robert setzt sich auf den Sitz meinem gegenüber und stützt seine Ellbogen auf die Knie. Ich kann seinem eindringlichen Blick schwer standhalten, weshalb ich mich wieder auf mein Smartphone konzentriere.

»Melanie«, sagt er in ruhigem Ton, dennoch höre ich die Dringlichkeit aus diesem einen Wort heraus.

»Was denn?«, frage ich, meine Stimme klingt dabei jedoch viel zu hoch und zu schrill in meinen Ohren.

»Du weichst mir seit Tagen – ach was – seit Wochen aus«, beginnt er das Gespräch und seine dunklen Augen bohren sich in mein Gesicht, sodass meine Wangen sofort zu glühen beginnen. »Seit der Abschiedsfeier von Hans-Jürgen ...« Jetzt wird seine Stimme leiser und er sieht betreten auf seine ineinander gefalteten Hände. Die Hände, mit denen er mich überall berührt hat. O Gott! Die neuerliche Erinnerung an unseren One-Night-Stand lässt augenblicklich meinen Puls in die Höhe schnellen.

»Ach, das kommt dir sicher nur so vor. Ich habe viel um die Ohren, schließlich bin ich nervös, weil es meine erste Klassenfahrt ist. Da muss ich mich ins Zeug legen, um die Schüler bei Laune zu halten und –« Ich stoppe abrupt, als ich seine Hand auf meinem Arm spüre. Robert steht dicht neben mir und sieht auf mich herab, sodass mein Herz sofort Purzelbäume schlägt. Natürlich hat er recht, ich gehe ihm schon die ganze Zeit aus dem Weg. Was würde dann passieren, sollte ich ihm meine Gefühle gestehen? Ich habe Angst, erneut verletzt zu werden. Da ist es besser, wenn ich Abstand halte – gerade weil wir schon so viel miteinander geteilt haben. Wenn ich nur standhaft genug bleibe, kann ich mein Herz vor einer neuerlichen Enttäuschung schützen ... Oder?

»Ich weiß, was ich sehe, Melanie«, meint er ruhig. »Du läufst vor mir davon. Aber damit ist jetzt Schluss, denn wir sollten dringend reden. Ich habe uns einen Tisch reserviert. Wenn wir uns jetzt beeilen, dann schaffen wir es noch, ehe die Reservierung hinfällig wird.«

Verwirrt sehe ich ihn an. Wie bitte? Ist das jetzt eine Einladung zum Essen? Bevor ich jedoch ablehnen kann, schnappt er meine Hand und zieht mich auf die Beine.

»Äh, vielleicht ist das keine gute Idee«, werfe ich ein, doch er lächelt bloß und führt mich aus dem Bus. Sein Händedruck ist fest und die Wärme seiner Finger breitet sich sofort in meinem ganzen Körper aus. Die bestimmte Art, wie er seine Schritte lenkt, erstickt meinen Protest im Keim. Okay, dann werden wir eben zusammen zu Mittag essen. Immerhin kann ich mich nicht ewig vor dieser Situation drücken. Ich bin selbst schuld, weil ich in dieser einen Nacht schwach geworden bin und dem Drängen meines Herzens nachgegeben habe. Jetzt sollte ich wenigstens so professionell sein und zu der Geschichte stehen. Womöglich mache ich mir umsonst so viele Gedanken, und Robert sieht die Sache eher locker ...

Zielstrebig führt er mich durch die Hamburger Innenstadt, biegt einige Male in Seitenstraßen ab, bis wir uns in der Nähe vom Hafen wiederfinden. Sogleich steigt mir der fischige Geruch in die Nase, da wir uns auf der Seite vom Kai befinden, wo die zahlreichen Container auf die riesigen Frachtschiffe verladen werden.

»Wohin führst du mich?«, will ich jetzt neugierig wissen, denn diese Gegend sieht mir nicht so aus, als befände sich hier ein Restaurant. Aus einiger Entfernung entdecke ich einen kleinen Imbiss, an dem Fischbrötchen verkauft werden. Einige Hafenarbeiter tummeln sich um Stehtische vor dem Verkaufstresen und werfen uns neugierige Blicke zu, als wir an ihnen vorbeigehen.

»Wirst du noch sehen. Es ist ein Geheimtipp«, erklärt er geheimnisvoll und biegt um eine Häusergruppe, die eine kleine Gasse bildet. Auf der anderen Seite des Gebäudes bleibt er stehen und ich betrachte das Aushängeschild des Restaurants, das sich zwischen Hafen und Fischmarkt versteckt. Ein riesiger Hecht prangt auf der weißverputzten Hausfassade über der rustikalen Holztür.

»Zum schlauen Hecht«, lese ich den Namen laut vor, der mir überhaupt nichts sagt. Dieses Lokal kenne ich nicht. Vermutlich ist es keins der Restaurants, in das für gewöhnlich junge Leute gehen. Robert öffnet die Tür und lässt mir den Vortritt. Neugierig sehe ich mich im Innenraum um. Die Möbel sind aus dunklem Holz gefertigt und an den Wänden hängen große Fotografien vom Hafen, der Hamburger Altstadt und vor allem von Fischen.

Eine junge Kellnerin tritt zu uns heran.

»Kann ich Ihnen helfen?«, erkundigt sie sich freundlich.

»Ich habe einen Tisch für zwei reserviert. Robert Schuster.«

Die Frau nickt wissend und führt uns an einen gedeckten Tisch im hinteren Bereich des Lokals. Zu dieser Tageszeit ist hier nicht viel los, weil nur wenige Plätze besetzt sind. Ich erkenne eine junge Familie mit Kinderwagen, die Mutter beugt sich zum Kind, während der Vater in einem Reiseführer blättert. Vermutlich Touristen. Außerdem sitzen noch einige ältere Leute an der kreisrunden Bar direkt neben dem Eingang.

Robert schiebt einen Stuhl zurück und bedeutet mir, mich zu setzen. Verlegen nehme ich Platz, während er sich mir gegenüber niederlässt.

»Hast du großen Hunger?«, erkundigt er sich bei mir. Auf einmal ist die Stimmung zwischen uns drückend, als würde die Luft vibrieren. Etwas verändert sich zwischen uns, das spüre ich deutlich. Und weil mir diese Anspannung unangenehm ist, verstecke ich mich hinter der Speisekarte, die vor mir auf dem Tisch liegt.

»Woher kennst du dieses Restaurant?«, frage ich ihn, statt auf seine Frage zu antworten. Zwar habe ich seit dem Frühstück nichts mehr gegessen, dennoch verspüre ich plötzlich keinen Appetit mehr, weil mich seine Gegenwart zunehmend nervös macht. Dieses Mittagessen ist anders als unser arrangiertes Date vor einigen Wochen. Damals war ich mir sicher, zwischen uns würde nie etwas laufen. Nun jedoch ... in der Zwischenzeit ist so viel passiert! Ich habe mich in ihn verliebt und wir haben sogar miteinander geschlafen. Diese Nacht kann ich nicht aus meiner Erinnerung löschen, auch wenn ich noch so krampfhaft versuche. Und manchmal, wenn ich bis spät in die Nacht wach in meinem Bett liege, wünsche ich mich zurück in Roberts Arme, in denen ich mich für wenige Stunden so geborgen und geliebt gefühlt habe ...

Etwas zu energisch schlage ich die Speisekarte wieder zu, um den Gedanken an unseren One-Night-Stand aus meinem Kopf zu verdrängen. Robert sieht nicht auf, scheinbar immer noch in die Speisekarte vertieft. Ich habe längst gewählt. Wenn er darauf besteht, mit mir hier zu sein, werde ich dieses Restaurant nicht mit leerem Magen verlassen.

»Hier war ich mit Nele, als ich ihr einen Antrag gemacht habe«, erzählt er mir leise und stockt dabei kurz, als würden ihm diese Worte nur schwer über die Lippen kommen. Sofort bereue ich meine Frage, denn alles, was mit seiner verstorbenen Frau zusammenhängt, verursacht ein flaues Gefühl in meiner Magengegend. Bestimmt bereut er den One-Night-Stand, weshalb er ihn noch nicht angesprochen hat. Immerhin denkt er immer noch an seine verstorbene Frau ... Was verständlich ist.

Erneut schäme ich mich für mein aufdringliches Verhalten. Denn hätte ich ihn nicht aus heiterem Himmel geküsst, sicher wäre Robert niemals schwach geworden ...

Bevor die peinliche Stille zwischen uns jedoch noch drückender wird, erscheint die Bedienung wieder an unserem Tisch, in den Händen eine Flasche Wein.

»Wir haben keinen Wein bestellt«, sage ich zu der jungen Frau, die daraufhin freundlich lächelt.

»Eine kleine Aufmerksamkeit vom Chef«, erklärt sie mir und öffnet bereits die Flasche, um unsere Gläser zu füllen.

»Aber ...« Eigentlich sollte ich jetzt nicht trinken, denn ich habe die Aufsichtspflicht für dreiundzwanzig Jugendliche, die gerade wer weiß was anstellen könnten. Aber diese Situation ist ... unangenehm und prickelnd zugleich, sodass ein Schluck Wein bestimmt meine Nerven beruhigen könnte.

»Oh«, entfährt es Robert, der ebenfalls irritiert aussieht. »Das ist wirklich sehr großzügig. Ich wusste gar nicht, dass alle Gäste hier so herzlich begrüßt werden.«

»Nur ganz besondere Gäste«, antwortet die Frau mit einem vielsagenden Blick auf mich, was mich noch mehr verwirrt. »Kann ich Ihre Bestellung schon aufnehmen?«

Ich bestelle das Lachsfilet auf Spinat und Robert nimmt gebratene Garnelen, was die Frau direkt in ihren Organizer eingibt und uns wieder allein lässt.

»Eigenartig ... mit Nele wurde ich damals nicht so begrüßt. Sicher, dass du hier noch nie gewesen bist?«, fragt Robert, während er sein Weinglas mustert. Ich zucke mit den Schultern. Keine Ahnung, was die Kellnerin eben gemeint hat. Aber wenigstens hat die Frau die drückende Stimmung zwischen uns für einen Moment vertrieben, weil sie meine Gedanken in eine andere Richtung gelenkt hat. Neugierig sehe ich mich um, doch mir kommt nichts an diesem Restaurant bekannt vor. Vielleicht hat die Bedienung mich auch bloß mit jemandem verwechselt.

»Worüber ich mit dir reden wollte ...«, beginnt Robert nach einer langen Pause erneut. Er sieht verlegen und unsicher aus, genauso wie ich mich fühle. Also mache ich das Erstbeste, was mir einfällt, und nehme einen tiefen Zug von dem Wein. Er schmeckt süß, aber auch ein bisschen herb. Ein wirklich guter Tropfen und nicht das billige Zeug, das ich zu Hause habe.

»Ja?«, gebe ich zurück, um wenigstens etwas zu sagen und ihn nicht bloß stumm anzustarren. Denn je länger wir schweigen, desto stärker rauscht das Blut in meinen Ohren vor Aufregung.

»Die Sache neulich ... Was da zwischen uns passiert ist ...« Ihm ist das Thema sichtlich unangenehm, und sogleich stolpert mein Herz für einen Moment. Mein Magen zieht sich zusammen. Ich wusste doch, dass er unseren One-Night-Stand bereut. Für einen Moment habe ich gehofft, er könnte mir seine Gefühle gestehen und mich so ansehen, wie er es in dieser einen Nacht getan hat. Kann es sein, dass Robert diese Nacht am liebsten ungeschehen machen würde? Vor dieser Wahrheit habe ich die größte Angst, weshalb ich ihn nicht aussprechen lasse, um nicht enttäuscht zu werden.

»Vergessen wir das Ganze, okay?«, entgegne ich und lache auf, tue so, als würde mir unser One-Night-Stand nichts bedeuten.

»Wenn es das ist, was du willst ...«, murmelt er mit einer undurchdringlichen Miene, die mich in meinem Entschluss plötzlich schwanken lässt. Ja. Natürlich will ich das. Oder etwa nicht? Warum sollte ich mich an etwas klammern, das nicht existiert? Robert hängt immer noch an Nele, das spüre ich. Und ich habe schließlich Nina und zudem Ärger mit meinem Ex, da sollte ich mich nicht in eine hoffnungslose Liebe hineinsteigern. Obwohl diese Erkenntnis schmerzt, ist es für uns beide das Beste, wenn schnell Gras über die Sache wächst.

In diesem Moment kommt zum Glück die Kellnerin mit unserem Mittagessen. Begierig mache ich mich über meinen Lachs her, weil ich mit vollem Mund wenigstens nicht über meine Gefühle sprechen muss. Wenn ich ehrlich bin, möchte ich unsere gemeinsame

Nacht nicht vergessen, sondern für immer in meinem Herzen bewahren. Wegen der Arbeit ist es jedoch besser, einander nicht noch näherzukommen. Immerhin sind die Schüler jetzt schon mehr als misstrauisch mir gegenüber ...

Robert seufzt tief, dann widmet er sich ebenfalls seinem Essen. Bestimmt hatte er sich ein längeres Gespräch erhofft, denn der niedergeschlagene Zug um seinen Mund ist nicht zu übersehen. Ich traue mich jedoch nicht, länger über dieses Thema zu reden, denn dann würde ich sicherlich nicht länger standhaft bleiben können.

»Hat es geschmeckt?«, dringt plötzlich eine männliche Stimme an mein Ohr, die mir nur allzu bekannt vorkommt. Wie vom Donner gerührt fahre ich herum und muss meine Hände in die Tischdecke krallen, um nicht erschrocken vom Stuhl aufzuspringen. Neben mir steht Peter und lächelt auf mich herunter. Es ist dasselbe charmante Lächeln, das mich vor Jahren noch verzaubert hat. Jetzt hingegen spüre ich bloß ein unangenehmes Rumoren in mir, wenn ich ihn ansehe. Sofort ist die Erinnerung an seine gemeinen Worte wieder präsent, die mir einen kalten Schauder über den Rücken jagt. Auch Robert entgeht meine Reaktion nicht. Obwohl meine ganze Aufmerksamkeit meinem Ex-Freund gilt, merke ich doch, wie Robert sich anspannt. Er schließt die Finger fester um die Gabel in seiner Hand, sagt jedoch keinen Ton.

»Melanie, es ist schön, dich in meinem Restaurant begrüßen zu dürfen. Nach unserer letzten Begegnung habe ich nicht damit gerechnet, dass du den Weg hierher findest.«

Entsetzen tritt auf mein Gesicht. Ist das hier etwa das Restaurant, das er von seinen Eltern übernommen hat? Für das er mich und Nina hat sitzen lassen? Das köstliche Lachsfilet liegt mir plötzlich schwer im Magen. Obwohl das Essen vorzüglich war, bekommt es einen jetzt schalen Nachgeschmack.

Weil ich immer noch kein Wort über die Lippen bringe, um Peter wegzuschicken, spricht er einfach weiter.

»Wie ich sehe, bist du mit deinem neuen Freund hier ...«

Endlich erwache ich aus meiner Starre. »Ach nein, das verstehst du völlig falsch. Wir sind bloß Arbeitskollegen, mehr nicht«, unterbreche ich ihn augenblicklich und lache schrill auf, weil mir diese Situation peinlich ist. Während Robert seine Lippen zu einem schmalen Strich zusammenpresst, glätten sich Peters Züge und ein Lächeln umschmeichelt seinen Mund.

»Na, da bin ich beruhigt. Ich wollte mich nämlich bei dir entschuldigen, Mel. Für mein Verhalten neulich auf der Party. Ich war bloß überrascht, dich zu sehen. In diesem Kleid und so lebhaft, ganz wie früher. Da konnte ich deine Ablehnung einfach nicht begreifen, immerhin waren wir so lange zusammen.« Ich höre Peters Worte, doch sie erreichen mich nicht, weil mein Blick immer noch auf Robert ruht, der sich in der Gegenwart meines Ex-Freundes sichtlich versteift. Fieberhaft überlege ich, wie wir dieser unangenehmen Situation entkommen können, damit ich Robert nicht weiter verletze. Wir sollten schleunigst von hier verschwinden.

»Schon gut«, sage ich deshalb schnell und mache eine abwinkende Handbewegung, ohne Peter überhaupt anzusehen. »Ist längst vergessen. Denk einfach nicht mehr dran.«

Peter hebt skeptisch eine Augenbraue, da er mir wohl nicht glaubt.

Auf den Rest meines Mittagessens kann ich jetzt getrost verzichten. In seiner Gegenwart bekomme ich sowieso keinen Bissen runter. Also springe ich einfach von meinem Platz auf und krame hastig in meiner Handtasche nach dem Portemonnaie, um die Rechnung zu begleichen.

»Ich habe total die Zeit vergessen«, plappere ich drauflos und will schon einige Scheine herausziehen, als Robert seine Hand auf meinen Arm legt. Mir ist nicht aufgefallen, wie er ebenfalls aufgestanden ist.

»Lass nur, ich zahle«, sagt er mit fester Stimme. Er klingt anders als sonst, viel kühler und distanzierter.

»Nicht nötig. Ihr beide seid eingeladen«, meint Peter mit einem breiten Lächeln. Ich möchte ihm zwar nichts schuldig bleiben, aber der Drang von hier zu verschwinden, ist größer. Dennoch bewegt sich mein Körper keinen Zentimeter, bis nicht Robert seinen Arm um meine Schulter legt.

»Komm, dann lass uns gehen. Die Zeit ist sowieso vorbei und wir müssen zurück zum Bus«, sagt Robert zu mir, auch wenn sein Blick weiterhin auf Peters Gesicht ruht. Er lässt meinen Ex nicht aus den Augen, bis wir das Restaurant verlassen haben.

Kapitel 12

»Du solltest den Kopf nicht in den Sand stecken«, meint Mona, trocknet dabei seelenruhig ein Glas mit dem Handtuch ab und stellt es in ein hohes Regal hinter dem Tresen. »Wie du Peter beschrieben hast, glaube ich nicht, dass er sich noch mal große Mühe machen wird, dich zu kontaktieren.«

Nach meiner Rückkehr vergangenen Freitag habe ich meiner Schwester von der Begegnung mit meinem Ex-Freund erzählt. Natürlich habe ich die Details bezüglich Robert außen vor gelassen. Mona weiß nichts von meinen Gefühlen für ihn, denn ich habe ihr gegenüber nichts in dieser Richtung erwähnt. Hoffentlich sieht man mir nicht an, dass ich unglücklich verliebt bin.

»Ich habe Angst, dass er plötzlich seine Vaterliebe entdeckt und mir Nina wegnehmen könnte«, murmele ich betroffen. Damals hat er sich zwar gegen das Kind entschieden, doch nach dem letzten Gespräch bin ich mir nicht so sicher, wie er über Nina und mich denkt. Schließlich hat er sich entschuldigt, auch wenn ich ihm seine Reue nicht richtig abkaufen kann.

»Wie kommst du auf diesen Blödsinn? Du hast seit Jahren das alleinige Sorgerecht. Peter müsste nochmals vor Gericht gehen, um dieses anzufechten. Glaub mir, dafür ist er nicht ausdauernd genug. Ich kenne ihn zwar nur flüchtig, doch mir kam er nicht wie jemand vor, der sich an eine Familie binden will. Ich an deiner

Stelle würde mir über diesen Kerl nicht den Kopf zerbrechen und mir lieber mehr Gedanken um Robert machen.« Mona zwinkert mir verschmitzt zu, was mich nur genervt stöhnen lässt. Ich lasse meinen Kopf neben den leeren Kuchenteller sinken und schließe für einen Moment die Augen.

»Mir ist die frostige Stimmung zwischen euch aufgefallen«, erzählt Mona weiter, anstatt mir wenigstens ein paar Minuten Ruhe zu gönnen. In knapp drei Wochen ist Ninas Geburtstag und ich zerbreche mir die ganze Zeit den Kopf, wie ich meine Tochter davon überzeugen kann, Robert *nicht* einzuladen. Seitdem sie eine Woche rund um die Uhr mit Sherlock verbracht hat, sind die beiden unzertrennlich. Nina will keinen Hund mehr, sondern nur noch mit Roberts kleinem Terrier zusammen sein, was sich für mich als problematisch herausstellt. Immerhin sehe ich meinen Kollegen bereits täglich auf der Arbeit. Ihm ständig im privaten Rahmen zu begegnen, ohne, dass wir von anderen Leuten als Nina oder Mona umgeben sind, bringt mich wirklich an meine Grenzen. Wie lange werde ich so weitermachen können, ohne an meiner unerwiderten Liebe zu zerbrechen? Es verlangt mir viel ab, ihm professionell gegenüberzutreten. Am liebsten würde ich mich in seine Arme flüchten und ihn küssen.

»Das bildest du dir ein«, entgegne ich müde, weil ich nicht mehr über Robert reden möchte. Er beherrscht so schon die meiste Zeit meine Gedanken, auch wenn meine Schwester nicht darauf herumreitet.

»Ich bin doch nicht blind, Schwesterherz«, sagt Mona bestimmt und legt mir ein neues Stück Apfelkuchen auf den Teller. »Seitdem du von dieser Klassenfahrt zurück bist, leidest du an Liebeskummer. Oder ist es immer noch wegen Peter?«

»Keine Ahnung«, brumme ich, stochere dabei im Kuchen herum, als würde ich die kleinen Apfelstücke erdolchen wollen. Mona legt ihre Stirn in Falten und ich stopfe mir schnell ein großes Stück in den Mund, um ihr keine Erklärung liefern zu müssen. In Wahrheit weiß ich tatsächlich nicht, was genau mit mir los ist.

Nachdem Robert und ich beinahe fluchtartig Peters Restaurant verlassen haben, hat er mich nicht mehr auf diese Sache angesprochen. Eigentlich hat er mich gar nicht mehr angesprochen, außer, es ging um die Arbeit. Zuerst war ich erleichtert, denn schließlich war es meine Idee gewesen, den One-Night-Stand und alles, was damit zusammenhängt, totzuschweigen. Seitdem sich Robert so kühl mir gegenüber verhält, bereue ich es, mich nicht vernünftig mit ihm ausgesprochen zu haben.

Das zweite Kuchenstück ist genauso schnell verputzt wie das erste, liegt mir jedoch schwer im Magen. Ich hätte wohl nicht so schlingen sollen. Kopfschüttelnd räumt Mona den Teller weg, statt mir ein drittes anzubieten. In diesem Moment fliegt die Tür des Cafés auf und Hundegebell erfüllt sogleich den Gastraum. Hinter Sherlock stürmt Nina hinein. Ihr fröhliches Kinderlachen verdrängt sofort meine trüben Gedanken.

»Hey, mein Schatz«, grüße ich sie, als Nina sich die Mütze vom Kopf zieht. Ihre Zöpfe sind völlig zerzaust.

»Der Wind ist total kalt«, erzählt sie mir und setzt sich auf den Barhocker zu meiner Rechten. »Sherlock ist durchs Wasser gesprungen und hat mich nass gespritzt.« Sie lacht erneut. Ihre geröteten Wangen stammen eindeutig von der Kälte am Strand, doch Nina sieht glücklich aus.

»Dann solltest du besser auf ihn aufpassen, sonst rennt er dir davon«, tadelt Mona, grinst dabei jedoch breit. Meine Tochter nickt.

»Er läuft nicht weg. Wir sind die besten Freunde. Stimmt's, Sherlock?«

Der Hund beantwortet ihre Frage mit einem lauten Bellen und wird zur Belohnung ausgiebig hinter den Ohren gekrault.

»Sollten wir ihn nicht langsam zurück nach Hause bringen?«, frage ich sie. Nina und Robert haben eine Abmachung getroffen, dass sie am Nachmittag nach der Schule mit seinem Hund spielen darf.

»Nicht nötig«, ertönt es hinter mir und ich zucke sofort zusammen, weil ich mit Roberts Anwesenheit nicht gerechnet habe. Er setzt sich auf den Barhocker an meiner anderen Seite und lächelt mich kurz an. Jedoch ist sein Lächeln nicht mehr so herzlich wie noch vor einer Woche, woran ich schuld bin.

»Ich war sowieso in der Gegend und habe die beiden hier reingehen sehen. Also kann ich Sherlock gleich mitnehmen. Du brauchst keinen Umweg zu machen, Melanie«, erklärt er ruhig, sieht mich dabei nicht an, sondern betrachtet Nina. Erneut frage ich mich, ob es Sehnsucht ist, die in seinem Blick liegt? Immer häufiger sieht er meine Tochter so an, was ich nicht richtig deuten kann. Bisher habe ich mich jedoch nie getraut, ihn darauf anzusprechen.

»Alles klar«, sage ich und schlucke den Kloß in meinem Hals runter, der mir in seiner Nähe stets die Kehle zuschnürt. Dann erhebe ich mich von meinem Platz. »Mona, schreib mir den Kuchen auf den Deckel.«

Meine Schwester lacht hell auf, während sie vor Robert eine Tasse mit schwarzem Kaffee abstellt. Mittlerweile ist auch er Stammgast hier, weshalb Mona seine Bestellung im Kopf hat.

»Auf deinem Deckel ist kaum noch Platz, Mel. Du kannst deine Rechnung gerne beim nächsten Mal begleichen. Ich will mal nicht so kleinlich sein«, entgegnet sie lachend. Ich setze Nina ihre Mütze wieder auf und schnappe meine Handtasche. Seufzend setzt meine Tochter Sherlock auf den Boden, der sofort um ihre Beine hüpft. Nina reicht Robert die Leine.

»Ich habe bald Geburtstag«, verkündet Nina freudestrahlend. Ich ahne, was gleich kommen wird, und wappne mich innerlich schon dagegen. »Und ich möchte so gerne, dass du mit Sherlock kommst! Es gibt auch ganz viel leckeren Kuchen und Süßigkeiten!«

»Oh, das ist sehr nett von dir. Danke für die Einladung, aber ich fürchte, dass ich nicht kommen kann«, entgegnet Robert und sieht dabei fragend in meine Richtung. Meine Wangen färben sich rosa und ich fixiere meine Tochter, weil ich Roberts Blick nicht standhalten kann.

»Hör mal, Schatz, du lädst doch schon deine ganzen Freundinnen ein. Wir haben bei uns in der Wohnung für so viele Gäste ...«

»Aber ich möchte meinen Freundinnen Sherlock gerne vorstellen. Ich habe schon ganz viel über ihn in der Schule erzählt. Marlies glaubt mir nicht, dass er so schlau ist und meine Worte versteht. Und Sarah hat selbst einen Hund, deshalb ist sie neugierig auf Sherlock. Bitte!«, fleht Nina, sieht dabei erst Robert, und dann mich an. Hilflos schaue ich zu Mona, doch diese zuckt bloß mit den Schultern und widmet sich einigen anderen Gästen, die sie zu sich herüberwinken. Toll, von ihr kann ich keine Hilfe erwarten.

Unschlüssig stehe ich vor meinem Kind und weiß nicht, wie ich ihr erklären soll, dass ich Robert nicht zu uns nach Hause einladen kann, nach dem, was zwischen uns vorgefallen ist.

Robert erhebt sich von seinem Platz und geht vor Nina in die Hocke.

»Hör mal, wenn deine Mutter sagt, dass es nicht klappt, dann ist das so. Ich kann ja auch ein anderes

Mal kommen und dir ein Geschenk mitbringen«, erklärt er mit einem sanften Lächeln, doch Nina schüttelt heftig den Kopf. Ihre Unterlippe bebt bereits bedrohlich und ich fürchte schon, dass sie gleich in Tränen ausbricht. Anscheinend ist es ihr wichtig, dass Robert und Sherlock zu ihrem Geburtstag kommen. Ich würde ihr diesen Wunsch ja gerne erfüllen, aber … Es ist schwer für mich, im privaten Rahmen meinem Kollegen gegenüber neutral zu bleiben. Auch jetzt hüpft mein Herz so wild, dass ich bereits fürchte, jeder hier im Café könnte es hören.

»Nina, manchmal bekommen wir nicht das, was wir uns wünschen. Sobald du älter wirst, verstehst du sicher die Gründe deiner Mutter.« Er seufzt und streicht meiner Tochter über die Wange. Der Anblick der beiden rührt mich, sodass ich in meiner Entscheidung einknicke.

»Okay. Na schön. Er darf kommen«, sage ich mit einem Seufzen. Ninas Gesicht hellt sich auf und sie schenkt mir ein Lächeln.

»Danke!« Erst fällt sie Robert um den Hals, der mit diesem Gefühlsausbruch nicht gerechnet hat. Sichtlich überrascht tätschelt er ihren Rücken, ehe sie ihn abrupt loslässt und auch mich umarmt.

»Danke«, sagt sie noch einmal. Ihre Arme schlingen sich fest um meine Taille und ich streichele ihren Kopf, lächele müde. Zwar freue ich mich, dass ich Nina dadurch glücklich machen konnte, dennoch habe ich auch Angst davor, Robert erneut in unsere Wohnung und damit in unser Leben zu lassen. Immerhin weiß ich zu gut, wie gerne Nina ihn und seinen Hund hat. Es ist beängstigend, wie schnell sie Robert ihr Herz geschenkt hat. Diese kindliche Freude bei jedem Treffen mit ihm schnürt mir die Brust ein, weil ich weiß, dass wir beide trotz der spürbaren Anziehung nicht zusammenkommen werden. Weil Robert seine Frau nicht vergessen kann und weil ich immer noch mit der Angst einer neuerlichen Trennung zu kämpfen habe. Peter hat damals mein Vertrauen in die Liebe zerstört, weshalb es mir schwerfällt, mich einem neuen Mann völlig anzuvertrauen. Zwar habe ich mich in Robert verliebt, dennoch nagen ständig Zweifel an mir, wie lange eine neue Beziehung halten könnte. Für Nina wäre es besser, wenn wir weiterhin nur zu zweit bleiben, denke ich … Sie ist es gewohnt, dass ich für sie da bin und dass ich es bin, auf die sie sich verlassen kann. Deshalb möchte ich ihr die Enttäuschung ersparen, einen geliebten Menschen gehen lassen zu müssen.

»Okay … danke«, murmelt Robert leise und lächelt zaghaft, beinahe verlegen in meine Richtung. Sofort kribbelt es in meinem Bauch, doch ich kämpfe das angenehm warme Gefühl nieder.

»Wir sehen uns morgen, ja?«, entgegne ich und führe ich meine Tochter aus dem Café, ohne mich noch einmal nach Robert umzudrehen. Denn dass er mir nachsieht, spüre ich sowieso in meinem Nacken.

***

Glücklicherweise vergehen die kommenden Wochen vor Ninas Geburtstag ohne, dass mich mein Kollege noch einmal auf diesen anspricht. Wir begrüßen uns zwar stets höflich in der Schule, aber reden kaum noch miteinander, worüber ich irgendwie erleichtert bin. Vielleicht legt sich dieses eigenartig kribbelnde Gefühl in seiner Gegenwart bald, je weniger Kontakt wir miteinander haben?

»Irgendwas stimmt nicht mit dir«, meint Sabine nachdenklich, während wir gemeinsam auf dem Schulhof die Pausenaufsicht haben. Ich lasse meinen Blick über die Schüler gleiten, die friedlich ihre Pause genießen.

»Was meinst du?«, frage ich mit hochgezogenen Augenbrauen und beiße in mein Butterbrot. Heute schmeckt mir mein Essen nicht besonders und auch der Kaffee von heute Vormittag liegt mir irgendwie schwer im Magen. Vermutlich liegt es daran, dass ich mich heute Morgen nach dem Aufstehen übergeben musste ...

»Du siehst blass aus. Und du wirkst seit Tagen irgendwie ... abwesend«, stellt meine Kollegin mit einem kritischen Blick in mein Gesicht fest.

»Ach was, das bildest du dir bloß ein«, winke ich ab und zwinge mich zu einem Lächeln. Tatsächlich fühle ich mich nicht besonders gut, denn mir ist ganz flau im Magen. Die eigenartige Übelkeit kommt und geht, weshalb ich mir bisher keine großen Gedanken um meine Gesundheit gemacht habe. Vermutlich habe ich mir irgendeinen Virus eingefangen, wie er häufig im Herbst herumgeht ...

Plötzlich greift Sabine nach meinem Arm. »Mel, was ist?«, fragt sie besorgt.

»Was soll denn sein?«, antworte ich und spüre plötzlich die Übelkeit stärker aufsteigen. Das Stück Brot, das ich gerade mit Mühe runtergewürgt habe, kämpft sich meine Speiseröhre hinauf. Sofort reiße ich mich von Sabine los und presse mir die Hand vor den Mund.

»Sorry«, murmele ich und eile ins Schulgebäude. Ich schaffe es gerade noch zu den Lehrertoiletten, als ich bereits würgen muss. Mein Mittagessen landet unverdaut in der Kloschüssel. Keuchend und hustend bleibe ich einen Moment auf den kalten Fliesen hocken, bis sich mein Kreislauf einigermaßen beruhigt hat. Vorsichtig trete ich ans Waschbecken und spüle mir den Mund aus. Als mein Blick in den Spiegel fällt, zucke ich erschrocken zusammen. Sabine hat recht, ich sehe tatsächlich zum Fürchten aus. Ich bin viel blasser als sonst, meine Augen wirken glasig und die Wangen sind eingefallen. Weil ich schon eine ganze Weile kaum Appetit verspüre und deshalb nur sehr wenig esse, hat dies deutliche Spuren in meinem Gesicht hinterlassen. Da ist es kein Wunder, wenn sich meine Kollegin Sorgen um mich macht. Vielleicht sollte ich Claudia im Krankenzimmer aufsuchen, um mir ein Medikament für meinen Magen geben zu lassen.

Nachdem ich mich übergeben musste, fühle ich mich noch elender als heute Morgen. Ich brauche eine Elektrolytlösung und vielleicht noch eine Magentablette gegen Übelkeit, um den restlichen Tag zu überstehen. Wenn's mir morgen immer noch schlecht geht, sollte ich mich vielleicht besser krankschreiben lassen, statt einen Magen-Darm-Virus unter meinen Schülern zu verbreiten.

Die Tür zum Krankenzimmer ist nur angelehnt und ich trete hinein, weil auf mein Klopfen hin niemand reagiert hat. Drinnen sitzt Aylin auf der Krankenliege und sieht mich überrascht an. Von Claudia keine Spur.

»Frau Konrad, fehlt Ihnen etwas? Sie sind so blass«, stellt meine Schülerin erschrocken fest. Mit einem aufgesetzten Lächeln schüttele ich den Kopf.

»Es ist nichts. Habe mir nur den Magen verdorben, denke ich. Mach dir keine Sorgen. Ich nehme mir bloß eine Magentablette, dann wird es gehen«, antworte ich und gehe zum Medikamentenschrank. Dort ziehe ich auf der Suche nach den Tabletten einige der kleinen Schubladen heraus und beäuge den Inhalt.

»So, hier bin ich wieder. Sorry, dass du warten musstest, Aylin. Aber ich habe die Tampons nicht so schnell im Vorratsraum gefunden«, ertönt Claudias Stimme. »Oh, Melanie, du bist ja auch hier.«

Ich drehe mich zu der Schulkrankenschwester um, die Aylin gerade einige Tampons in die Hand drückt.

»Danke«, sagt das Mädchen und wirkt dabei so erleichtert, als sei ihr eine tonnenschwere Last von den

Schultern gefallen. Irritiert mustere ich meine Schülerin, die von der Behandlungsliege springt.

»Ich hatte echt schon Sorge, dass ich –«, sie bricht ab und holt kurz Luft. »Aber dann habe ich plötzlich doch noch meine Tage bekommen und war darauf überhaupt nicht vorbereitet, weil ich ja längst überfällig war …«

Claudia tätschelt ihren Arm. »Das ist kein Problem. Wir haben für den Notfall einiges im Krankenzimmer. Zum Glück hat sich dein Verdacht von letzter Woche nicht bestätigt.« Sie zwinkert meiner Schülerin zu, die sogleich rot wird.

»Ich hoffe doch, es war nichts Ernstes? Geht es dir gut?«, frage ich Aylin, weil ich mir Sorgen um sie mache. Das stille Mädchen hatte es wegen der Trennung zu ihrem Freund in den letzten Monaten nicht so leicht. Dadurch war sie im Unterricht noch ruhiger als sonst und auch ihre Note in Deutsch hat direkt unter ihrem Liebeskummer gelitten.

»Ach, es ist nichts weiter«, murmelt sie verlegen, umklammert die Tampons dabei fester mit ihren Fingern. »Ich hab' meine Tage nicht bekommen und hatte sofort Angst, dass ich … Aber Basti hatte aufgepasst, das wusste ich ja … Also hätte es nicht sein können. War vielleicht der ganze Stress wegen der Trennung oder so …«

»Hast du dich mit Sebastian vertragen?«, erkundige ich mich bei ihr. Ihre Wangen röten sich eine Spur mehr und sie nickt.

»Ja. Wir sind seit der Klassenfahrt wieder zusammen«, murmelt Aylin mit geröteten Wangen, bedankt sich bei Claudia und schlüpft an mir vorbei durch die geöffnete Tür, um diesem Gespräch zu entkommen. Besorgt sehe ich Aylin nach. Hoffentlich ist bei ihr wirklich alles in Ordnung, denn sie wirkte ein bisschen durch den Wind.

»Was führt dich her?«, fragt Claudia und sieht auf das Medikamentenpäckchen in meinen Händen. Schnell nehme ich eine Filmtablette heraus und lege den Rest zurück in die Schublade.

»Ach, hab mir wohl gestern beim Abendessen den Magen verdorben«, mutmaße ich und gieße mir am Waschbecken ein Glas Wasser ein, um das Medikament hinunterzuspülen. Claudia nickt bestätigend, dann beginnt sie damit, einige Papiere auf ihrem Schreibtisch zu sortieren.

»Verständlich. Gerade gehen genug Viren herum, da ist ein Magen-Darm-Infekt nicht unwahrscheinlich. Dasselbe habe ich letzte Woche auch zu Aylin gesagt, weil sich das Mädchen nach dem Sportunterricht übergeben musste. Jens hatte sie direkt zu mir geschickt. Sie war verstört, weil sie glaubte, schwanger zu sein. Aber anscheinend hatte sie sich bloß etwas eingefangen«, erzählt Claudia beiläufig, ehe sie sich an ihren Schreibtisch setzt und etwas in den Computer eintippt. Bei ihren Worten dreht sich mir plötzlich erneut der Magen um, doch ich kämpfe die Übelkeit nieder, atme dabei tief durch die Nase. Schwanger? Verdammter Mist! Erst langsam rattert es in meinem Hirn, bis mir auf einmal ganz heiß und schwindelig wird. Nein, oder? Himmel, daran habe ich nicht einen Gedanken verschwendet! Es muss bloß ein Virus sein, etwas anderes ist einfach nicht möglich. Wir haben doch verhütet ...

Fieberhaft versuche ich mich daran zu erinnern, wie lange meine letzte Periode her ist. Ach, verdammt!

»Bist du okay? Ist dir wieder übel? Du bist weiß wie die Wand«, kommt es besorgt von Claudia, die bereits an meiner Seite ist, um mich vorsichtshalber zu stützen. »In diesem Zustand kannst du unmöglich zurück in den Unterricht. Vielleicht solltest du dich von einem Arzt untersuchen lassen? Mit einem hartnäckigen Magen-Darm-Virus ist nicht zu spaßen.«

Magen-Darm? O bitte, lass es nur das sein! Wie zur Bestätigung übergebe ich mich direkt ins Waschbecken, während Claudia beruhigend meinen Rücken tätschelt.

»Ich werde gleich Werner Bescheid geben«, meint sie entschieden. »Und du gehst sofort nach Hause. Oder soll ich vielleicht einen Kollegen bitten, dich zu deiner Wohnung zu fahren? Mit dem Fahrrad ist es zu gefährlich.« Sie reicht mir ein Papiertaschentuch.

»Ich glaube, Robert hat jetzt eine Freistunde. Er wird dir bestimmt helfen. Ich begleite dich ins Lehrerzimmer, dann können wir ihn fragen.«

»Nein!«, fahre ich sie an, sodass sie regelrecht zusammenzuckt. »Nein, ist schon okay«, sage ich dann etwas ruhiger. »Ich schaffe es alleine nach Hause, danke.« Schwankend verlasse ich das Krankenzimmer, um meine Tasche zu holen. Meine Schüler werden sich freuen, dass ihre Doppelstunde Deutsch bei mir heute vermutlich ausfallen wird, falls niemand die Vertretung übernehmen kann. Aber Claudia hat recht, so kann ich mich nicht vor der Klasse blicken lassen. Und wenn mein Verdacht sich bestätigt ... Gott, dann kann ich mich gar nicht mehr hier blicken lassen! Schwanger von meinem Kollegen zu sein, wäre eine totale Katastrophe! Wenn das unser Schulleiter rauskriegt, bin ich bestimmt meinen Job los. Dieser absurde Gedanke setzt sich in meinem Kopf fest, sodass ich ihn einfach nicht abschütteln kann. Hoffentlich bin ich wirklich nur krank und meine verspätete Periode dem Stress zu verdanken, wie Aylin es vor wenigen Minuten gesagt hat.

Gedankenverloren schleppe ich mich durch den bereits leeren Flur zum Lehrerzimmer, denn der Unterricht hat zum Glück bereits begonnen. So laufe ich wenigstens nicht Gefahr, den neugierigen Blicken der anderen Kollegen ausgeliefert zu sein, während ich fieberhaft nach einer Erklärung für mein erbärmliches Aussehen suche. Es ist schon peinlich genug, dass Claudia mich beim Kotzen erlebt hat.

Ich stoße die Tür auf und laufe direkt Robert in die Arme, der das Lehrerzimmer gerade mit einem Becher Kaffee verlassen wollte.

»Verdammt«, flucht er gepresst. Das lauwarme Getränk schwappt über den Becherrand und rinnt über seine Hand, bekleckert dabei meine Schulter und sein Hosenbein. Überrumpelt ziehe ich scharf die Luft ein, inhaliere sein mir so vertrautes Aftershave, sodass mir erneut ganz schwindelig wird. Das Gesicht in seinem Pullover vergraben, bleibe ich regungslos stehen und zähle lautlos bis zehn, um meine rasenden Gedanken unter Kontrolle zu bringen. Wenn ich wirklich von diesem Mann schwanger sein sollte ...?! O mein Gott!

»Melanie, was ist mit dir?« Wie durch einen Nebel dringt seine Stimme zu mir durch und ich registriere seine Gegenwart erst vollkommen, als er mit der freien Hand meine Schulter umfasst und mich mit sanftem Druck einige Zentimeter von sich wegschiebt.

»Sorry ... der Kaffee ...« Er deutet mit einem zerknirschten Gesichtsausdruck auf den braunen Fleck auf meinem hellen Pullover, doch ich winke sofort ab.

»Schon gut. Der muss sowieso längst in die Wäsche. Ich habe einen Zahnpastafleck am Saum, falls dir das nicht aufgefallen ist ...« Meine Stimme klingt dünn, beinahe brüchig, obwohl ich wirklich um Beherrschung ringe. Doch seine vertraute Nähe, der ich mich wochenlang entzogen habe, versetzt mir einen herben Schlag. Mein Herz rast, jagt das Blut schneller durch meine Adern. Außerdem ist der Gedanke wegen einer möglichen Schwangerschaft in meinem Hinterkopf, den ich einfach nicht loswerde. Das alles wird mir zu viel, sodass mir die Kehle eng wird und ich ein Schluchzen nur mit Mühe unterdrücken kann.

Roberts Händedruck auf meiner Schulter wird fester. Er zwingt mich dadurch, ihn anzusehen.

»Du ... weinst ja ...« Es ist mehr eine Feststellung als eine Frage. Echte Sorge liegt in seinem Gesicht. Plötzlich ist keine Distanz mehr zwischen uns. Der Graben, den ich in die vergangenen Wochen über zwischen uns ausgehoben habe, verschwindet mit einem Mal, als er mich in seine Arme zieht und mich fest an seine Brust drückt. Ein überraschter Laut entweicht meiner Kehle, doch ich wehre mich dieses Mal nicht gegen seine Nähe, sondern genieße die Wärme, die von ihm ausgeht. Ohne auch nur einen Millimeter Luft zwischen uns zu lassen, dirigiert er mich durch die geöffnete Tür ins Lehrerzimmer und lehnt sich mit dem Rücken dagegen, sodass niemand hereinkommen kann. Beruhigend streicht er mit einer Hand meine Wirbelsäule hinauf und wieder herunter. Seine Fingerspitzen graben sich in mein offenes Haar, er beugt den Kopf und presst sein Gesicht an meine Halsbeuge. Sein warmer Atem kitzelt die empfindliche Haut an meinem Hals.

Meine Schultern beben unkontrolliert. Scheiße, weine ich etwa wirklich? Ich stehe so neben mir, dass ich die Tränen gar nicht bemerkt habe. Fest schlingt er seine Arme um meine Körpermitte. Den Kaffeebecher hat er auf einem Sideboard abgestellt.

Seine Nähe ist tröstend und erschreckend zugleich. Ich sollte jetzt nicht hier sein. Nicht in seinen Armen liegen. Am besten Reißaus nehmen, doch mein Körper rührt sich keinen Millimeter. Weil es genau das ist, wonach sich mein Herz schon seit Monaten sehnt. Ich möchte bei Robert sein. Möchte ihm nah sein, ihm gehören, ihn nie wieder gehen lassen. In diesem Moment ist er jedoch so weit weg und unerreichbar wie nie zuvor, denn sollte sich mein Verdacht bestätigen, dann ... Vermutlich wird er sich von mir abwenden. So wie Peter damals ...

Sofort löse ich mich von ihm und mache einen Schritt zurück.

»Sorry, ich …« Hastig wische ich mir mit dem Handrücken über die feuchten Augen und zwinge mich zu einem Lächeln. »Ich wollte wirklich nicht … also … Eigentlich habe ich mich für heute krankgemeldet und wollte nur meine Tasche holen.«

Seine braunen Augen verengen sich, er sieht mich mit einer Mischung aus Sorge und Enttäuschung an. Aber die Sorge gewinnt seinen inneren Kampf, denn erneut ist er an meiner Seite, als ich mit wenigen Schritten den Raum durchquere und die Handtasche von meinem Platz nehme.

»Ich bringe dich nach Hause«, sagt er entschieden, doch ich schüttele müde den Kopf. Noch länger ertrage ich seine Nähe nicht.

»Melanie, sei vernünftig. Du siehst aus, als würdest du jeden Moment umkippen. So kannst du nicht alleine nach Hause gehen, geschweige denn mit dem Fahrrad fahren«, beschwört er mich.

»Schon gut. Ich brauche einfach etwas frische Luft, dann wird's wieder«, beschwichtige ich ihn, auch wenn ich mich tatsächlich so fühle, als könnte ich keinen Schritt mehr alleine gehen. Mein Körper ist ausgelaugt von den vielen Sorgen, die ich mir gemacht habe. Und mein Kopf dröhnt plötzlich so heftig, dass ich nur noch ein Rauschen in meinen Ohren höre. Lichtpunkte flackern vor meinen Augen auf. Also wehre ich mich nicht gegen Roberts Arm, den ich plötzlich um meine Schulter spüre. Dankbar und unglaublich erschöpft lehne ich meinen Kopf gegen ihn, während er mich aus dem Schulgebäude zum Parkplatz führt.

***

Nachdem ich eine Stunde auf dem Sofa geschlafen habe, fühle ich mich deutlich besser. Die Übelkeit ist beinahe vollkommen verschwunden, dafür habe ich nun Bärenhunger. Bis Nina von der Schule nach Hause kommt, habe ich noch einige Stunden Zeit. In Anbetracht meines Zustandes habe ich noch auf dem Heimweg meine Schwester in einer Nachricht gefragt, ob sie Nina heute ausnahmsweise von der Nachmittagsbetreuung abholen und herbringen kann. Natürlich hat sie zugestimmt, doch auf ihre Frage, was mit mir los sei, konnte ich ihr nicht antworten. Immerhin bin ich mir selbst nicht sicher, *was genau* los ist. Hoffentlich ist es wirklich nur ein blöder Virus, den ich von der Klassenfahrt angeschleppt habe ...

Schwerfällig erhebe ich mich vom Sofa und schlurfe müde in die Küche, um ein großes Glas Wasser zu trinken. Danach schmiere ich mir schnell ein Butterbrot, das ich in Windeseile verdrücke. Durch die kleine Mahlzeit gestärkt, grummelt mein Magen wenigstens nicht mehr so sehr und auch die Kopfschmerzen sind erträglicher als noch vor ein paar Stunden. Um es nicht länger vor mir herzuschieben, verlasse ich die Wohnung und gehe zur Drogerie um die Ecke, in der ich mir verschiedene Schwangerschaftstests besorge. Die Kassiererin beäugt mich misstrauisch, denn vermutlich denkt sie, ein Test würde auch reichen. Aber da will ich auf Nummer sicher gehen, bevor ich mich unnötig verrückt mache.

Wieder zu Hause, trinke ich ein weiteres Glas Wasser, bevor ich mich bangen Herzens im Badezimmer einschließe. Zögernd benutze ich den ersten Test. Mir schlägt das Herz bis zum Hals und meine Atmung geht stockend, als ich auf das kleine Testfenster starre und warte. Die Minuten ziehen sich wie alter Kaugummi und kommen mir unendlich lang vor. Eine ganze Weile passiert nichts und ich will schon erleichtert aufatmen, als ich eine dünne zweite Linie erkenne. Zwar nur sehr schwach, aber sie ist trotzdem da. Mein Puls beschleunigt sich und ich reiße die nächste Verpackung auf, um den Test zu wiederholen. Leider zeigt sich auch hier ein zweiter Strich. Ich setze meine ganze Hoffnung auf den letzten Test, der zu meinem Entsetzen jedoch ebenfalls positiv ausfällt.

Ungläubig starre ich auf das Ergebnis und kann nicht fassen, dass mir so etwas erneut passiert. Ich liebe Kinder und bin gerne Mutter – aber jetzt? Ohne einen festen Partner? Und dann auch noch zweifach alleinerziehend? Scheiße, wie soll ich das hinkriegen?

Verzweifelt vergrabe ich mein Gesicht in den Händen und bleibe reglos auf dem geschlossenen Klodeckel sitzen. Die Gedanken in meinem Kopf überschlagen sich. Das Baby muss von Robert sein. Er war seit Langem der einzige Mann, mit dem ich Sex hatte.

Na großartig, das hast du toll hingekriegt, Mel! Erneut machst du denselben Fehler und musst ihn nun alleine ausbaden.

Ich will mir nicht einmal seine Reaktion auf mein Geständnis ausmalen, so große Angst habe ich vor der Wahrheit. Wenigstens kann er mich nicht verlassen, weil wir gar nicht zusammen waren. Dennoch schmerzt mein Herz bereits jetzt bei dem Gedanken, von ihm abgewiesen zu werden ...

Seufzend erhebe ich mich und entsorge die Teststreifen im Mülleimer, ehe ich das Badezimmer verlasse. Im Wohnzimmer fällt mein Blick auf das blinkende Licht auf meinem Handy. Ich glaube schon, einen Anruf von Mona verpasst zu haben, doch es ist bloß eine Nachricht von Cindy wegen der Hochzeitsvorbereitungen. Ach, verdammt. Das steht mir ja auch noch bevor. Eine hochschwangere Trauzeugin, wie wunderbar! Vielleicht sollte ich es ihr beichten, damit sie noch Ramona oder Trixi fragen kann, für mich einzuspringen.

Mit dem Smartphone in der Hand lasse ich mich aufs Sofa plumpsen und wähle ihre Nummer. Mit jemandem darüber zu reden, der Distanz wahren kann, wird mir guttun. Dass ich meine Schwester nicht gleich mit dieser Neuigkeit überfallen werde, steht für mich definitiv fest. Es wird noch mehr Fragen aufwerfen, schließlich habe ich mich ihr gegenüber stets mit Händen und Füßen dagegen gewehrt, meine Gefühle für Robert einzugestehen.

Das Freizeichen ertönt und Cindy meldet sich.

»Hey, hier ist Melanie«, grüße ich sie.

»Oh, Mel, wunderbar, dass du anrufst! Das alles lässt sich viel besser am Telefon besprechen als im Chat. Ich habe in zwei Wochen schon einen Termin in einer Brautmodenboutique und möchte dich unbedingt dabeihaben. Meinst du, du könntest es einrichten?«, sprudelt es aus ihr heraus. Die Aufregung ist deutlich aus ihrer Stimme herauszuhören. Leider kann ich ihre Euphorie gerade nicht teilen, weil mich ganz andere Dinge beschäftigen. Dieses neue Baby zum Beispiel, das mein Leben erneut auf den Kopf stellt.

»Cindy, warte einen Moment«, unterbreche ich ihren Redeschwall. »Ich muss dir etwas erzählen.«

Sofort verstummt sie am anderen Ende der Leitung.

»Ich bin ganz Ohr, Süße«, sagt sie immer noch aufgekratzt. Wie fängt man so ein Gespräch am besten an?

»Also ... wegen dieser Trauzeuginnen-Sache ...«, beginne ich und hole tief Luft. »Erinnerst du dich noch an den Mann, der mich zu deiner Party gebracht hat?«

»Natürlich! Wie hätte ich seinen Anblick vergessen können?«, kommt es sogleich von ihr. »Wirst du ihn zur Hochzeit mitbringen? Dann setze ich ihn ebenfalls auf die Gästeliste, ehe ich es vergesse. Mir schwirrt bereits der Kopf wegen der vielen Vorbereitungen – und dabei heirate ich erst im Sommer!«

»Nun ... wir hatten Sex.«

»Ah!«, quietscht meine Freundin so laut, sodass ich das Smartphone für einen Moment vom Ohr weghalten muss, um nicht auf der Stelle taub zu werden. »O Gott, ich wusste es! Das ist so wunderbar, Mel. Ich freue mich sehr für dich.«

»Daran ist nichts wunderbar«, brumme ich, obwohl mich bei der Erinnerung an unsere gemeinsame Nacht jedes Mal ein angenehmer Schauder durchläuft. Auch wenn seitdem bereits so viel passiert ist, erinnere ich mich immer noch an seine Berührungen auf meiner Haut, als wären bloß Minuten vergangen.

»Ich bin von ihm schwanger«, presse ich gequält hervor, als würde mir dieses Geständnis körperliche Schmerzen zufügen.

»Nein!«, entfährt es Cindy und sie quietscht erneut. »Unfassbar!«

»Ja ... unfassbar. Das kommt ziemlich überraschend.«

»Gott, Mel, wie alt bist du eigentlich? Fünfzehn? Du weißt doch, wie das mit den Bienchen und Blümchen funktioniert. Schließlich hast du bereits ein Kind«, meint sie kichernd. »Habt ihr etwa nicht verhütet?«

»Doch, natürlich. Er hat ein Kondom benutzt. Deshalb verstehe ich nicht ...«

Cindy kichert. »Die Dinger können auch reißen, schon mal daran gedacht? Sollte das Verfallsdatum abgelaufen sein, ist das Kondom nicht mehr einwandfrei. Woher weißt du, wie oft der Typ vor dir schon Sex hatte? Vielleicht lebte er wie ein Mönch im Zölibat, bis du in sein Leben getreten bist? Oder es lag einfach viel zu lange in der Hosentasche oder im Geldbeutel? Das kann schädlich für das Material sein«, belehrt sie mich in fachmännischem Ton, kann sich jedoch das Kichern nur schwer verkneifen. »Ist mir im Studium auch einige Male passiert, doch glücklicherweise nehme ich die Pille.«

Seufzend sinke ich in mich zusammen, stütze meinen Kopf in die freie Handfläche und starre auf den schwarzen Fernsehbildschirm mir gegenüber.

»Ich weiß es nicht, Cindy«, gebe ich verzweifelt zurück. Ich kann mich noch nicht so schnell an den Gedanken gewöhnen, erneut ein Baby zu bekommen ... Damals war ich deutlich jünger und total überfordert mit der Situation und auf mich allein gestellt. Heute bin ich erfahrener, dennoch mache ich mir Sorgen darüber, wie ich den Alltag zukünftig bewältigen werde. Vor allem weiß ich nicht, wie Nina auf ein Geschwisterchen reagieren wird.«

Ihr Kichern verstummt und Cindys Stimme klingt wieder ernst. »Was willst du jetzt tun, Süße? Wirst du es ihm sagen?«

»Ich weiß es nicht«, wiederhole ich verzweifelt. »Ich ... wir sind nicht zusammen, vermutlich denkt er nicht einmal über eine Beziehung nach, weil ... Nun, zumindest war es wohl eine einmalige Sache. Aber ein Baby? Wie soll ich das bloß Nina erklären?«

»Aber du willst es behalten, oder?«, hakt sie nach.

»Natürlich!«, entgegne ich bestimmend. Eine andere Option kommt für mich gar nicht infrage. Außerdem kann ich nicht verhindern, dass die Tatsache an das winzige Baby in meinem Inneren mich trotz all der Sorge auch mit Freude flutet. Reflexartig lege ich eine Hand auf meinen noch flachen Bauch. Der Gedanke an ein neues Leben lässt alles in mir aufgeregt kribbeln.

»Schön. Dann solltest du es ihm sagen, Mel. Er hat die Wahrheit verdient. Schließlich wird man früher oder später bemerken, dass du schwanger bist. Dann werden automatisch Fragen nach dem Vater aufkommen, solltest du weiterhin Single sein.«

»Damit Robert sich ebenfalls von mir abwendet, so wie Peter?«, frage ich und kann nicht verhindern, dass Enttäuschung mein aufkommendes Glücksgefühl überlagert. Peter hat sich direkt nach meinem Geständnis von mir getrennt. Wer garantiert mir, dass es mit Robert nicht genauso laufen wird, auch wenn wir bloß Freunde sind? Sollte ich ihm die Wahrheit beichten oder es lieber verschweigen? Egal, wie ich mich entscheiden sollte, ich werde Robert als einen guten Freund verlieren ... Ob ich dann überhaupt noch mit ihm zusammenarbeiten kann, ohne dass mein Herz täglich in Stücke gerissen wird?

»Nicht jeder Mann ist so ein egoistisches Arschloch wie dein Ex«, entgegnet meine Freundin mit fester Stimme. »Du solltest auf dein Herz hören.«

»Habe ich«, murmele ich traurig. »Und beide Male endete ich allein mit einem Baby ...«

»Ach, Kopf hoch, Süße. Ich bin mir sicher, dass es mit Robert anders laufen wird. Du hast die Möglichkeit auf eine Beziehung anscheinend noch nicht mal in Betracht gezogen. Was macht dich denn so sicher, dass er nicht überglücklich über diese Neuigkeit ist?«

»Woher willst du das wissen? Du kennst ihn nicht einmal«, murmele ich. Wie kann ich meiner Freundin begreiflich machen, dass Robert sich auf keine neue Beziehung einlassen wird, weil der Tod seiner Frau gerade mal zwei Jahre her ist? Ein Baby würde ihn sicherlich bloß unter Druck setzen und seine wahren Gefühle beeinflussen. Schon möglich, dass er sich aus Pflichtgefühl um mich und sein Kind kümmern würde, doch das will ich auf keinen Fall. Lieber keine Beziehung, als bloß eine aus Mitleid!

»Nenn es einfach weibliche Intuition«, sagt sie zuversichtlich. »Und nun muss ich Schluss machen. Hans-Georg und ich wollen gleich mit einem befreundeten Paar essen gehen. Denk bitte an den Termin in zwei Wochen. Ich werde dir Ort und Uhrzeit noch mitteilen.« Mit diesen Worten verabschiedet sie sich von mir und legt auf, bevor ich meine Rolle als Trauzeugin absagen kann.

Seufzend lege ich mein Handy beiseite und strecke mich auf dem Sofa aus. Zum Glück ist Nina immer noch in der Nachmittagsbetreuung und kommt mit Mona erst in einer guten Stunde nach Hause. Dadurch habe ich wenigstens Zeit, meine Gedanken zu ordnen.

Kapitel 13

Glücklicherweise hat mich mein Hausarzt den Rest der letzten Woche krankgeschrieben. Meine Beschwerden häuften sich und die Übelkeit wurde so schlimm, dass ich sowieso nicht in den Unterricht konnte. Nina machte sich Sorgen, doch ihr erzählte ich, es wäre bloß ein Magenvirus. Dieselbe Lüge tischte ich Mona auf, die mir aber nicht wirklich geglaubt hat. Bald werde ich ihr die Wahrheit gestehen müssen.

Mein Frauenarzt beglückwünschte mich zu meiner erneuten Schwangerschaft und schrieb mich daraufhin eine weitere Woche krank, damit ich mich erholen, und vor allem an den Gedanken gewöhnen konnte, erneut Mutter zu werden. Und tatsächlich erschreckt mich diese Tatsache weniger als bei meiner ersten Schwangerschaft. Wenn ich mich mutig genug fühle, Robert gegenüberzutreten, dann werde ich ihm die Wahrheit erzählen. Sollte er sich danach von mir abwenden, werde ich seine Entscheidung akzeptieren und nach vorne sehen. Etwas anderes bleibt mir sowieso nicht übrig, weil ich dieses Baby unbedingt bekommen will.

Mit einem leichten Lächeln streichele ich mir über den Bauch, dann ziehe ich meine Jacke enger um meinen Körper. Der eisige Wind pfeift durch das hohe Schilf und lässt es hin und her schwanken. Die Hände in meine Jackentaschen vergraben, stapfe ich durch den feuchten Sand am Strand entlang, um ein bisschen den Kopf freizubekommen. Die vergangene Woche war ich fast täglich hier, nachdem ich Nina zur Schule gebracht habe. Die morgendliche Ruhe und der Blick aufs Wasser in der Ferne, das an das Watt angrenzt, geben mir die nötige Kraft, meine neue Situation besser zu verarbeiten und anzunehmen. Außerdem hilft mir ein kleiner Spaziergang an der salzigen Nordseeluft gegen die Übelkeit, die kurz nach dem Aufstehen am stärksten ist. Danach fühle ich mich bereit für den Tag.

»Hey, da bist du ja«, ruft mir Mona bereits zu, als ich die Tür des Cafés aufschiebe und zu ihr an den Verkaufstresen gehe. Um diese Uhrzeit hat das Strandcafé geschlossen, doch ich will die Torte für Ninas Geburtstag morgen abholen, die Mona bei ihrem Lieferanten bestellt hat.

Sie hebt eine große Pappschachtel unter dem Tresen hervor und stellt sie vor mir ab. Neugierig luge ich in den Karton.

»Ein Einhorn?«, frage ich erstaunt und meine Schwester nickt mit einem wohlwollenden Grinsen.

»Jap. Sieht klasse aus, oder? Besteht komplett aus Zuckermasse und kann auch gegessen werden. Björn ist ein Meister seines Fachs«, erklärt sie stolz. Die knallpinke Torte ist übersäht mit bunten Zuckerperlen, auf deren Spitze eine Einhornfigur thront.

»Ich habe nicht gewusst, dass sie sich ein Einhorn wünscht ...«, murmele ich betreten. Wie sehr war ich in letzter Zeit mit mir selbst und meinen eigenen Problemen beschäftigt, dass ich mich nicht daran erinnere, welche Wünsche Nina für ihren Geburtstag geäußert hat? Jetzt schäme ich mich dafür, mein Kind in diesem Sinne vernachlässigt zu haben. Vielleicht hat sie mir alles wie üblich nach der Schule erzählt, während ich ihr nicht richtig zugehört habe ...

»Nina hat es erwähnt, als ich sie neulich nach der Schule abgeholt habe«, bestätigt Mona und sieht mich eindringlich an. »Als du krank geworden bist. Apropos, der Magen-Darm-Virus dauert aber ganz schön lange. Sicher, dass bei dir alles in Ordnung ist? Du bist ständig so blass und wirkst in Gedanken.«

»Ja, alles okay«, beschwichtige ich sie und knöpfe mir die Jacke auf, ehe ich mich auf den Barhocker ihr gegenüber setze. Ich werde mich ein paar Minuten ausruhen, bevor ich nach Hause gehe.

»Leihst du mir deinen Wagen? Dann muss ich den Karton nicht den ganzen Weg tragen«, frage ich, um vom Thema abzulenken. Meine Schwester holt ihren Autoschlüssel heraus und legt ihn neben den Tortenkarton.

»Klar, kein Problem. Möchtest du noch einen Kaffee?«

»Nein, lieber nicht«, entgegne ich, während sie schon zwei Tassen aus dem Regal nimmt und sie unter die Maschine stellt. »Heut nehme ich lieber einen Kamillentee. Du weißt schon, wegen meiner Magenschmerzen ...«

»Magenschmerzen, hm?« Mona stellt trotzdem die Maschine an und macht sich einen schwarzen Kaffee, danach brüht sie für mich einen Tee auf, den sie mir nach wenigen Minuten reicht. »Warst du beim Arzt?«

Unter ihrem durchdringenden Blick mache ich mich ganz klein, ziehe den Kopf zwischen die Schultern und starre angestrengt in meine Tasse, als könnte ich darin die Antworten auf all meine Fragen finden.

»Ich bin gar nicht krank«, murmele ich dann vor mich hin. »Ich bin schwanger ...« Jetzt ist die Wahrheit heraus. Tatsächlich atme ich erleichtert aus, denn es tut gut, meine Schwester nicht länger belügen zu müssen. Neben Nina ist sie die wichtigste Person in meinem Leben ... und Robert, doch ihn werde ich wahrscheinlich kaum noch dazuzählen können, sobald er von meiner Schwangerschaft erfährt.

Mona schnaubt und stemmt ihre Hände in die Hüften.

»Tatsächlich? Und ich dachte, es wäre etwas Ernstes, was dich tagelang an deine Wohnung kettet.«

Mein Kopf ruckt zu ihr herum und ich starre sie ungläubig an. Bitte? Warum ist sie gar nicht so geschockt, wie ich es im ersten Moment gewesen bin? Sie tut gerade so, als wäre eine Schwangerschaft in meiner Situation das Normalste auf der Welt.

»Willst du nicht wissen, wer der Vater ist?«, frage ich, ziemlich überrumpelt von ihrer nüchternen Reaktion auf meine Neuigkeit.

»Ich kann mir denken, wer der Vater ist«, meint Mona und ihre Mundwinkel zucken nach oben. »Schließlich konnte niemand das feurige Knistern zwischen euch beiden übersehen. Für mich war es bloß eine Frage der Zeit, wann du dir endlich deine Gefühle zu Robert eingestehen würdest. Deshalb habe ich nichts mehr in dieser Richtung erwähnt. Ich bin es einfach leid, dich zu deinem Liebesglück zwingen zu müssen, Schwesterherz. Scheinbar habt ihr beide es ohne meine Hilfe geschafft.« Sie zwinkert mir verschwörerisch zu und ich kann sie nur sprachlos ansehen. Ich werde niemals mit Robert glücklich sein können, weil zu viel zwischen uns steht, obwohl es im ersten Moment nicht so aussieht. Wir beide können aus so vielen Gründen kein Paar werden. Wir sind Kollegen, Freunde. Selbst das Baby wird an dieser Tatsache nichts ändern können.

Seufzend lasse ich meinen Kopf auf den Tresen sinken und vergrabe mein Gesicht in den Armen.

»Wir sind nicht zusammen und er weiß es noch nicht. Also bitte, behalt diese Neuigkeit für dich, ja?«

»Als ob ich mit so einem brisanten Thema hausieren gehe«, empört sich Mona. Dann spüre ich ihre Hand auf meinem Kopf. Sie streichelt mich, als wäre ich wieder ein kleines Kind. »Wenn Robert noch nichts davon weiß, dann solltest du ihm die Wahrheit trotzdem nicht länger vorenthalten, Mel. Er hat ein Recht auf eine eigene Entscheidung, meinst du nicht? Wie willst du wissen, wie er zu dir und diesem Kind steht, wenn du ihn im Unklaren lässt? Und vielleicht wendet sich alles zum Guten und ihr kommt dennoch zusammen.«

Seufzend zucke ich mit den Schultern. Natürlich werde ich mit ihm sprechen, obwohl ich mir keine großen Hoffnungen auf eine glückliche Liebesbeziehung mache. Bisher hatte er keine eindeutige Signale in dieser Richtung gesendet. Robert ist stets nett, liebenswert und bemüht – aber so verhält er sich jedem gegenüber. Mir ist nicht aufgefallen, dass er zu mir anders ist ...

»Ich werde mit ihm reden«, verspreche ich Mona und erhebe mich vom Barhocker. »Aber noch nicht jetzt. Erst mal will ich Ninas Geburtstagsfeier morgen überstehen. Fünf Kinder in dieser kleinen Wohnung sind eine Herausforderung.«

Meine Schwester lächelt mich aufmunternd an. »Du schaffst das, Mel. Alles. So, wie du es immer geschafft hast.«

***

Auf Roberts letzte Nachricht antworte ich nur knapp, weil ich zu beschäftigt bin. Er hatte sich vergangene Woche mehrmals nach meiner Gesundheit erkundigt und Grüße der anderen Kollegen bestellt. Es fällt mir schwer, mit ihm zu sprechen, dennoch bin ich ihm dankbar für seine Hilfe neulich. Aber dieses Baby und meine Ungewissheit stehen zwischen uns ... Ich habe Angst, ihm ins Gesicht zu sehen, weil ich fürchte mit der Wahrheit nicht lange hinterm Berg halten zu können. Dabei bin ich mir selbst nicht sicher, wie ich ihm die Sache mit meiner Schwangerschaft schonend beibringen kann, ohne, dass er sich sofort von mir abwendet, wie es damals bei Peter der Fall gewesen ist.

»Mama, darf ich endlich die Torte probieren?«, fragt Nina zum wiederholten Male und tänzelt um den Esstisch herum, den ich bereits mit bunten Papptellern und Konfetti dekoriert habe. Meine Tochter trägt ein pinkes Kleid, das über und über mit kleinen Einhörnern bedeckt ist. Es war ein Geschenk von Mona, in das sich Nina auf den ersten Blick verliebt hat, sodass sie es natürlich sofort anprobieren musste.

»Du solltest erst warten, bis deine Freundinnen kommen«, erkläre ich ihr lächelnd. »Es wäre nicht fair, wenn du alleine mit dem Essen beginnst.«

»Aber die Torte sieht so lecker aus«, meint Nina, setzt sich jedoch geduldig neben Mona aufs Sofa.

»Was hältst du davon, wenn wir eine Runde Memory spielen, um die Wartezeit zu verkürzen?«, schlägt meine Schwester ihr vor. In der nächsten halben Stunde kommen Ninas Schulfreundinnen eine nach der anderen an und meine Anspannung wächst mit jeder Minute, weil Robert noch auf der Party fehlt. Ich hoffe inständig, dass er Ninas Einladung vergessen oder sie nicht ernst genommen hat, obwohl mein Herz bei jedem Türklingeln aufgeregt gegen meinen Brustkorb hämmert.

Je länger er jedoch auf sich warten lässt, desto mehr entspanne ich mich. Gemeinsam mit den Kindern essen wir von der köstlichen Geburtstagstorte und spielen einige Partyspiele, was vor allem bei Nina auf große Begeisterung stößt. Immerhin ist es ihre erste richtige Feier, zu der sie Freundinnen eingeladen hat. Die Freude in ihrem Gesicht zu sehen, macht mich ganz rührselig.

»Meinst du, er kommt heute noch?«, fragt Mona leise, nachdem ich mich mit einem Tee zu ihr aufs Sofa gesellt habe. Die Kinder spielen gerade in der Wohnung Verstecken und Nina ist mit Suchen dran.

»Ich weiß nicht ... hoffentlich nicht«, entgegne ich ebenso leise, damit meine Tochter unser Gespräch nicht mitbekommt.

»Drei, zwei, eins. Ich komme!«, ruft Nina währenddessen und flitzt aus dem Wohnzimmer, um ihre Freundinnen zu finden. Mona legt mir ihre Hand aufs Knie und drückt es aufmunternd.

»Eigentlich wünschst du dir schon, ihn wiederzusehen, habe ich recht?«, mutmaßt sie und trifft damit wie üblich voll ins Schwarze. Seufzend lehne ich meinen Kopf gegen die Sofalehne.

»Du hast recht. Ich vermisse ihn«, gestehe ich ihr, weil es keinen Sinn macht, meine Gefühle Robert gegenüber abzustreiten. Immerhin erwarte ich sein Baby. »Aber ich fürchte mich davor, ihm in die Augen zu sehen. So viel steht zwischen uns.«

»Alles Missverständnisse, die du leicht aus dem Weg räumen könntest, wenn du wolltest.«

Ja, wenn ich wollte ... Doch ich kann nicht! Die Angst vor einer Abfuhr sitzt zu tief in meinem Herzen, dafür hat Peter gesorgt. Es ist also kein Wunder, wenn ich nicht mehr in der Lage bin, eine normale Beziehung zu führen. Wobei Robert und ich nicht einmal zusammen waren. Keine Ahnung, wie ich unser Verhältnis eigentlich beschreiben soll. Sind wir überhaupt Freunde oder ist da von seiner Seite mehr? Mona hat recht: Statt von Anfang an die Fronten zu klären, habe ich mich stets vor Gesprächen gedrückt, die Licht ins Dunkel hätten bringen können. Nun bin ich selbst schuld wegen meiner Verwirrung. Diese einseitige Liebe ist verdammt schmerzhaft.

Zum Glück stürmt Nina wieder ins Wohnzimmer, gefolgt von zwei der anderen Mädchen, und reißt mich aus meinen trübsinnigen Gedanken.

»Mama, wir können Marlies nicht finden«, beschwert sie sich.

»Hast du im Badezimmer hinterm Duschvorhang nachgeschaut? Dort versteckst du dich auch gerne«, frage ich sie.

»Oder in deinem Kleiderschrank?«, überlegt Mona laut. Bevor Nina diese beiden Möglichkeiten in Erwägung ziehen kann, schellt die Klingel laut durch die Wohnung.

»Das ist bestimmt Robert!«, ruft Nina aufgeregt und stürmt bereits in den Flur, betätigt den Summer an der Gegensprechanlage und reißt die Wohnungstür schwungvoll auf. Einen Moment bleibt es still, also gehe ich zu ihr, um nach dem Rechten zu sehen. Und als ich den hochgewachsenen Mann im Türrahmen erkenne, verstehe ich sofort, warum Nina bisher nichts gesagt hat. Es ist nicht Robert, der vor ihr steht, sondern Peter!

»Mama, wer ist das?«, fragt mich meine Tochter irritiert. Ich schiebe mich an ihre Seite und lege ihr schützend den Arm um die Schulter. Peter betrachtet uns lächelnd – und mir bricht der Schweiß aus. Ist das etwa der Moment, in dem ich meinem Kind klarmachen muss, dass dieser fremde Mann hier ihr leiblicher Vater ist, der all die Jahre nichts von ihr hate wissen wollen? Gott, das kann ich nicht! Nicht heute! Nicht auf ihrem Kindergeburtstag, auf den sie sich schon so lange gefreut hat. Ich würde ihr die Party verderben!

»Ähm, lässt du mich bitte einen Moment allein mit dem Onkel sprechen, Schatz? Du kannst zurück ins Wohnzimmer zu deinen Freundinnen gehen und Marlies suchen. Es dauert nicht lange«, sage ich zu ihr, ohne Peter zu begrüßen.

»Okay«, meint Nina schulterzuckend und läuft durch den Flur zurück zu den anderen. Ich entdecke Mona im Türrahmen, die Arme vor der Brust verschränkt. Sie hebt fragend eine Augenbraue und ich nicke bloß stumm, dann gehe ich an Peter vorbei ins Treppenhaus und ziehe die Wohnungstür hinter mir zu.

»Peter«, sage ich endlich und atme geräuschvoll aus. »Was tust du hier? Und woher hast du überhaupt meine Adresse?« Sein Auftauchen vor meiner Wohnungstür hat mich ziemlich überrumpelt, weshalb ich den ersten Schock erst mal verarbeiten muss. Nachdem ich mich innerlich ein bisschen beruhigt habe, fallen mir die Dinge in seinen Händen auf. Er hält einen riesigen Plüschteddybären unterm Arm, in der anderen Hand einen Strauß roter Rosen. Irritiert sehe ich auf die Gegenstände und kann ihre Bedeutung nicht richtig zuordnen. Vor allem die Blumen wirken gerade ziemlich fehl am Platz.

Mein Ex-Freund gewinnt schnell seine Fassung wieder. »Von deiner Mutter. Ich habe sie zufällig in der Stadt getroffen und mich sofort nach dir erkundigt, nachdem du vor Wochen mein Restaurant so fluchtartig verlassen hast. Sie war gerührt, dass ich mich scheinbar um dich sorge und hat mir breitwillig deine Adresse gegeben. Also bin ich hergekommen.«

»Was erhoffst du dir von deinem Besuch? Dass ich dich mit Kusshand empfange und wieder in unser Leben lasse? Nachdem du dich jahrelang nicht einmal nach deinem Kind erkundigt hast? Träum weiter!« Ich kann mir kaum vorstellen, dass er urplötzlich seine Vaterliebe entdeckt hat. Er kennt Nina nicht, hat sie kein einziges Mal gesehen und mich nicht einmal wissen lassen, dass er sich für sie interessiert. Wäre es anders, dann hätte ich ihm den Kontakt zu ihr nicht verwehrt. Aber wie ich Peter kenne, mag er keine Kinder. Da wird sein eigenes auch keinen Unterschied machen.

»Siehst du nicht, was ich will?« Er lächelt sein strahlendes Lächeln, das jedes Frauenherz erweichen kann. Meins bleibt jedoch vor ihm verschlossen, denn er hat es bereits vor Jahren gebrochen. »Ich will mich noch einmal bei dir entschuldigen. Und Nina zum Geburtstag gratulieren. Heute müsste sie sieben sein, oder? Zumindest sagte mir das deine Mutter.« Mein Ex-Freund deutet auf die Geschenke in seinen Händen. Der Blumenstrauß und der Teddybär sehen aus, als hätte er sie eben an der nächstbesten Tankstelle gekauft. Schnaubend verschränke ich die Arme vor der Brust.

»Wofür willst du dich entschuldigen? Dafür, dass du mich schwanger aus der Wohnung geschmissen hast? Oder wie du dich mir gegenüber auf Cindys Party verhalten hast? Vielleicht aber auch für dein aufgeblasenes Verhalten beim Mittagessen vor einiger Zeit? Keine Ahnung, was genau du meinst, aber vergiss es einfach, okay? Ich brauche deine Entschuldigung nicht, weil ich nichts mehr für dich empfinde. Früher habe ich dir vielleicht hinterhergeweint, weil du mich mittellos sitzen gelassen hast, ohne die Verantwortung für dein Kind zu übernehmen. Weißt du, es gab eine Zeit, da hätten wir deine Hilfe gut gebrauchen können. Heute jedoch kommen Nina und ich sehr gut alleine zurecht. So einen Heuchler wie dich brauchen wir nicht in unserem Leben. Verschwinde von hier und lass mich in Ruhe.«

Peter schweigt eine Weile, sieht aber alles andere als betreten aus. Er wirkt auf mich eher wie jemand, der meine Worte belächelt. Versteht er wirklich nicht, dass ich ihn ablehne? Vermutlich hat er gedacht, ich würde ihn mit offenen Armen empfangen und glücklich darüber sein, dass er sich nach sieben Jahren erbarmt hat, zu mir zurückzukehren. Doch da täuscht er sich, denn der Platz in meinem Herzen ist längst vergeben.

»Ach komm schon, Mel. Das ist doch alles Schnee von gestern. Ich habe mich geändert und bereue es, mich damals von dir abgewandt zu haben. Wäre ich sonst hier, wenn mir nicht noch etwas an dir liegen würde? Und bestimmt möchte Nina endlich ihren Vater kennenlernen«, sagt er großspurig und kommt näher an mich heran. Instinktiv weiche ich zurück, bis ich die Wohnungstür im Rücken spüre. Eine andere Fluchtmöglichkeit bleibt mir nicht. Ich müsste klingeln, damit mich Mona wieder in die Wohnung lässt.

»Ihr könnt beide zu mir nach Hamburg kommen, denn dort habe ich schließlich mein Restaurant, das ich nicht aufgeben kann. Meine Wohnung ist groß genug für uns drei. Du könntest dort jederzeit eine neue Arbeit finden. Außerdem habe ich mir gedacht, dass wir heiraten könnten, wo wir schon ein gemeinsames Kind haben«, redet er weiter, ohne mich wirklich anzusehen. Mir bricht der Schweiß aus. Was zur Hölle hat der Kerl an *»Verschwinde von hier«* eigentlich nicht verstanden? Hört er mir überhaupt zu oder kann ich mir den Atem auch sparen? Scheinbar lässt er sich durch meine Worte nicht abwimmeln. Und jetzt faselt er auch noch etwas von einer Hochzeit. Ist er völlig übergeschnappt?

Verärgert stemme ich meine Hände in die Hüften und mache mich so groß wie möglich, obwohl mich mein Ex-Freund dennoch um einen ganzen Kopf überragt.

»Hör mal, ich ...« Ich hole tief Luft, denn ihm diese Worte zu sagen, fällt mir nicht gerade leicht. Aber ich muss es tun, vielleicht versteht er dann, dass zwischen uns nichts laufen wird. »Ich bin schwanger.«

»Oh ...«, entfährt es Peter, und als er die Tragweite meiner Worte versteht, weiten sich seine Augen. »Oh!«

»Ja. Oh«, echoe ich wenig geistreich. Stille entsteht zwischen uns. Diese Situation kommt mir vor wie ein Déjà-vu. Vor mehr als sieben Jahren standen wir uns genauso gegenüber. Nur, dass Peter keine Blumen für mich dabeihatte und weniger erstaunt reagierte. Vielmehr war er wütend, weil ich sein Kind in mir trug. Endlich sehe ich Erkenntnis und Resignation in seinen blauen Augen.

»Schwanger also ...«, wiederholt er langsam. In diesem Moment durchbricht lautes Bellen die Stille, explodiert in meinen Ohren wie eine Bombe. Erschrocken hebe ich den Blick, schaue über Peters Schulter und sehe Robert nur wenige Meter von mir entfernt am unteren Treppenabsatz stehen. Sherlock flitzt zu mir hoch und springt freudig um meine Beine herum.

O scheiße! Wie viel hat er von unserem Gespräch mitbekommen? Gott, *das* war der denkbar ungünstigste Moment für sein Auftauchen, den er jemals hätte wählen können.

Mein Entsetzen überträgt sich auf ihn, spiegelt sich in seinem Gesicht wider und dieses Mal kann er seine Emotionen nicht schnell genug hinter einer ausdruckslosen Maske verstecken.

»Ich ... Robert ...«, stammele ich, obwohl ich keine Ahnung habe, was genau ich ihm sagen will. In diesem Augenblick entgleitet mir das Gespräch und ich verstumme. Kann ihn nur fassungslos anstarren. Vielleicht hätte ich noch den Mut aufgebracht, ihm von der Schwangerschaft zu erzählen. Aber nicht zwischen Tür und Angel und schon gar nicht im Beisein meines Ex-Freundes, der ebenfalls wie erstarrt ist.

Robert ist der erste, der seine Fassung zurückerlangt. Er räuspert sich geräuschvoll und kommt auf mich zu. Seine festen Schritte verhallen im Treppenhaus und deuten nicht darauf hin, wie es in ihm aussieht. Auch sein Lächeln wirkt wie eingefroren, das er nur mühsam aufrechterhält. Dicht vor mir bleibt er stehen und drückt mir eine kleine, in geblümtes Geschenkpapier eingewickelte Schachtel in die Hände.

»Das ist für Nina. Gratulier ihr von mir, okay? Ich ...
ich lasse euch dann lieber allein«, sagt er tonlos, wirft
Peter einen kurzen Seitenblick zu und schnappt sich
Sherlocks Leine. Dann macht er auf dem Absatz kehrt
und stürzt so schnell die Treppe herunter, als könnte er
es kaum erwarten, an die frische Luft zu kommen.

Entgeistert sehe ich ihm nach, in meinem Kopf arbeitet es, doch kein einziger Gedanke lässt sich greifen. Ist
das gerade wirklich passiert? Wie konnte ich Robert
nur so vor den Kopf stoßen? Und das auch noch im Beisein meines Ex-Freundes.

Ich habe es versaut! Alles, was je zwischen uns gewesen ist, habe ich mit diesen Worten vernichtet. Nun
muss er glauben, ich wäre wieder mit Peter zusammen
– und dass ich erneut von meinem Ex schwanger bin!

Mir muss der Schock ins Gesicht geschrieben stehen,
denn nun reagiert Peter endlich.

»Oh, fuck!«, kommt es auf einmal von ihm. »Es ist sein
Kind ... Und du hast es ihm noch gar nicht gesagt?« Erneut starre ich meinen Ex an, der sich mit einer Hand
nervös durchs kurze Haar fährt. »Okay, das war gerade
verdammt peinlich. Schließlich habe ich auch meinen
Stolz und würde nicht unnötig auf verlorenem Posten
kämpfen, um mir die Energie zu sparen. Wenn ich gewusst hätte, dass zwischen euch etwas läuft ... dann
wäre ich hier niemals aufgetaucht, Mel. So ein Arsch
bin ich auch nicht. «

»Ach nein?«, fahre ich ihn an, endlich siegt die Wut
über mein Entsetzen. »Du hast mich damals schwanger
sitzen gelassen. Robert hätte das sicher nicht getan, wären wir zusammen.«

Ein Grinsen huscht über sein Gesicht. »Ach, ihr seid
kein Paar? Für so jemanden hätte ich dich nicht gehalten. Du hast dich ganz schön verändert. Dabei hatte ich
für einen kurzen Moment geglaubt, du wärst froh,

mich zurückzubekommen, um dein Leben auf die Reihe zu kriegen.«

»Halt die Klappe und verschwinde endlich. Ich will dich nicht sehen – und wollte es auch nie. Mit meinem Leben komme ich wunderbar ohne dich zurecht «, zische ich ungehalten, balle meine Hände zu Fäusten und kämpfe Tränen der Wut und Enttäuschung nieder, die hinter meinen Lidern brennen. Die Genugtuung, jetzt vor meinem Ex zu heulen, will ich ihm nicht geben.

Peter hebt abwehrend die Hände, diesen lächerlichen Bären und den Blumenstrauß immer noch festhaltend.

»Jetzt reg dich mal nicht auf, ja? Ich merke schon, dass es ein Fehler von mir war, herzukommen.« Er drückt mir die Geschenke in den Arm. »Ich wollte dir lediglich einen Gefallen tun.«

»Danke, aber auf deine Gesellschaft kann ich verzichten. Hau ab!«

»Keine Sorge, mich siehst du hier nie wieder«, blafft er mich an, als wäre ich diejenige, die einen Fehler gemacht hat. Seelenruhig, als hätten wir uns bloß über das Wetter unterhalten, steckt er seine Hände in die Hosentaschen und geht die Treppe hinunter, ohne sich noch einmal nach mir umzudrehen. In mir kocht es. Ich bin so wütend und so entrüstet, dass mir dafür die Worte fehlen. Mein Gesicht glüht und das Blut rauscht in meinen Ohren. Dieser Mistkerl! Er hat alles ruiniert, was man hätte ruinieren können!

Mit Schwung werfe ich ihm die Blumen und das Plüschtier hinterher.

»Und deine Blumen kannst du dir sonst wo hinstecken!«, schreie ich ihm zornig nach. Mein ganzer Körper bebt, so böse bin ich auf Peter, auf mich, und auf die ganze Welt. Auf das Universum, weil es mir erneut einen ganzen Berg vor die Füße geworfen hat, den ich niemals aus eigener Kraft werde beiseiteräumen können.

Tränen verschleiern meine Sicht, denn nun kann ich sie nicht mehr zurückhalten. Eigentlich müsste ich jetzt Robert hinterherlaufen, um ihm diese Situation zu erklären. Doch so enttäuscht, wie er mich angesehen hat, weiß ich nicht, ob eine einfache Erklärung ausreichen würde, um den Riss zwischen uns zu kitten. War ich nicht diejenige, die sich eigentlich von ihm fernhalten wollte? Jetzt drängt mich mein Herz, ihm nachzugehen. Ich muss ihm endlich die Wahrheit sagen und dieses blöde Missverständnis aus der Welt schaffen!

Aber da ist auch noch Nina, die hinter der verschlossenen Tür auf mich wartet und ihren Geburtstag feiern will. Ich würde sie enttäuschen, sollte ich jetzt einfach verschwinden.

Also wische ich mir die Tränen aus dem Gesicht, straffe meine Schultern und klingele, um zurück in die Wohnung zu kommen.

Morgen ist noch ein Tag. Morgen werde ich auch noch mit Robert sprechen können.

Kapitel 14

Tatsächlich habe ich nicht den Mut aufgebracht, Robert direkt am nächsten Tag zu besuchen. Ich bin ein Feigling, dass ich dieses längst überfällige Gespräch vor mir herschiebe. Die Morgenübelkeit erinnert mich täglich daran, dass die Zeit rennt. Sollte ich noch länger warten, dann wird man mir meinen Umstand ansehen können. Selbst meine dicken Winterpullis werden den Babybauch nicht ewig verbergen können.

Trotzdem schaffe ich es am Montagmorgen nicht, über meinen Schatten zu springen und auf Robert während der Pause zu warten. Da ich seinen Stundenplan nicht im Kopf habe, weiß ich nicht, wann er seinen Unterricht beenden wird. Als er bis zur Mittagspause nicht im Lehrerzimmer auftaucht, beginne ich, mir Sorgen zu machen.

»Sag mal, ist Robert heute nicht im Unterricht?«, frage ich meine Kollegin Sabine kurz vor der letzten Stunde.

»Nein«, entgegnet sie völlig unbeeindruckt und sogar ein bisschen irritiert, weil ich sie darauf anspreche. »Er hat sich heute Morgen bei Werner krankgemeldet. Letzte Woche hat man ihm bereits angesehen, dass er etwas ausbrütet. War ganz in Gedanken und ein bisschen neben der Spur. Aber das kannst du natürlich nicht wissen, du warst ja ebenfalls krank. Möglich, dass du ihn mit deinem Magen-Darm-Infekt angesteckt hast?« Lächelnd tätschelt sie meinen Arm und reicht mir einen Becher mit schwarzem Kaffee.

»Er ist krank«, murmele ich, ohne Sabine richtig anzusehen. Hoffentlich ist es nichts Ernstes ... Denn nach seinem Abgang am Samstag ... O nein! Was, wenn ich schuld daran bin, dass er heute nicht zur Arbeit erschienen ist? Immerhin habe ich ihn vor den Kopf gestoßen, als Peter unangekündigt vor meiner Wohnungstür aufgetaucht ist. Keine Ahnung, wie die Situation auf Außenstehende gewirkt hat, aber mein Ex-Freund hatte Blumen dabei. Vermutlich glaubt Robert, wir wären wieder zusammen. Gott, warum muss alles so verdammt kompliziert sein?! Ich hätte Klartext reden sollen, statt von einem Missverständnis ins andere zu stolpern.

Mir bricht der kalte Schweiß aus und ich klammere meine Hände fester um den warmen Kaffeebecher, als könnte er mir Halt geben.

»Was ist mit dir?«, will Sabine auf einmal wissen. »Geht's dir doch noch nicht so gut? Dabei hast du deinen Arbeitstag beinahe hinter dir. Ich hingegen muss mich nachher noch auf den Elternsprechtag der Neunten vorbereiten ...«

»Schon gut, alles okay«, erwidere ich sogleich und zwinge mich zu einem unbekümmerten Lächeln. »Ich musste eben daran denken, dass ich die Klassenarbeiten zu Hause vergessen habe. Meine Schüler werden gleich enttäuscht sein.«

Sie scheint mir diese Lüge abzukaufen, denn sie zuckt lediglich mit den Schultern.

»Ich glaube, deine Schüler werden eher erleichtert darüber sein«, entgegnet sie mit einem Zwinkern und verlässt das Lehrerzimmer.

***

Die letzte Stunde kann nicht schnell genug vorbei sein. Und als es dann endlich klingelt, verlasse ich eilig das Klassenzimmer, ohne meinen Schülern Hausaufgaben aufzugeben. Irgendwie bin ich immer noch wegen vergangenen Wochenendes, und weil Robert so plötzlich in der Schule fehlt, durch den Wind.

Mit dem Fahrrad fahre ich zu seinem Haus. Auch wenn ich vor diesem Gespräch Angst habe, muss ich mich ihm dennoch stellen. Ich muss wissen, wie es Robert geht und ihm erklären, dass Peter nur zufällig dagewesen ist. Heute werde ich ihm reinen Wein einschenken, zumindest habe ich es mir vorgenommen.

Der Weg ist länger als gedacht und ich bin richtig aus der Puste, als ich bei seinem Haus ankomme. Vorsorglich habe ich Mona eine Nachricht geschickt, damit sie Nina heute aus der Schule abholt und mit ins Café nimmt. Mein Geständnis könnte eine Weile dauern. Vorausgesetzt, Robert wird mir überhaupt zuhören.

Mit bangem Herzen gehe ich über den gepflasterten Gehweg die wenigen Stufen zur Haustür hinauf. Der Vorgarten sieht gepflegt aus, nichts erinnert mehr an die von Pflanzen zugewucherte Fläche vor wenigen Monaten. Seitdem Robert in das Haus seiner Tante gezogen ist, sieht es wieder wie neu und sehr gemütlich aus. Nicht nur den Garten und die Außenfassade hat er mittlerweile in Schuss gebracht, auch innen hat er einiges renoviert, um es der heutigen Zeit anzupassen und wohnlich zu machen. Auch wenn ich in der einen Nacht, in der ich in seinem Haus war, nur sehr wenig von der Inneneinrichtung gesehen habe, ist mir die Renovierung doch aufgefallen. Er muss das alles immer nach Feierabend oder am Wochenende gemacht haben.

Noch einmal atme ich tief ein und straffe die Schultern. Jetzt ist die Stunde der Wahrheit gekommen. Ich hätte längst mit ihm sprechen sollen, um ihm meine Gefühle zu offenbaren, statt so lange zu zögern. Hoffentlich ist es noch nicht zu spät für ein Geständnis.

Meine Anspannung wächst, als ich die Klingel betätige. Mein Herz hüpft aufgeregt in meiner Brust, meine Handflächen beginnen zu schwitzen. Die Sekunden verstreichen, ohne dass mein Kollege zur Tür kommt. Ob er wirklich so krank ist, dass er nicht aus dem Bett aufstehen kann? Vielleicht ist er zusammengebrochen und braucht einen Notarzt? Die wildesten Gedanken kreisen in meinem Kopf herum. Bevor ich in Panik ausbrechen kann, klingele ich zwei weitere Male. Leider warte ich vergebens, weil niemand öffnet. Nachdenklich gehe ich um das Haus herum und sehe das offene Garagentor. Sein Ford ist weg, also ist Robert gar nicht zu Hause.

Weil ich nicht warten will, wähle ich seine Nummer, aber es springt sofort die Mailbox an. Enttäuschung macht sich in mir breit. Endlich bin ich bereit, mit ihm zu reden, und er ist nicht erreichbar ... Doch vermutlich bin ich an meinem Dilemma selbst schuld, weil ich zu lange gezögert habe. Und vielleicht wäre ich dann nicht in dieser verzwickten Lage: schwanger und schon wieder allein!

Jetzt bleibt mir nichts anderes übrig, als abzuwarten, bis er wieder zu Hause ist. Hoffentlich kann ich ihn ja heute Abend noch mal erreichen. Niedergeschlagen schwinge ich mich aufs Fahrrad und schlage die Richtung zu Monas Strandcafé ein. Weil ich noch Zeit habe, kann ich dort kurz persönlich vorbeischauen, um meiner Schwester mitzuteilen, dass ich Nina heute selbst abholen werde. Denn noch länger vor Roberts Haus herumzuschleichen, hat auch keinen Sinn.

»Oh, schon zurück? Das hat ja nicht lange gedauert«, meint Mona verwundert, als ich mich auf einen freien Barhocker am Tresen ihr gegenüber setze. Seufzend stütze ich mein Gesicht in die Handflächen.

»Was hat er gesagt?« Ihr besorgter Blick ruht auf mir. »Hat er dich ... weggeschickt?«

Ich schüttele langsam den Kopf. »Nein«, entgegne ich leise.

Mona hebt skeptisch eine Augenbraue. »Aber das ist doch gut, oder? Los, spuck's schon aus. Wie hat Robert diese Neuigkeit aufgefasst?«

»Gar nicht«, entgegne ich nun fester. »Er war nicht zu Hause. Und auf dem Handy springt gleich die Mailbox an.«

»Oh!«, kommt es von meiner Schwester und ihr Blick wird noch sorgenvoller. Sie wischt sich die Hände an der Schürze ab und holt ein Stück Apfelkuchen aus der Auslage, das sie vor mir abstellt. »Iss erst mal. Ich weiß, davon lösen sich deine Probleme nicht in Luft auf, aber Zucker macht die Sache zumindest für einen Moment erträglicher.«

Dankend nehme ich den Kuchen entgegen und schiebe mir einen Bissen davon in den Mund.

»Ich muss dann mal meine Gäste bedienen«, sagt meine Schwester zu mir und deutet mit einer Kopfbewegung zu einem der hinteren Tische. Verwundert drehe ich mich um, denn mir sind beim Eintreten keine anderen Gäste aufgefallen.

»Heute ist Montag«, erklärt Mona auf meinen fragenden Blick hin, denn zu dieser Uhrzeit kommen selten Besucher in das Café. »Die Damen vom Rommé-Club haben wie immer Stammtisch. Und wie ich Clärchen und ihre Freundinnen kenne, wollen sie bestimmt eine weitere Runde Kirschlikör.«

Sie winkt den alten Damen zu und holt bereits die Flasche mit dem Likör unter dem Tresen hervor, die sie in Schnapsgläser auf einem Tablett füllt und zum Tisch bringt. Als Tante Clara mich entdeckt, winkt sie mir überschwänglich zu und erhebt sich von ihrem Platz. Ein Gespräch mit Roberts Tante hat mir gerade noch gefehlt.

»Melanie, Liebes! Schön, dich zu sehen«, sagt sie freudestrahlend und mustert mich von oben bis unten. »Gut siehst du aus. Etwas blass um die Nase, aber das legt sich bestimmt bald.« Ihr Zwinkern macht mir ein wenig Sorgen, doch ich erwidere nichts darauf.

»Hallo, Tante Clara«, grüße ich die ältere Dame höflich. Sie tätschelt liebevoll meinen Arm.

»Ich wollte dich beglückwünschen. Das ist eine ganz schöne Veränderung, die bald auf dich zukommt. Aber eine gute. Kinder sind wirklich ein Segen! Ach, es ist so eine schöne Zeit, wenn sie noch so klein sind«, meint Clärchen mit einem verträumten Gesichtsausdruck. Irritiert hebe ich meine Augenbrauen. Wovon redet sie denn da? Ein mulmiges Gefühl breitet sich in meinem Magen aus.

Vermutlich steht mir die Frage offen ins Gesicht geschrieben, denn Roberts Tante nähert sich mir und legt mir den Arm um die Schultern.

»Mir ist zu Ohren gekommen, dass du schwanger bist. Und sogar bald heiraten wirst«, erklärt die alte Dame mit sanfter Stimme und ergreift meine Hände. »Ich freue mich wirklich sehr für dich, Liebes. Niemand hat das Glück mehr verdient als du, weil du es alleine immer so schwer hattest. Aber ... irgendwie habe ich gehofft, mein Neffe wäre der Glückliche, der dich vor den Altar führen darf.«

Von ihren Worten schwirrt mir der Kopf, denn ich begreife nicht, wovon die alte Frau spricht. Himmel, hat ihr Robert etwa erzählt, was er vergangenen Samstag aufgeschnappt hat? Dann weiß er sogar Bescheid über Peters halbherzigen Heiratsantrag! O scheiße! Ich hätte wirklich nicht erwartet, dass er diese Information direkt seiner Tante auf die Nase bindet, statt vorher mit mir darüber zu sprechen. Doch ich kann es ihm auch nicht verübeln, denn irgendjemandem muss sich Robert schließlich anvertrauen. Hier auf Sylt hat er niemanden außer seiner Tante, oder eben den Kollegen am Gymnasium. Dennoch ist es mir peinlich, weil sie mich direkt auf dieses Thema anspricht. Weiß Tante Clara womöglich auch von dem Verlauf unseres ersten Dates, von dem ungeplanten One-Night-Stand und dem gemeinsamen Zusammentreffen mit Peter auf der Klassenfahrt?

Die alte Dame seufzt tief, dann rückt sie ein Stück von mir ab, ohne jedoch meine Hände loszulassen.

»Weißt du, ich hatte gehofft, dass du Roberts Gefühle erwidern würdest. Er ist so einsam nach Neles Tod. Und als er mir von dir erzählte, war ich so glücklich, dieses Leuchten erneut in seinen Augen zu sehen. Ich habe so sehr gehofft, dass du auf seine Avancen eingehst, aber dein Herz gehört wohl längst jemand anderem.«

Erschrocken reiße ich die Augen auf. Gefühle? Avancen? Wovon redet sie bloß?

»Aber ... Wie konnte er ... ich meine ...«, stammele ich zusammenhangslos, dann räuspere ich mich und sortiere meine Gedanken, auch wenn es mir nicht gerade leichtfällt. »Robert hat Gefühle für *mich*?« Das ist absurd. Das ist völlig absurd! Wenn er etwas für mich empfinden würde, dann hätte ich es doch gemerkt ... oder?

Nun ist es Clärchen, die verwirrt aussieht. »Aber war das nicht offensichtlich, Liebes? So, wie er sich immer um dich und deine Tochter bemüht hat, konnte doch jeder hier sehen, wie sehr er dich mag. Ich habe wirklich geglaubt, es sei nur eine Frage der Zeit.« Sie lässt meine Hände los und tätschelt erneut meinen Arm. »Aber dem Herzen kann man wohl nicht befehlen, wen es lieben soll. So war es ja schon immer.« Clärchen zuckt mit den Schultern und wendet sich von mir ab. Bevor sie jedoch zurück zu ihren Freundinnen gehen kann, kommt endlich wieder Leben in meinen Körper. Ich springe vom Barhocker und ergreife ihr Handgelenk.

»Warte mal«, sage ich zu ihr. »Wo ist Robert? Geht's ihm gut? Ich ... ich war eben bei seinem Haus, weil er nicht in der Schule gewesen ist, aber er war nicht zu Hause.«

Die alte Frau sieht mich verständnislos an. »Er ist weg.«

»Wie, weg?«, entfährt es mir entsetzt.

»Na, zurück nach Hamburg. Der Autozug geht in einer Stunde. Hat er dir nichts erzählt?«

»Ähm ... nein. Wir haben in letzter Zeit wenig miteinander gesprochen. Wann kommt er zurück?«, will ich erschrocken wissen. Ich habe gar nicht damit gerechnet, dass er so plötzlich die Insel verlässt. Hat er einen Termin wegen seiner Wohnung, von dem er nichts erzählt hat? Innerlich schüttele ich über diesen Gedanken den Kopf. Gott, natürlich hat er nichts erzählt! Immerhin war ich diejenige, die ihn die vergangenen Wochen auf Abstand gehalten und kaum an sich herangelassen hat.

»Oh, das weiß ich gar nicht, Liebes. Falls er überhaupt zurückkommt. Am Telefon klang es wie ein Abschied«, meint sie traurig, dann nickt sie mir noch einmal freundlich zu und geht zu den anderen Rommé-Damen. Fassungslos starre ich ihr hinterher. Mit diesen Informationen hat sie mich wirklich kalt erwischt und total überrumpelt. Robert soll Gefühle für mich haben? Und dann ohne ein Wort zurück nach Hamburg verschwinden? Das kann doch nicht wahr sein!

»Sorry, die Damen haben mich mit einem Schwätzchen aufgehalten«, kommt es von meiner Schwester, als sie an mir vorbei zurück zum Tresen geht. »Hey, was ist mit dir?«

Ich wirbele zu ihr herum und schnappe meine Handtasche vom Stuhl. »Ich glaube, du musst Nina gleich doch von der Schule abholen. Mir ist etwas eingefallen, das ich noch dringend erledigen muss«, sage ich hastig, ohne ihr Näheres zu erklären. Auch wenn ich wollte, ich könnte Mona gerade nichts von Robert erzählen, weil ich selbst noch viel zu geschockt über Clärchens Neuigkeiten bin. Ohne mich noch einmal umzusehen, haste ich aus dem Café ins Freie.

Vor der Tür werde ich von einem heftigen Regenschauer überrascht. Drinnen ist mir gar nicht aufgefallen, wie schnell das Wetter umgeschlagen ist. Der kalte Regen bringt mich wenigstens zurück in die Realität. Ich ziehe den Reißverschluss meiner Jacke höher und setze meine Kapuze auf, um nicht unnötig nass zu werden und ziehe das Smartphone aus meiner Handtasche. Leider habe ich keine verpassten Anrufe von Robert, und auch als ich seine Nummer erneut wähle, bleibt sein Handy stumm. Weil mir nichts anderes einfällt, rufe ich unseren Schulleiter auf seinem Diensthandy an. Nach nur wenigen Sekunden hebt er ab. Ich muss wissen, ob Robert tatsächlich die Insel verlassen will.

»Werner, sorry, dass ich dich einfach so überfalle, aber ... Hat sich Robert wirklich krankgemeldet?«, frage ich Werner, ohne meine Vermutung anzusprechen. Einen Moment bleibt es still am anderen Ende der Leitung, sodass ich schon fürchte, Werner hätte wieder aufgelegt. Doch dann räuspert er sich.

»Hallo, Melanie«, grüßt er mich. »Wieso kommst du denn so plötzlich auf Robert zu sprechen?«

»Er war heute nicht in der Schule und Sabine meinte, er sei krank«, erkläre ich den Grund meines Anrufs. Für Werner muss es völlig absurd klingen, dass ich mir solche Sorgen um meinen Kollegen mache. Immerhin weiß er nichts von meinen Gefühlen Robert gegenüber.

Wie denn auch, wenn er selbst mir zu Beginn des Schuljahres deutlich zu verstehen gegeben hat, dass er eine öffentliche Beziehung unter Kollegen an seinem Gymnasium nicht dulden wird. Genau aus diesem Grund habe ich mich anfänglich mit Händen und Füßen gegen diese aufkeimende Liebe gewährt – und den Kampf dennoch verloren. Aber was bringt es, wenn der Mann meiner Träume plötzlich aus meinem Leben verschwindet, ohne mir eine Chance zur Erklärung zu geben?

»Alles okay bei dir, Melanie? Du klingst so außer Puste«, kommt es von Werner. Ich atme tief ein.

»Ja. Es ist alles in Ordnung. Ich möchte wissen, ob Robert wirklich krank ist«, widerhole ich mit Nachdruck.

»Hat er dir denn nichts von seinen Plänen erzählt? Dabei hatte ich den Anschein, ihr beide würdet euch außergewöhnlich gut verstehen ...«, meint Werner nachdenklich am Telefon, statt auf meine Frage zu antworten. Ich werde immer unruhiger.

»Ich war bei Robert zu Hause, aber er ist nicht da. Und seine Tante erzählte mir eben, dass er plötzlich nach Hamburg aufgebrochen ist. Am Montagnachmittag«, sprudelt es aus mir heraus. Wäre er wirklich krank, hätte ich ihm zumindest eine Suppe kochen oder ihm Medizin besorgen können. Doch nach dem, was ich von seiner Tante erfahren habe, quält mich die Angst, er könnte die Insel meinetwegen verlassen.

»Er hat fristlos gekündigt. Sein Vertrag war sowieso zeitlich begrenzt, weil Silke aus der Elternzeit zurück ist und seine Klasse wieder übernimmt. Ich hatte jedoch gehofft, Robert würde an unserem Gymnasium bleiben. Er ist ein sehr kompetenter Lehrer«, erklärt mir Werner in bedauerndem Tonfall. Seine Worte treffen mich wie ein Fausthieb in den Magen. Sogar gekündigt hat er wegen mir ... Nun breitet sich zusätzlich zur Sorge auch noch ein schlechtes Gewissen in mir aus. Er darf wegen mir nicht den Job aufgeben, den er so sehr liebt! Er ist so ein toller Lehrer, den die Schüler respektieren.

»Melanie?«, kommt es von unserem Schulleiter, weil ich eine ganze Weile schweige.

»Sorry, Werner, ich muss auflegen. Schönen Feierabend dir«, sage ich schnell und beende das Gespräch. Dann stecke ich das Smartphone zurück in meine Handtasche und schließe mein Fahrrad auf. Bei diesem strömenden Regen zu fahren, ist riskant, doch zu Fuß bin ich nicht schnell genug beim Autozug und die Zeit, auf ein Taxi zu warten, habe ich auch nicht. Wenn Robert in nicht einmal einer Stunde nach Hamburg übersetzt, bleibt mir nicht viel Zeit zum Zögern. Ich muss ihn vorher erwischen und das Missverständnis aufklären. Zumindest das bin ich ihm schuldig. Danach kann er immer noch zurück nach Hamburg gehen, wenn das sein Wunsch ist.

Ich trete schneller in die Pedale und rase über den Holzsteg zwischen dem hohen Schilf hinauf zur Straße in Richtung Innenstadt. Bis zum Wartebereich des Autozugs brauche ich mit dem Fahrrad knappe fünfzehn Minuten, doch bei dem strömenden Regen dauert die Fahrt länger. Immer wieder hupen vorbeifahrende Autos mir entgegen und ich bekomme nicht wenig Fahrwasser ab, doch das ist mir egal, denn meine Kleidung ist sowieso schon vom Regen durchtränkt. Fast minütlich streiche ich mir die Haare und die lästige Kapuze aus dem Gesicht, die mir die Sicht erschwert. Ich muss Robert einfach finden, ehe er diesen Zug besteigen kann.

Immer wieder hallen die Worte seiner Tante durch meinen Kopf und bringen mein Herz zum Hüpfen. Er hat Gefühle für mich. Damit habe ich wirklich nicht mehr gerechnet. Ich bin so blind gewesen!

Langsam kehren die Erinnerungen zu mir zurück und endlich fallen mir all die kleinen Momente zwischen uns ein, in denen ich das Knistern deutlich gespürt, es aber immer wieder absichtlich ignoriert habe. Ich habe mich viel zu sehr auf meine eigenen Probleme und Gedanken fokussiert, als einmal auf mein Herz zu hören und die Augen für das Wichtige zu öffnen. Wie konnte ich nur übersehen, dass Robert mich mehr mochte, als ich es glaubte, für möglich zu halten? Und jetzt geht mein Leben den Bach runter, weil ich zu viel Angst hatte, zu meiner Liebe zu stehen. Wäre ich nicht so feige, hätte ich uns beiden womöglich viel Leid ersparen können.

Lautes Hupen reißt mich aus meinen Gedanken. Ich sehe die rote Ampel vor mir viel zu spät, drücke die Fahrradhandbremse komplett durch. Das Vorderrad gerät ins Straucheln, weil ich genau durch eine große Pfütze fahre und ich kann nicht so schnell bremsen, wie ich es gerne hätte, weil ich die Kontrolle über mein Fahrrad verliere. Vor mir sehe ich noch das Auto, das mit quietschenden Reifen durch die Pfütze fährt, doch es ist bereits zu spät, denn ich kann nicht mehr ausweichen. Laut schreiend kneife ich die Augen zusammen, dann höre ich es krachen und ein brennender Schmerz in meinem Körper sorgt dafür, dass ich die Besinnung verliere.

Kapitel 15

Ich werde von einem stetigen Piepen geweckt, das schmerzhaft in meinen Ohren klingt. Benommen blinzele ich gegen das helle Licht der Deckenleuchte. Als mein Blick nach einigen Sekunden endlich klar wird, verstehe ich nicht, wo ich mich befinde. War ich nicht eben noch unterwegs, um Robert beim Autozug abzupassen?

»Mama! Endlich bist du wach!« Ninas helle Kinderstimme dringt wie durch einen Nebel zu mir durch. Schwerfällig drehe ich meinen Kopf und betrachte meine Tochter, die sich zu mir herunterbeugt. »Ist alles okay?«

Ich will ihr antworten, doch meine Kehle ist so trocken, dass ich nicht mehr als ein Krächzen herausbekomme. Meine Lippen sind ganz spröde und rissig.

»Warte, trink einen Schluck«, sagt Mona und hält mir bereits ein Glas Wasser entgegen, nach dem ich mit zittrigen Fingern greife. Mein ganzer Körper fühlt sich seltsam taub an, als gehörte er mir nicht. Meine Schwester stützt meinen Oberkörper und hilft mir in eine sitzende Position.

Was ist passiert und wo bin ich? Die vergangenen Minuten – oder waren es Stunden? – sind total verschwommen. Nur vage erinnere ich mich an das laute Heulen der Sirenen, an grelles Licht und Stimmengewirr. Wie ich hochgehoben und hin und her gezerrt

wurde, den kalten Regen auf meiner Haut und dann
eine bleierne Müdigkeit, die mich in Schwärze hüllte.

Gierig trinke ich von dem Wasser, als würde mein Leben davon abhängen. Dann räuspere ich mich.

»Was ist passiert?«, stelle ich endlich die alles ent-
scheidende Frage, nachdem meine Schwester sich auf
einen Stuhl neben mich gesetzt hat. Langsam wird mir
klar, dass ich mich nicht zu Hause, sondern in einem
Krankenhauszimmer befinde.

»Du hattest einen Autounfall«, klärt mich Mona mit
ruhiger Stimme auf. »Wenige Minuten, nachdem du
mein Café verlassen hast, rief mich die Polizei an, weil
meine Handynummer unter deinen Notfallkontakten
gespeichert war.«

Mir muss der Schock ins Gesicht geschrieben stehen,
denn meine Schwester nimmt lächelnd meine Hand in
ihre.

»Keine Sorge, Mel. Dir geht's gut und …« Sie schielt auf
meinen Bauch, den man unter der Bettdecke nicht sehen kann. »Dem Würmchen ist nichts passiert. Einzig
allein dein rechtes Bein wurde in Mitleidenschaft gezogen. Du kommst gerade frisch aus dem OP.«

Irritiert sehe ich an mir herunter. Meine Beine werden von der Decke verhüllt, sodass ich mir kein Bild
von meinen Verletzungen machen kann.

»Du hast jetzt einen richtig coolen Gips, Mama!«, verkündet Nina mit einem breiten Grinsen. »Darf ich später etwas draufmalen? Marlies hatte auch mal einen
Gips am Arm, auf den alle Kinder aus der Klasse ihren
Namen draufschreiben durften.«

Ich lächele matt und streichele Nina durchs Haar.
»Natürlich darfst du das, Schatz.«

Mona legt ihrer Nichte den Arm um die Schulter.
»Komm, Liebes, wir gehen nach Hause und ich koche
dir etwas Leckeres. Deine Mama muss sich ausruhen.
Später können wir wiederkommen, okay?« Nina nickt

zustimmend und gibt mir einen Kuss, ehe die beiden mich im Krankenzimmer alleine zurücklassen. Erschöpft lasse ich mich zurück ins Kissen sinken. Tatsächlich bin ich müde, weshalb es mich nicht wundert, dass mir wenige Sekunden später bereits die Lider zufallen.

***

Nach dem Nickerchen fühle ich mich deutlich besser. Selbst der Nebel in meinem Kopf ist verschwunden. Der Arzt war da und hat mich über den Sachverhalt aufgeklärt. Ein Auto hat mich seitlich gestreift und ich bin unglücklich gestürzt. Laut Aussage des Arztes hatte ich verdammtes Glück, dass ich mir nur mein Bein gebrochen habe. Alles sah schlimmer aus, als es war, und der Bruch ist nicht kompliziert gewesen, weshalb ich das Krankenhaus bald verlassen darf. Zwei Tage soll ich zur Beobachtung hierbleiben, danach werde ich entlassen, wenn meine Werte stabil sind und ich mich gut genug dazu fühle. Mit dem Gipsbein werde ich einige Wochen leben müssen, was das das kleinste Übel ist. Ich bin unsagbar erleichtert das Baby durch den Sturz nicht verloren zu haben.

Ich schicke Mona eine Nachricht, dass ich heute keinen Besuch mehr möchte, um noch etwas zu schlafen, bevor ich mich meinem Abendessen widme, das mir eine junge Schwester eben gebracht hat. Es ist zwar erst früher Abend, dennoch bin ich ziemlich erledigt von der Narkose und dem Schmerzmittel, was mir der Arzt verabreicht hat. Da wird mir Schlaf guttun, um zu Kräften zu kommen.

Gerade beiße ich in mein Brötchen, als die Tür schwungvoll aufgerissen wird und ein völlig abgehetzter Robert ins Krankenzimmer stürzt. Wie vom Donner gerührt starre ich ihn an, lasse vor Schreck das Brötchen zurück auf den Teller fallen. Ihn jetzt noch einmal zu sehen, war das Letzte, womit ich gerechnet habe. Um diese Zeit hätte er längst in Hamburg sein sollen.

»Oh, Gott sei Dank!«, ruft er, stürmt zu meinem Bett und sinkt davor auf die Knie. »Als Mona mich anrief, habe ich gedacht, du wärst ... dass du ...« Seine Stimme bricht und die Panik in seinen braunen Augen zeigt deutlich, *woran* er dabei gedacht hat. Ich schlucke den Kloß in meinem Hals hinunter und lache verlegen.

»Mir geht's gut. Es ist bloß ein Beinbruch. Kein Grund zur Sorge«, gebe ich in lockerem Ton zurück, obwohl ich im ersten Moment nach dem Aufwachen ebenfalls total panisch war, bevor mich Mona kurz über meinen Zustand informierte. Langsam stelle ich meinen Teller zurück auf den kleinen Beistelltisch. Der Appetit ist mir bei seinem Anblick vergangen, denn sofort beschleunigt sich mein Herzschlag und verdrängt das Hungergefühl aus meinem Inneren.

Roberts Augen ruhen auf meinem Gesicht und sein intensiver Blick macht mich sofort nervös.

»Warum bist du nicht in Hamburg? Clärchen sagte, du wolltest der Insel den Rücken kehren ...«, frage ich leise und durchbreche die unangenehme Stille zwischen uns. Er ergreift meine Hand, drückt sie sanft und ein kleines Lächeln erscheint auf seinen Lippen.

»Als ich von deinem Unfall erfahren habe, saß ich längst im Zug und konnte nicht umkehren. Mona wusste nichts Genaues, weshalb ich während der Fahrt beinahe durchgedreht bin. Sie erzählte mir, dass du mich gesucht hast. Wenn dir meinetwegen etwas Schlimmes passiert wäre, dann –« Er verstummt erneut und ich spüre das Zittern seiner Hand.

»Aber es ist nichts passiert«, gebe ich zurück, versuche, ihn dadurch zu beschwichtigen. »Ein gebrochenes Bein ist wirklich kein Weltuntergang.«

»Dir *hätte* aber etwas passieren können, Melanie. Ich hätte es mir nie verziehen, wenn noch ein geliebter Mensch verunglückt wäre ...«

Ich blinzele verwirrt. »Geliebter Mensch?« Sofort schießt mir die Röte in die Wangen und mir wird viel zu heiß in diesem Krankenhaushemdchen. Die Worte seiner Tante kreisen erneut in meinem Kopf. Sollte er etwas für mich empfinden, dann ... dann habe ich mir all die Zeit unnötig den Kopf zerbrochen und mich grundlos gegen meine eigenen Gefühle gewehrt!

Auch Robert wird rot und ein verlegener Ausdruck erscheint auf seinen Zügen. Er fährt sich mit einer Hand durchs Haar und rappelt sich vom Boden auf, um sich auf den Besucherstuhl neben dem Bett zu setzen.

»Ja ... also ...«, beginnt er stockend, räuspert sich geräuschvoll und sieht auf seine im Schoß ineinander gefalteten Hände. »Ich habe Hamburg den Rücken gekehrt und bin auf die Insel gekommen, um Nele endlich zu vergessen«, setzt er zu einer Erklärung an. »Und das habe ich dank dir. Jetzt plagt mich jedoch mein schlechtes Gewissen. Ich habe meine Frau wirklich sehr geliebt. Die Tatsache, dass du so schnell ihren Platz in meinem Herzen eingenommen hast, schockiert mich.«

Bei seinen Worten beschleunigt sich mein Puls und mein Herz schlägt Purzelbäume. Hat er das gerade wirklich gesagt oder sind es die Nachwirkungen der Narkose, die mir einen Streich spielen? Ich soll ihm das Herz gestohlen haben? Dabei habe ich mich die ganze Zeit mit Händen und Füßen gegen seine Annäherungen gewehrt, weil ich diese nicht als solche wahrgenommen habe und wollte. Sofort fühlte ich eine Verbindung zu ihm, habe mich jedoch nicht getraut, dem Drängen meines Herzens nachzugeben ...

Ich schlucke den Kloß in meinem Hals herunter und vergrabe meinerseits meine Finger in der Bettdecke, um ein Zittern zu unterdrücken.

»Die Erinnerung an Nele wird bei dir sein und dich begleiten. Meinst du nicht, sie hätte gewollt, dass du wieder glücklich wirst und eine Familie gründen kannst, von der du immer geträumt hast?«, sage ich, um ihn zu trösten. Ein Hoffnungsschimmer erscheint in seinen braunen Augen auf, als er erneut den Kopf hebt und mich scheu anlächelt.

»Danke, Mel ... Ich habe wirklich die ganze Zeit mit mir gehadert, ob ich das Richtige tue, wenn ich mich von Nele löse. Nicht mal im Traum habe ich daran gedacht, mich neu zu verlieben. Aber es ist einfach passiert. Ich konnte mich der Anziehung zwischen uns vom ersten Moment an nicht entziehen. Du warst da um einiges stärker, und ich hätte deine anfängliche Vorsicht mir gegenüber akzeptieren sollen, doch mein Herz wollte einfach kämpfen.«

Er streckt die Hand aus und berührt sacht meine Wange. Sogleich durchströmt mich seine Wärme und ich schließe instinktiv die Augen, schmiege mich an seine Handfläche. Ehe ich etwas erwidern und diese Wärme länger genießen kann, lässt er seine Hand erneut los. Seine Schultern sinken herab.

»Aber ich hätte nicht so naiv sein sollen zu glauben, dass eine Frau wie du auf jemanden wie mich wartet. Du bist so stark und selbstbewusst, meisterst die größten Schwierigkeiten allein. Ich bewundere dich dafür, wie hingebungsvoll du dich um Nina kümmerst und nicht in Selbstmittleid ertrinkst, weil dir der Job und die Kindererziehung über den Kopf wachsen.«

»Du überschätzt mich«, entgegne ich peinlich berührt. »Es sieht bloß so aus, aber in Wahrheit frage ich mich beinahe täglich, ob ich das Richtige tue.«

»Du machst einen tollen Job, Mel«, bestätigt er nochmals. »Und deshalb ist es auch kein Wunder, wenn du nicht lange allein bleiben würdest. Ehrlich gesagt, hatte ich erst nicht den Eindruck, du könntest dich mit deinem Ex-Freund noch mal versöhnen. Nach unserer –« Wieder räuspert er sich und seine Gesichtsfarbe wird noch eine Spur dunkler. »Nach unserer gemeinsamen Nacht hatte ich gedacht – gehofft –, wir würden darauf aufbauen können. Als du mich während der Klassenfahrt zurückgewiesen hast, glaubte ich auf verlorenem Posten zu kämpfen. Vor allem nachdem wir Peter getroffen hatten. Ihr wirktet vertraut miteinander. Und als ich ihn neulich mit den Blumen vor deiner Wohnung angetroffen habe ... Nun, ich habe irgendwie nicht damit gerechnet, dass es so schnell gehen würde. Wegen der Hochzeit und vor allem wegen des Babys ...«

Er macht sich nicht einmal die Mühe, seine Traurigkeit zu verbergen. Jetzt realisiere ich erst, was er dachte: Scheiße, glaubt er allen Ernstes, dass ich wieder mit Peter zusammengekommen bin? Wollte er deshalb aus Westerland weg?

Robert erhebt sich vom Stuhl. »Okay, ich werde dich jetzt besser allein lassen. Sicher möchtest du dich ausruhen ...«

Jetzt erst komme ich wieder zu mir. Wie eine Idiotin hocke ich hier stumm in diesem Krankenhausbett, während er mir sein Herz zu Füßen legt, und bringe kaum einen Ton über die Lippen. Doch ich sollte dieses Missverständnis schnellstmöglich aufklären, bevor der Mann meiner Träume erneut aus meinem Leben verschwindet. Einmal habe ich ihn fast verloren, erneut passiert mir das nicht!

Als er am Bett vorbeigeht, greife ich nach seiner Hand und halte ihn zurück.

»Robert, warte«, sage ich mit fester Stimme, lasse dann seine Hand wieder los. Langsam dreht er sich zu mir um. Obwohl ich furchtbar nervös bin, halte ich seinem Blick stand. »Du hast da wohl etwas missverstanden. Das Baby ist nicht von Peter und könnte es auch gar nicht sein, weil ich mit diesem Kerl seit Jahren nichts mehr zu tun habe. Es ist von ... dir.«

»Von ... mir?« Seine Stimme ist kaum ein Flüstern und seine Augen so groß wie Untertassen. So viele Emotionen spiegeln sich in seinem Gesicht wider, dass mir selbst für einen Moment der Atem stockt.

»Ich ... das, was du geglaubt hast, zu sehen ...« Erneut hole ich tief Luft. »Ich habe Peter zum Teufel gejagt. Es war nie meine Absicht, erneut mit ihm zusammenzukommen, weil ich ihn schon lange nicht mehr liebe. Du bist es, den ich die ganze Zeit über will.«

Einige Sekunden lang passiert nichts. Wir sehen uns stumm an. Ich konzentriere mich auf das Ticken der Wanduhr gegenüber vom Bett, versuche, meine Nervosität, so gut es geht, in den Griff zu bekommen und warte auf seine Reaktion. Zwar hat er deutlich gemacht, mich zu lieben – aber ein Kind? Das ist nicht für jeden leicht zu verdauen. Vor allem, weil wir nicht in einer Beziehung sind. Keine Ahnung, wie er sich sein weiteres Leben vorgestellt hat, doch vermutlich nicht so plötzlich Vater zu werden.

Ich blicke ihn an und sehe auf einmal Tränen in seinen Augenwinkeln glitzern, die er schnell wegblinzelt.

»Schwanger! Gott, das ist die schönste Nachricht seit Jahren, Mel!«, verkündet er voller Freude und reißt mich so schnell in seine Arme, dass ich gar nicht weiß, wie mir geschieht. Ich schnappe nach Luft, atme seinen mir bereits so vertrauten Geruch ein und sofort fällt die ganze Anspannung der letzten Tage von mir ab. Tränen der Erleichterung steigen in mir auf und laufen über meine Wangen. Schluchzend vergrabe ich mein Gesicht in seinem weichen Pullover. Sanft streichelt er mir durchs Haar.

»Das ist kein Grund zum Weinen«, beruhigt er mich.

»Ich ... ich hatte bloß solche Angst, dass –«, schluchze ich und verschlucke mich an den Tränen. Skeptisch zieht er die Augenbrauen zusammen und mustert mich, mein Gesicht in seinen Händen.

»Dass ich dich verlasse, so wie Peter es getan hat?«, beendet er meinen Satz. Ängstlich nicke ich. »Hältst du mich für so rücksichtslos? Hast du gar nicht bemerkt, wie sehr ich mir eine Familie wünsche? Du und Nina, ihr bedeutet mir beide so viel. Und dann noch ein eigenes Kind! Davon habe ich kaum noch zu träumen gewagt!«

Mir fällt ein Stein vom Herzen und erneut schluchze ich auf, lächele jedoch endlich wieder.

»Mir tut der Umstand leid, wie du es erfahren musstest. Ich hätte mutiger sein und dir sofort die Wahrheit sagen sollen«, murmele ich betreten. Mit den Daumen wischt er mir die letzten Tränen aus den Augenwinkeln.

»Und ich hätte wohl keine voreiligen Schlüsse ziehen sollen«, entgegnet er und lehnt seine Stirn gegen meine. Sogleich durchströmt mich wohlige Wärme und mein Puls beschleunigt sich.

»Ich liebe dich, Melanie. Und ich werde für dich da sein. Für dich und die Kinder.«

»Ich liebe dich auch. Habe ich schon die ganze Zeit über«, wiederhole ich schluchzend, weil es mir endlich leichtfällt, diese Worte auszusprechen. Robert lächelt mich an. Mit seinen Daumen streichelt er sanft mein Gesicht, fährt die Konturen meiner Lippen nach. Und endlich, endlich senkt er den Kopf und legt seine Lippen vorsichtig auf meinen Mund. Mit einem Seufzer der Erleichterung schlinge ich meine Arme um seinen Hals und erwidere den Kuss hingebungsvoll. Verliere mich in ihm, lasse mich fallen und vergesse alles um mich herum. Die vergangenen Wochen der Zweifel existieren nicht mehr. Meine Angst vor der Zukunft verflüchtigt sich, denn nun weiß ich, dass ich nicht allein bin und es nie mehr sein werde. Von jetzt an ist Robert an meiner Seite. Für immer.

Epilog

Sechs Monate später

»Soll das Bild weiter nach rechts?«, fragt Robert und schiebt den großen Bilderrahmen ein Stück in die andere Richtung. Bedächtig tätschele ich meinen kugelrunden Bauch, während ich meinem Freund dabei zuschaue, wie er die gerahmten Fotos vom Babybauchshooting an der Wand im Wohnzimmer anbringt.

»Nein, ich denke, das ist gut so«, antworte ich ihm, lege den Kopf schief und betrachte sein Werk. Robert steigt von der Leiter runter und tritt neben mich. Den Arm um meine Schulter sieht er sich ebenfalls die Bilder an.

»Tatsächlich geben diese Fotos unserem Wohnzimmer eine gewisse Gemütlichkeit«, stimmt er mir zu. Glücklich lehne ich meinen Kopf gegen seine Schulter. Die zwei großen Bilderrahmen zeigen mich gemeinsam mit Robert und Nina. Darauf sehen wir wie eine richtige kleine Familie aus. Und diese Familie wird in zwei Monaten durch unseren gemeinsamen Sohn vervollständigt. Nina freut sich riesig auf ihr Geschwisterchen und fragt mich beinahe täglich, wann es endlich so weit ist.

Nachdem ich mich mit Robert ausgesprochen habe, erzählte ich meiner Tochter von dieser Neuigkeit. Sie war völlig aus dem Häuschen und total aufgeregt große Schwester zu werden. Auch in diesem Fall hätte ich auf mein Bauchgefühl vertrauen und weniger auf die Zweifel in meinem Kopf hören sollen. Nina hat viel wohlwollender auf die erneute Schwangerschaft reagiert, als ich vermutet habe.

»Geht's dir gut, Schatz? Willst du dich einen Moment ausruhen?«, fragt Robert plötzlich, weil ich mir mit einer Hand über den Bauch streiche. Schon wieder hat mich das Baby in die Seite geboxt.

»Ich ruhe mich bereits genug aus, weil ich nicht mehr arbeite. Außerdem muss ich mich sowieso gleich um das Abendessen kümmern. Nina wird Hunger haben, sobald sie von der Gassi-Runde zurückkommt«, entgegne ich mit einer abwinkenden Handbewegung. Tatsächlich geht es mir sehr gut, auch wenn ich schon kurz vor der Entbindung stehe. Zwar stört der Bauch manchmal ganz schön, vor allem beim Schlafen und dem Haushalt, im Endeffekt kann ich mich jedoch glücklich schätzen, weil sich die anfängliche Übelkeit schnell wieder gelegt hat.

Nachdem ich mit meinem gebrochenen Bein aus dem Krankenhaus entlassen wurde, bestand Robert darauf, Nina und mich sofort in sein Haus umzusiedeln. Hier ist ohnehin viel mehr Platz als in meiner Wohnung. Meine Tochter hat ein viel größeres Zimmer, den kleinen Terrier Sherlock als Gefährten und einen großen Garten zum Toben. Genau wie ich, fühlt auch sie sich pudelwohl in unserem neuen Zuhause.

Robert schlingt seine Arme von hinten um mich und legt seine Hände auf meinen Bauch.

»Oh, da war ein Fuß«, sagt er überrascht, als das Baby sacht gegen seine Handfläche tritt.

»Oder vielleicht eine Hand. Vermutlich will der kleine Mann dich jetzt schon begrüßen«, entgegne ich schmunzelnd, lehne mich dabei gegen seine breite Brust. Das Gefühl von Wärme und Geborgenheit hat sich nur noch mehr verstärkt, seitdem wir offiziell ein

Paar sind. Natürlich hat sich diese Neuigkeit schnell auf der Insel herumgesprochen und alle beglückwünschten uns, allen voran Mona und Roberts Tante Clara. Die alte Dame war zu Tränen gerührt, weil Robert endlich eine Familie gründen kann. Auch meine Kollegen vom Gymnasium waren froh über die Tatsache, weil Robert und ich endlich zueinandergefunden haben. Sabine beteuerte, dass sie es die ganze Zeit schon gewusst hätte. Wir wären nun mal von Anfang an füreinander geschaffen gewesen. Verrückt, wie glücklich ich heute mit Robert bin. Noch vor wenigen Monaten hatte ich nicht mit solch einer Wendung des Schicksals gerechnet. Dabei habe ich es all die Jahre vermieden, einen Mann erneut in mein Herz zu lassen, um nicht enttäuscht zu werden. Die Liebe lässt sich wohl nicht betrügen. Sie passiert einfach, wenn man es am wenigstens erwartet.

Mein Freund umarmt mich noch etwas fester, legt dabei sein Kinn auf meiner Schulter ab. Sein Dreitagebart kitzelt die empfindliche Haut an meinem Hals.

»Du bist wunderschön und ich kann es kaum erwarten, dich in deinem Hochzeitskleid zu sehen«, raunt er mir ins Ohr und lässt meinen Körper bei diesen Worten freudig kribbeln. Natürlich hat er es sich nicht nehmen lassen, mir einen total kitschigen Heiratsantrag zu machen, den ich überglücklich angenommen habe. Mit der Trauung wollen wir warten, bis das Baby da ist.

»Falls ich dann noch ins Kleid passe«, gebe ich kichernd zurück. Robert dreht mich in seinen Armen zu sich. Seine Augen strahlen und kleine Lachfältchen bilden sich in seinem Gesicht. Ich liebe diesen Ausdruck, könnte ihn stundenlang einfach nur betrachten. Jedes Mal klopft mein Herz einen Takt schneller, wenn er mich liebevoll anlächelt.

»Das wirst du schon«, meint er mit einem Zwinkern und küsst mich auf die Stirn. »Ich liebe dich, Mel.«

»Ich dich auch«, erwidere ich sofort, denn diese Worte entsprechen der Wahrheit. Früher habe ich sie leichtfertig ausgesprochen, doch da war ich jung und unerfahren. Ich habe nicht gewusst, was wahre Liebe ist. Anscheinend musste ich erst eine bittere Erfahrung überstehen, um zu begreifen, dass man niemals im Leben aufgeben sollte, für etwas zu kämpfen, woran das Herz hängt. Wäre ich Robert an diesem einen Tag nicht nachgefahren, um ihn zum Bleiben zu überreden, dann wäre er einfach nach Hamburg verschwunden, ohne etwas von meinen Gefühlen zu erfahren. Wir beide wären mit einem gebrochenen Herzen zurückgeblieben.

Früher habe ich geglaubt, Liebe würde einfach so passieren, ohne dass man etwas dafür tun muss. Doch da habe ich mich geirrt, jetzt weiß ich es besser. Man muss seinem Schicksal ein bisschen auf die Sprünge helfen, wenn man etwas erreichen will, sonst könnte es vermutlich ewig dauern. Doch wenn dieser kleine Liebesengel einmal seinen Pfeil abgeschossen hat, kann man ihm nicht mehr widerstehen oder gar ausweichen.

Ich schmiege mich an meinen Freund und spüre die Geborgenheit in seinen Armen. Hier fühle ich mich wirklich geliebt und endlich angekommen. Mein Zuhause ist bei Robert und Nina und bald auch unserem kleinen Mann. Das sind die Menschen, die mir mehr als die Welt bedeuten. So wird es immer sein.

»Mama, ich habe Hunger«, verkündet Nina bereits von der Haustür, während sie sich die Schuhe von den Füßen streift, und durchbricht damit den kleinen Moment der Zweisamkeit. Mit freudigem Gebell flitzt Sherlock durch den Flur ins Wohnzimmer und hüpft um Robert und mich herum.

»Das habe ich mir schon fast gedacht, Schatz«, meine ich lächelnd und löse mich von meinem Verlobten. »Was hältst du von Pfannkuchen zum Abendessen?«

»Oh, super!«, jubelt Nina. »Ich helfe dir mit dem Teig.«

Ende